WILLIAM IRISH

죽은 자와의 결혼

윌리엄 아이리시 / 김석환 옮김

해문출판사

죽은 자와의 결혼

등장인물

도널드 해저드 —— 지방의 부유한 실업가

그레이스 해저드 —— 도널드 해저드의 부인

휴 해저드 —— 도널드 해저드의 장남

패트리스 —— 휴의 부인

빌(윌리엄)해저드 —— 도널드의 차남

조지 —— 해저드 집안의 가정부

타이 윈스로프 —— 해저드 집안의 변호사

파커 —— 해저드 집안의 주치의

스티프 조지슨 —— 도박사

헬렌 조지슨 —— 스티브의 정부

프롤로그

콜필드의 여름밤은 정말 기분이 좋다. 헬리오트로프와 재스민, 그리고 인동덩굴과 클로버의 향기가 난다. 이곳에서는 별빛도 따스하고 부드럽다. 전에 있던 곳처럼 차갑거나 쌀쌀하지는 않다. 아주 낮게 우리들 가까이에서 빛나고 있는 느낌이 든다. 열어젖뜨린 창문의 커튼을 흔드는 미풍은 갓난아기의 입맞춤처럼 부드럽고 촉촉하다. 그리고 귀를 기울이면 무성한 나뭇잎들이 자다가 몸을 뒤척이고, 다시 잠에 빠지는 것처럼 서로 스치는 소리가 바람을 타고 들려온다. 집에서 새어나오는 불빛은 푸른 잔디밭 위를 흐르며 잔디를 자른 흔적을 또렷이 드러내고 있다. 그곳에는 정적이, 완전한 평화와 평온함과 고요가 있다. 정말 콜필드의 여름밤은 기분이 좋다.

하지만, 우리에게는 그렇지 않았다.

겨울밤도 그렇다. 가을밤도 봄밤도. 우리에게는 그렇지 않았다. 우리에게는······.

콜필드의 우리 집은 더할 나위 없이 살기 좋다. 하루 종일 촉촉한 푸른 잔디. 언제나 끊임없이 바람을 받아 돌리는 반짝반짝 빛나는 분수대의 풍차. 다가가 보면 눈앞에 무지

개가 서 있다. 게다가 깔끔하게 손질된 경사가 진 도로. 햇살을 받고 눈부실 정도로 하얗게 빛나는 포치(지붕 딸린 현관)의 기둥. 집안으로 들어가면 곡선을 그리며 좌우로 대칭이 되어 있는 흰 난간. 그것 못지않게 단아하고 검은 광택이 나는 계단. 호사스럽고 고풍스러운 바다 장식. 걸음을 멈추고 냄새를 맡아 보면 은은한 납과 레몬유의 향기가 난다. 폭신폭신한 푸른 풀을 밟는 느낌을 주는 양탄자. 어느 방에 든지 앉으면 저절로 마음이 편해질 것 같은 의자가 있고, 잠깐 쉬려고 그곳에 들르면 마치 오랜 친구처럼 반가이 맞아준다. 이것을 본 사람들은, "더 이상 바랄 게 없잖아? 이곳이야말로 정말 가정이야. 가정이란 바로 이런 곳을 말하는 거야." 하고 얘기한다. 정말 콜필드의 우리 집은 편안한 곳이다.

하지만, 우리에게는 그렇지 않았다.

우리의 아기, 그와 나의 휴. 아기가 콜필드에서 무럭무럭 자라는 것을 보는 것은 커다란 즐거움이었다. 언젠가는 아기의 것이 될 이 집에서, 언젠가는 아기의 것이 될 이 마을에서. 아장아장 걷기 시작한 아기를 보고 있으면──아기가 이제 걸을 수 있게 되었다──그리고 아기의 입술에서 더듬더듬 새로운 말이 나올 때면 의미를 받아들이고 대단한 것처럼 그 말을 애지중지한다──즉, 아기는 말할 수 있게 된 것이다.

그러면서도 왠지 그 행복은 우리의 것이 아니었다. 이유는 알 수 없지만 막연하게나마 살짝 훔쳐온 것이라는 느낌이 들었다. 우리에게는 우리의 것으로 만들 자격이 없고, 정당하게 우리들의 것이 아니라는 생각이 든다.

　나는 그를 마음으로부터 사랑하고 있다. 지금의 그란 남편인 빌을 가리키는 것이다. 그리고 그도 나를 사랑하고 있다. 내가 그를 사랑하는 것을 알고 있고, 그가 나를 사랑하는 것도 알고 있다. 그것은 의심의 여지가 없다. 그러면서도 금년일지도 내년일지도 모르지만, 어쨌든 언젠가 갑자기 그가 짐을 챙겨 나를 남겨두고 이 집에서 나가리라는 것을 나는 분명히 알고 있다. 비록 그가 원하지 않더라도. 지금처럼 그가 그때도 나를 사랑하고 있다 하더라도.

　만일 그가 집을 나가지 않으면 내가 집을 나가게 되겠지. 나는 슈트케이스를 들고 현관을 나와 두번 다시 돌아오지 않을 것이다. 비록 스스로는 원하지 않는다 하더라도. 지금처럼 그때도 변함없이 그를 사랑하고 있다 하더라도. 나는 이 집을 뒤로 하고 나가는 것이다. 아기를 언젠가는 아기의 것이 될 이 집에 남겨두고 가는 것이다. 나의 마음과, 그 마음을 바친 남편을 남겨두고 떠나는 것이지만(마음까지 갖고 가는 것이 어떻게 가능할까?) 역시 나는 다시는 돌아오지 않을 것이다.

　우린 이 일과 싸워 왔다. 얼마나 격렬하게 싸워 왔던가? 생각나는 모든 방법으로, 남겨진 모든 방법으로. 우리는 그것을 쫓아 버렸다. 천 번이나 그것을 쫓아 버렸다. 그럼에도 불구하고 눈빛 하나, 말 한마디, 마음속의 생각 하나에도 그것은 다시 되돌아왔다. 정확히 되돌아왔다.

　이제 와서 이런 것을 말해도 소용없다. "당신이 저지른 게 아니에요. 당신은 이미 그렇게 말했잖아요. 한 번으로 충분해요. 두번 다시 말할 필요는 없어요. 당신이 저지르지 않았다는 걸 나는 잘 알고 있어요. 오오, 나의 빌! 당신은 거짓말 같은 건 못하는 사람이에요. 돈이나 명예, 애정 같은 것으로 거짓말을 할 사람이——."

(하지만, 이것은 돈이라든가 명예라든가 애정의 문제가 아니다. 전혀 다른 종류이다. 살인이다.)

남편을 믿지 못하는 것은 나로서도 어떻게 해볼 수가 없다. 그의 이야기를 듣고 있을 때는 나도 믿고 싶어진다. 하지만 한 순간 뒤, 또는 한 시간, 하루, 일주일 뒤에는 또다시 믿지 못하게 된다. 어찌할 도리가 없다. 우리는 단지 한 순간만 살아 있는 것은 아니기 때문에 그런 일은 불가능하다. 반드시 불신에 대한 다음 순간이 온다. 그리고 다음 시간이, 다음 주가. 그리고, 오오, 하느님, 다음 해가.

그의 이야기를 여러 번 듣고 나서도 나는 나 자신도 저지르지 않았다는 것을 알고 있다. 그것만은 나도 알고 있다. 너무나도 잘 알고 있다. 그러면——.

그리고 내가 몇 번씩 애기할 때마다 그도 자신이 저지른 것이 아니라는 것을 깨닫겠지.(하지만, 나로서는 알 수 없다. 알 리가 없다. 그에게는 그것을 내게 납득시킬 방법이 없는 것이다.) 그는 알고 있다. 잘 알고 있다. 그러면——.

어떻게 할 수가 없다. 도저히 어떻게 할 도리가 없는 것이다.

6개월 전 어느 날 밤 나는 빌 앞에 무릎을 꿇었다. 우리 둘 사이에 아기를 앉히고. 나는 아기의 머리 위에 손을 얹고 분명하게 그 사실을 남편에게 맹세한 것이다. 아기가 들지 못하게 소리를 죽이고. "아기를 두고, 빌, 아기의 목숨을 걸고 맹세해요. 내가 아니에요. 오오, 빌, 내가 저지른 게 아니에요——."

그는 나를 일으키고 두 팔로 꼭 끌어안았다.

"당신이 아니라는 걸 알고 있어. 난 알고 있어. 그 이상은 나로서도 말할 수 없어. 그밖에 뭐라고 할 수 있겠어. 자, 내 가슴에 기대어 봐, 패트리스. 아마 나보다도 잘 가르쳐 줄 거야——귀를 대고 들어 봐. 내 마음이 당신을 믿고 있다는 걸 알겠지?" 그 순간 그의 마음은 나를 믿는다. 두 사람이 사랑하는 순간만큼은. 하지만, 곧 다음 순간이 찾아온다. 늘 뒤따르는 순간이. 그리고 그는 이제 마음속으로 생각하고 있는 것이다. "하지만, 내가 아니라는 것을 나는 잘 알고 있어. 내가 저지른 일이 아니라는 것을 잘 알고 있어. 그러면——."

그리고 나를 안은 팔에 더욱 힘을 주고 눈물이 넘치는 내 눈에 입술을 대고 입맞춤할 때조차 그는 이제 완전히 나를 믿지 않고 있다. 이젠 완전히 믿지 않고 있는 것이다.

피할 길은 없었다. 우리는 올가미에 걸려 옴쭉달싹할 수도 없었다. 늘 그때마다 다람쥐 쳇바퀴 돌듯하고 우리는 그 테두리 속에 갇혀서 벗어날 수가 없었다. 왜냐하면 만일 그가 범인이 아니라면 나일 수밖에 없기 때문이다. 그리고 만일 내가 범인이 아니라고 한다면 그일 수밖에 없기 때문이다. 하지만, 내 자신이 범인이 아니라는 것을 나는 알고 있다.(게다가 그도 자신이 범인이 아니라는 것을 알고 있을지도 모른다.) 도저히 도망갈 길은 없는 것이다.

또 그것을 내쫓으려고 애쓰다가 녹초가 되어서 될 대로
되라는 자포자기한 심정으로 이쪽에서 그것을 향해 달려가
부딪치고, 현실을 그대로 받아들임으로써 깨끗이 결말을 내
려고 한 적도 있었다.

언젠가 한번은 언제 끝날지도 모르는, 형체도 없는 그것
으로 인해서 잠들 수 없었던 밤에 이젠 더 이상 참을 수 없
게 되어, 한 시간이나 서로 말을 하지 않고 있었는데 빌이
갑자기 의자에서 벌떡 일어났다. 그는 읽지도 않으면서 단
지 읽는 체하고 있었던 책을 마치 기왓장처럼 멀리 내던졌
다. 눈앞에 무엇인가가 나타나서, 그것을 붙잡기 위해 달려
가기라도 하듯이 일어선 것이다. 그것과 함께 나의 심장도
거칠게 뛰었다.

빌은 방 끝까지 달려가더니 거기서 멈춰섰다——갑자기.
그리고 부르쥔 주먹을 높이 쳐들고 소리를 지르며 문을 쾅
쾅 두드렸다. 판자가 두꺼웠기 때문에 부서지지 않을 정도
였다. 그리고는 터져나오는 울분을 쏟을 곳이 없어서 고함
치는 것이었다.

"난 상관없어. 아무래도 좋아. 알겠어? 아무래도 좋단 말
야. 그건 세상에서 흔히 있는 일이야. 일일이 헤아릴 수 없
을 정도야. 게다가 그 뒤에도 행복하게 살아가고 있어. 우리
도 그러면 되잖아. 그 녀석은 쓸모없는 인간이야. 그렇게 된
것이 그 녀석에게는 어울려. 동정할 만한 가치도 없어. 그때
도 세상은 그렇게 말했고, 지금도 그렇게 말하고 있어. 그
녀석의 일로 우리가 이런 괴로움을 당해야 하다니, 이런 어
처구니없는 일이——."

그렇게 말하더니 그는 술을 거칠게 두 잔 가득 따라서 내 쪽으로 가지고 왔다. 나도 그의 기분을 이해하고 그와 같은 생각이었기 때문에 일어서서 그가 있는 곳으로 다가갔다.

"자, 이것을 받아 마셔. 단숨에 마시는 거야. 마시고, 그런 일은 깨끗이 잊어버려. 우리 둘 중에 누군가 범인이라 해도 상관없잖아? 이미 끝난 일이야. 자, 이제부터는 행복하게 살자고."

그리고 나서 그는 가슴을 두드리며, "좋아, 내가 한 짓이야. 알겠지? 그 일을 저지른 사람은 나야. 이것으로 얘기는 끝났어. 자, 이것으로 끝난 거야——."

그러더니 갑자기 들어올려진 컵이 하늘에서 흔들리다가 그대로 떨어지고, 서로의 눈이 상대방의 눈을 깊이 들여다 보는 순간 또다시 그것이 되돌아왔다.

"그런데 당신 자신은 그걸 믿지 못하는 게 아닌가요?" 하고 나는 당황해서 속삭이듯이 말했다.

"그리고 당신은 믿고 있어." 하고 그는 두려운 듯이 작게 말했다.

아아, 무엇을 해도, 어디에 가도 이 말뿐.

우리는 여행을 떠났지만, 가는 곳마다 그것은 따라다녔다. 그것은 루이스 호수의 깊고 푸른 물 속에도, 비스케이 만의 하늘 높이 떠 있는 양털 같은 구름 속에도 있었다. 산타 바바라에 밀어닥치는 파도와 함께 끊임없이 밀려왔고, 버뮤다의 산호초 사이에도 다른 것보다 한층 더 거무스름한 꽃처럼 숨어 있었다.

여행에서 돌아온다. 그것 역시 우리가 돌아올 때에 따라온다.

그것은 우리가 읽고 있는 책의 행과 행 사이에도 둥지를 틀고 있다. 그것은 몽롱하게 나타나기 때문에 글씨가 희미하게 보이게 된다. '내가 책을 읽고 있는 동안 빌이 그 일을 생각하고 있는 것은 아닐까? 내가 그렇듯이. 빌 쪽을 보지 말자. 찬찬히 책을 보자. 하지만, 빌이 지금 그 일을 생각하고 있지는 않을까?'

그것은 아침에, 주전자에서 커피를 따라마시는 손이 되는 적도 있다. 순간 새빨갛게 피투성이가 되었다가 곧 원래대로 하얗게 된다. 또는 다시 자리를 바꿔서 주전자를 향해 있는 상대방의 손이 그렇게 보일 때도 있다. 보고 있는 사람이 테이블의 어느쪽에 있느냐에 따라 달라지는 것이다.

어느 날 그가 내 손을 물끄러미 보고 있는 것을 깨닫고, 그때 그가 무슨 생각을 하고 있는지 분명히 알 수 있었다. 그것은 전에 나도 마찬가지로 그의 손을 보고 지금 그가 생각하고 있는 것 같은 것을 생각했기 때문이다.

그가 불쾌한 영상들을 내쫓기 위해 잠시 눈을 감는 것을 보았다. 거기서 나는 그의 눈이 전하는 것을 내가 이미 알고 있다는 사실을 숨기기 위해 눈을 감았다. 이윽고 두 사람은 눈을 뜨고 미소를 나누면서 아무것도 아니었다는 듯이 서로 고개를 끄덕이는 것이었다.

그것은 스크린에 비친 영화 속에 나타난 적도 있다. "나 가지 않겠어? 재미가 없는데, 당신은 어때?"(이윽고 누군가가 누군가를 죽이는 장면으로 바뀐다. 그리고 빌도 그것을 알고 있는 것이다.) 하지만, 두 사람이 자리에서 일어나

밖으로 나와도 이미 때는 늦는다. 게다가 비록 그때까지 내가 알지 못했다고 하더라도, 그 일——영화관을 나오려고 하는 사실——로 알게 되는 것이다. 따라서 그런 일은 아무 쓸모가 없다. 그것은 다시 우리의 마음속으로 돌아온다.

하지만, 영화관에 있는 것보다 나오는 편이 현명하다.

어느 날 저녁에는 갑자기 눈깜짝할 사이에 그런 장면이 나타난 적이 있는데, 그것이 뚜렷하게 기억에 남아 있다. 나 가려고 했지만 이미 늦었다. 스크린에서 등을 돌리고 통로를 걷고 있을 때 갑자기 총성이 울려퍼지고 단말마의 소리가 신음하듯이 들렸던 것이다. "네가——네가 나를 죽인 거야."

내게는 그것이 그 남자의 목소리로 생각되고 그가 우리에게, 우리 둘 중의 어느쪽인가를 향해 외치고 있는 듯한 느낌이 들었다. 그 순간 내게는 객석의 얼굴이 모두 나를 돌아보며, 누군가 한 사람이 지목당했을 때처럼 호기심을 갖고 우리 쪽을, 우리의 모습을 바라보고 있는 느낌이 들었던 것이다.

그때 나는 발이 오그라들어 움직일 수 없게 되었다. 융단을 깐 통로에서 휘청휘청 엎어질 듯이 비틀거리고 있었다. 빌 쪽을 돌아보자, 그의 머리가 순간적으로 움츠러들고 다른 사람의 시선을 피하듯이 두 어깨 사이에 파묻힌 것이 똑똑히 보였다. 언제나 빌은 반듯하게 고개를 들고 있었는데. 곧 다시 원래대로 되었지만, 그 순간만큼은 평상시와 달리 고개를 숙이고 있었던 것이다.

곧 내가 그를 원하고 있는 것을 헤아린 듯이——게다가

어쩌면 자신도 나를 원하고 있었기 때문이겠지만──내 허리에 팔을 둘러 나를 안정시켜 주고, 떠받쳐 준다기보다는 언제든 손을 빌려 준다는 식으로 통로를 걸어서 출구까지 나왔다.

로비로 나온 우리의 얼굴은 창백했다. 얼굴을 마주볼 수는 없었지만, 벽에 걸려 있는 거울을 통해서 알 수 있었던 것이다.

우리는 술을 마시지는 않았다. 마시지 않는 편이 낫다는 것을 잘 알고 있기 때문이다. 술을 마시면 의식의 문을 닫기보다는 점점 더 활짝 열고 공포를 데리고 들어올 뿐이라는 것을 우리들 자신도 잘 알고 있기 때문이라고 생각한다. 그런데 그날 밤 영화관을 나오면서 그가 한 말을 분명히 기억한다.

"아무거라도 좀 마시지 않겠어?"

술이라고는 말하지 않았다. '아무거'라고 했을 뿐이다. 그러나 그 '아무거'가 무엇을 의미하는지는 나도 알고 있었다. "예." 하고 나는 떨면서 조그맣게 대답했다.

집까지 돌아오는 것을 기다릴 수 없는 기분이었다. 그의 말대로 하면 어떻게 될지 알 수도 없었다. 우리는 영화관 바로 옆의 술집으로 들어가 둘 다 똑같이 바 앞에 서서 서둘러 술을 마셨다. 3분이 지나자 우리는 그 술집을 나오고 있었다. 그리고 나서 차를 타고 집으로 향했다. 그리고 도착할 때까지 한마디도 하지 않았다.

또 그것은 우리가 나누는 키스 속에도 숨어 있었다. 키스할 때마다 우리는 입술과 입술 사이에서 그것을 느끼는 것이었다.(너무 강하게 키스하는 건 아닐까? 이럴 때 또다시 그는 내가 자기를 용서했다고 생각하는 것은 아닐까? 너무 약하게 키스하는 건 아닐까? 이럴 때 또다시 그는 내가 그 일을 생각하고 있다고 여기는 것은 아닐까?)

그것은 어디에도 따라온다. 어떤 때에도 따라온다. 그것은 우리 자신인 것이다.

어떤 게임인지 우리는 모른다. 단지 그 이름을 알고 있을 뿐이다. 세상 사람들은 이것을 인생이라고 부르고 있다.

어떤 식으로 하는 것인지 방법도 잘 모른다. 아무도 가르쳐 주지 않는다. 아무도 남에게 가르쳐 주지 않는다. 내가 알고 있는 것은 우리가 그 게임에서 실수한 것이 틀림없다는 사실뿐이다. 게임중에 우리는 어떤 규칙을 어겼지만, 그때는 그것을 깨닫지 못했던 것이다.

이 게임의 승자에게 어떤 상품이 있었는지 나는 모른다. 알고 있는 것은 우리가 그 상품을 받지 못했다는 것뿐. 처음부터 우리 것이 아니었던 것이다.

우리는 졌다. 나로서는 그것밖에 모른다. 우리는 진 것이다. 패배한 것이다.

제 1 장

문은 닫혀 있었다. 이제부터 영원히 이렇게 닫혀 있기라도 할 듯이. 어떤 일이 일어나더라도 이제 두번 다시 열리지 않을 듯한 냉혹한 느낌이었다. 문에는 표정이 있다. 이 문이 그랬다. 힘도 없고 생명도 없었다. 열지 않으면 어디로도 통하지 않는다. 문은 모든 것의 시작이지만, 이 문은 그렇지 않았다. 모든 것의 끝이었다.

벨 위의 나무 부분에 문패를 넣는 장방형의 금속 틀이 달려 있었다. 그러나 비어 있었다. 문패는 사라지고 없었다.

그 젊은 여자는 아직 문 앞에 서 있었다. 꼼짝도 하지 않는다. 오랫동안 서 있을 때 사람은 이런 자세를 취한다. 너무 오랫동안 서 있었기 때문에 움직이는 것을 잊어버렸다. 움직이지 않는 것에 익숙해져 버린 것이다. 손가락은 벨에 대고 있지만, 이제 더 이상 누르지는 않는다. 힘이 들어가 있지 않다. 문의 맞은편에서는 아무 소리도 들리지 않는다. 그녀는 그런 식으로 오랫동안 손가락을 댄 채 그 손가락을 떼는 것을 잊기라도 한 듯한 모습이었다.

나이는 열아홉 살 정도나 될까? 밝게 빛나는 19세가 아니라 황량하고 희망이 없는 열아홉 살이었다. 이목구비는 오밀조밀하고 반듯하지만, 얼굴은 몹시 여위고 얼굴빛은 아주 핼쑥했다. 어딘지 모르게 아름다움도 있고, 기회만 주어진다면 다시 아름다워질 수 있을 것 같기도 했다. 그렇지만 무엇 때문인지 그 아름다움은 부서지고, 바로 옆에까지 가 있으면서도 원래의 아름다움으로는 되돌아갈 수 없을 듯한 얼굴이었다.

개암나무 빛깔의 머리칼은 생기 없이 흐트러져 있고, 요 며칠 동안은 손질도 하지 않은 모습이었다. 신발의 뒤꿈치는 조금 닳아 있다. 스타킹의 뒤꿈치를 기운 흔적이 구두 바로 위에 비죽이 드러나 있다. 옷은 유행이나 매력을 자아내기 위해 입은 것이 아니라, 단지 몸을 감싸기 위해 걸치고 있을 뿐이었다. 젊은 여자치고는 키가 큰 5피트 6인치나 7인치(약 168~170*cm*) 정도 되어 보였다. 하지만, 몸은 마른 편이었다.

머리는 조금 숙이고 있었다. 반듯하게 들고 있다가 싫증이라도 난 모습이다. 또는, 눈에 보이지 않는 손에 의해서 연속적으로 얻어맞아서 녹초가 된 것처럼도 보였다.

그녀는 드디어 몸을 움직였다. 오랜 기다림의 끝이었다. 손은 자신의 무게를 견디기 어려운 듯이 벨에서 내려졌다. 그리고 겨드랑이까지 내려오자 그대로 쓸쓸히 축 늘어졌다. 한쪽 발이 드디어 이곳을 떠날 생각인 듯 움직인다. 그리고 잠시 그대로 가만히 있는다. 드디어 다른 한쪽 발이 움직인다. 문에서 등을 돌린다. 열리려고도 하지 않는 문. 묘비 같은 문. 모든 것의 끝을 의미하는 문.

그녀는 느릿느릿한 걸음으로 한 발 내디뎠다. 그리고 나서 다시 한 발. 고개는 전보다도 더 숙이고 있다. 문을 뒤로 하고 천천히 그곳을 떠났다. 마지막으로 그녀의 그림자가 멀어진다. 벽에 똑바로 비친 채, 그녀의 뒤를 느릿느릿 따라 간다. 머리의 그림자 역시 조금 꼿꼿해 있다. 아주 초라하고 한층 더 말라 보인다. 그녀 자신은 이미 사라진 뒤에도 그 림자는 잠시 남아 있었다. 드디어 그녀의 뒤를 따르듯이 벽 에서 사라져 버렸다.

　뒤에 남은 것은 문뿐. 묵묵히 냉혹하게 닫혀 있는 문밖에 없다.

제 2 장

전화 박스로 들어간 그녀는 또다시 꼼짝도 하지 않았다. 아까와 마찬가지로 움직이지 않는 것이다. 공중전화, 호흡할 수 있을 정도의 공기를 받아들이기 위해 문을 열어 놓았다. 이런 곳에는 잠시만 들어와 있어도 숨이 막혀 버린다. 그런데 그녀는 이곳에 벌써 꽤 오래 들어와 있었던 것이다.

그녀는 선물 상자 속에 똑바로 서 있는 인형 같았다. 상자 한쪽은 안의 것이 보이도록 떼어 버렸다. 피곤에 지친 인형. 화려한 리본도 달지 않고 고급 포장지에 싸이지도 않은, 팔다 남은 할인품 인형. 보내는 사람도 받는 사람도 없는 인형. 일부러 제 것으로 만들려고 하는 사람도 없는 인형.

이곳은 얘기하기 위한 장소인데, 그녀는 잠자코 있었다. 절대로 들려오지 않을 무슨 소리라도 들으려고 기다리고 있는 것이다. 수화기는 귀에 대고 있다. 그리고 처음에는 누구나가 그렇듯이 귀에 직각으로 딱 대고 있었던 것이 분명하다. 하지만, 그것은 훨씬 전의 일이다. 기나긴 절망의 시간이 지남에 따라서 그것은 점점 아래로 쳐져서 지금은 어깨 부근까지 내려와, 꽃다발이라고는 할 수 없는 추하고 시커먼 조화처럼 시들고 짜부러져서 어깨에 달라붙어 있는 것이다.

대상이 없는 침묵이 드디어 소리가 되었다. 그것은 그녀가 원하는 소리, 그녀가 기다리고 있는 소리는 아니었다.

"미안하지만 아까 말씀드린 대로입니다. 기다리셔도 소용없습니다. 이 번호는 정지되어 있습니다. 더 이상은 이쪽에서도 사정을 알 수 없습니다."

그녀의 손은 수화기를 쥔 채 어깨를 떠나 무릎 위에 털썩 떨어졌다. 이미 기력이 다한 마음속의 무엇인가에게 대답하는 태도로 마침내 단념한 듯이 축 늘어뜨린 채 그대로 움직이지 않았다.

그러나 경우에 따라서는 인생은 그 묘비명에 어울릴 만한 품위마저도 허락하지 않는 일이 있다.

"방금 넣은 동전을 돌려주실 수 있습니까?" 하고 그녀는 모기 소리만한 목소리로 말했다. "부탁드립니다. 통화를 하지 못했거든요. 게다가──게다가 난 그것밖에 돈이 없어요."

제 3 장

그녀는 느슨한 실에 매달린 꼭두각시 인형처럼 하숙집 계단을 올라갔다. 벽에 매달린 전등이 종 모양의 유리 갓에 둘러싸여, 시든 튤립처럼 고개를 떨군 채 거무스름한 노란빛을 던지고 있었다. 모양도 색도 오래 전에 사라져 버리고, 마치 마른 식물처럼 닳아빠진 양탄자 조각이 꽃가루나 버섯의 외피와도 같이 계단 한가운데에 찰싹 달라붙어 있었다. 냄새도 눈에 보이는 것처럼 퀘퀘했다. 그녀는 계단을 세 칸 오른 뒤에 안쪽으로 향했다.

가장 안쪽의 문 앞에 멈춰서서 그녀는 긴 열쇠를 꺼냈다. 그때 갑자기 문 아래로 시선이 떨어졌다. 발 밑에 삼각형의 하얀 것이 문틈으로 삐져나와 있는 것이다. 문을 열고 나서야 그것이 사각 봉투라는 것을 알았다.

어둠 속에서 손을 뻗어 문 옆의 벽을 더듬어 전등을 켰다. 불빛은 어두웠다. 너무 어두워서 방안 전부를 비출 정도는 아니었다.

그녀는 문을 닫고 봉투를 주위들었다. 뒤집혀 놓여 있었다. 그녀는 그것을 뒤집어 보았다. 손이 조금 떨렸다. 가슴도 조금 떨렸다.

헬렌 조지슨

'양'이라고도 '부인'이라고도 호칭은 아무것도 적혀 있지
않았다.

그녀는 생기를 되찾은 모습이었다. 눈에서는 얼빠진 절망
의 빛이 어느 정도 사라졌다. 얼굴에서도 다급한 긴장의 빛
이 조금은 사라졌다. 봉투를 세게 쥐었기 때문에 조금 구김
이 생겼다. 그녀는 지금까지보다 활기찬 걸음으로 걸었다.
그리고 방 한가운데, 전등빛이 가장 밝은 침대 옆까지 걸어
갔다.

거기까지 가서 걸음을 멈추고 조금 걱정스러운 얼굴로
또다시 봉투에 눈길을 주었다. 얼굴에는 타오르는 순수함이
드러나 있었다. 기쁨이 아닌, 오히려 필사적으로 매달리는
긴박한 표정이었다.

그녀는 봉투의 풀로 붙인 부분을 뜯었다. 눈에 보이지 않
는 실과 바늘로 긴 바늘땀을 뜨듯이 손을 위로 향해 움직였
다.

손을 봉투에 넣어 적혀 있는 것을 꺼내어 읽으려고 했다.
왜냐하면 봉투 속에는 무슨 일인가를 다른 사람에게 전하
는 말이 들어 있을 것이기 때문이다. 봉투라는 것은 그것
때문에 있는 것이다.

그녀의 손은 피곤한 모습으로, 빈 손인 채로 나왔다. 봉투
를 뒤집어 속에 들어 있는 것을 꺼내려고 흔들어 보았다.
처음 손을 넣었을 때 분명히 손에 닿는 것이 있었다. 무엇

인가가 들어 있는 것이 틀림없다.

편지는 없었다. 글씨가 적힌 종이는 없었다.

침대 위에 두 장의 종이가 떨어졌다. 단 두 장이.

하나는 5달러짜리 지폐였다. 링컨의 초상화가 있는, 누구의 것도 아닌 낯선 5달러짜리 지폐. 그 초상 옆에는 어느 지폐에나 인쇄되어 있는 간결한 문구가 있었다. '본권은 공사(公私) 모든 지불에 사용할 수 있는 법화임.' 모든 지불에, 공사(公私) 모두에. 이 글자를 새긴 사람이 어느 날 어딘가에서 어떤 사람에게 절망을 주었으리라고 어떻게 상상할 수 있을까?

두 번째 것은 하나로 연결된 기차표였다. 어떤 차표라도 그렇듯이 시발역에서 종착역까지 죽 이어진 차표였다. 한장 한장을 도중에 잘라내도록 되어 있다. 맨 처음 한 장은 뉴욕이라고 적혀 있었다. 지금 여기 그녀가 있는 도시다. 그리고 마지막 한 장은 샌프란시스코라고 적혀 있었다. 그녀가 떠나온 도시이다. 백년이나 전에 —— 작년 봄.

돌아오는 차표는 없었다. 편도밖에 없는 것이다. 그쪽으로 가서 —— 그대로 머물지 않으면 안된다.

이렇게 해서 말없이 봉투는 결국 그녀에게 모든 것을 가르쳐 주고 있는 것이다. 모든 공사(公私)의 지불에 사용할 수 있는 5달러짜리 법정 통화. 샌프란시스코 —— 그리고 돌아와서는 안된다.

봉투가 바닥에 떨어졌다.

그녀는 이해할 수 없는 얼굴로 오랫동안 그렇게 서 있었다. 여태껏 5달러짜리 지폐 같은 것은 본 적도 없는 표정이었다. 지금까지 이렇게 아코디언처럼 차곡차곡 접혀진 차표는 본 적도 없는 모습이었다. 그녀는 그저 물끄러미 바라보고 있었다.

드디어 그녀는 조금 떨기 시작했다. 처음에는 소리도 없었다. 눈자위와 입술의 가장자리가 끊임없이 계속 경련을 일으켰다. 무엇인가 격한 감정이 폭발하려는 것을 애써 억누르고 있는 표정이었다. 만일 순간적으로 폭발한다면 그것은 울음이라고 생각했다. 하지만, 그렇지 않았다.

그것은 오히려 웃음이었다.

눈은 경련으로 인해 가느다란 구멍이 되고, 입술은 비뚤어지고, 그리고 나서 목이 쉰다. 띄엄띄엄 소리가 새어나온다. 녹슨 듯한 웃음소리였다. 빗속에 오래 내팽개쳐져 완전히 곰팡이가 피고 못쓰게 된 웃음과 비슷했다.

짜부라진 슈트케이스를 꺼내어 침대 위에 놓고 뚜껑을 열었을 때도 그녀는 계속 웃고 있었다. 소지품을 넣고 다시 덮개를 닫았을 때도 역시 웃고 있었다.

웃음이 멎지 않는 모양이었다. 언제까지고 계속 웃고 있었다. 계속 이어지는 농담 때문에 그 동안은 어쩔 수 없었다는 듯이.

대개의 웃음소리라는 것은 쾌활하고 듣기 좋고 생기발랄하다.

하지만, 그녀의 웃음소리는 그렇지 않았다.

제 4 장

기차가 끊임없이 소리를 내며 달리기 시작한 지 벌써 15
분이나 지났지만 그녀는 아직 자리를 찾지 못했다. 휴
일의 손님들 때문에 좌석은 물론이고 통로까지 초만원이었
다. 이런 기차는 처음이었다. 맨 마지막 줄에 서 있는데다
슈트케이스가 거추장스러워서 빨리 움직일 수도 없었고, 게
다가 어리둥절해서 올라타는 것이 늦어진 것이다. 차표를
갖고 있다고 해도 승차할 수 있을 뿐이지 자리의 우선권은
없었다.

피곤에 지친 그녀는 납덩이처럼 무거운 슈트케이스를 들
고 비틀거리면서 힘없이 열차 뒤편으로 걸어갔다.

어느 칸에도 서 있는 사람으로 가득했고, 게다가 이것이
마지막 칸이었다. 이 뒤에는 객실이 없었다. 열차 앞쪽에서
부터 죽 걸어온 것이다. 아무도 자리를 양보해 주는 사람은
없었다. 이것은 급행열차여서 어느 주(州)에서는 정차하지도
않는다. 요즘 세상에는 어중간하게 에의범절을 알고 있는
사람이 오히려 손해를 보는 법이다. 이것은 잠시 달리다가
멈추는 버스나 무궤도 전차는 아니다. 한번 의협심을 발휘
하여 여인에게 자리를 양보하게 되면 몇백 마일을 계속 서

서 가야만 한다.

그녀는 마침내 걸음을 멈춘 장소에 그대로 섰다. 처음 왔던 곳까지 다시 되돌아갈 기력이 없었기 때문이다. 여기서 앞으로 더 간다 해도 소용이 없다. 열차의 끝까지 둘러보았지만 좌석은 하나도 없었다.

그녀는 슈트케이스를 통로와 나란히 두고 다른 승객들처럼 그 위에 앉으려고 했다. 하지만, 앉음새가 나빴기 때문인지 불안하게 몹시 흔들거리다가 넘어질 뻔하기도 했다. 자리를 잡고 앉게 되자 옆좌석의 모서리에 머리를 기대고 그대로 꼼짝 않고 있었다. 너무 피곤해서 머리도 제대로 움직일 수 없고, 옷차림 같은 것도 신경쓰지 못하고, 눈을 감을 수도 없었다.

마침 거기서 발길을 멈춘 것은 무슨 이유에서였을까? 왜 그랬을까? 왜? 거기에는 어떤 이유가 있는 것일까? 아니면, 아무런 이유도 없는 것일까? 왜 1야드(약 0.9*m*) 앞이 아니고, 왜 1야드 뒤가 아니었을까? 다른 곳에서 멈추지 않고 왜 바로 그곳에서 멈춘 것일까?

이렇게 말하는 사람도 있었다. 그것은 단순한 우연이다. '거기서 발걸음을 멈추지 않았더라면 아마 다음 장소에서 멈췄겠지.' 하고. 그러면 인생은 달라진다. 사람은 제멋대로 자신의 삶을 만들면 되는 것이다.

그런데 이렇게 말하는 사람이 있다. 비록 생각은 그렇더라도 그곳 이외의 장소에서 발걸음이 멎을 수는 없다. '그것은 운명이고 정해진 것이며, 다른 장소가 아닌 그곳에서 멈추도록 만들어진 것이다'라고. 그러면 사람의 일생은 거기에서 오기를 기다리고 있는 것이다. 백년쯤 전에 그 사람이 태어나기 전부터 기다리고 있었던 것이고, 점 하나 바꿀 수 없다. 그 사람이 하는 것은 모두 그렇게 하지 않으면 안되도록 정해져 있는 것이다. 그 사람은 나무의 가지여서, 자신이 떠 있는 물이 거기로 흘러가게 해서 온 것이다. 그 사람은 나뭇잎이어서 바람에 의해 그곳으로 이끌려 온 것이다. 이것이 그 사람의 일생이고, 거기서 도망칠 수는 없다. 그 사람은 단순한 배우에 불과하며 무대 감독은 아닌 것이다. 적어도 그렇게 말하는 사람도 있다는 것이다.

내리뜬 그녀의 눈앞, 좌석의 가로대 끝에 두 개의 구두가 나란히 있는 것이 보였다. 안쪽, 창 쪽의 것은 작은 펌프스(여자용의 굽 높은 구두)였다. 발등도 없고 볼도 없으며 뾰족한, 끝도 없는, 거의 단검과 같은 뒷굽과 한 움큼의 가죽 정도밖에 안되는 멋있고 깜찍한 구두였다. 그리고 바깥쪽, 그녀에게 가까운 쪽은 검은 장식의 구멍이 달린 단화였는데, 펌프스와 나란히 놓여 있었기 때문에 크고 둔하고 아주 무겁게 보였다. 이 구두는 다리를 꼰 발에서 서로 포개져서 늘어져 있었다.

그녀는 이 두 사람의 얼굴을 보지 않았고, 보고 싶은 생각도 없었다. 그녀는 누구의 얼굴도 보고 싶지 않았다. 아무것도 보고 싶지 않았던 것이다.

잠시 동안 아무 일도 일어나지 않았다. 그 사이에 펌프스한 짝이 남자 쪽으로 살며시 다가가서 붙어서 교묘히 무엇인가를 전하기라도 하려는 듯이 쿡쿡 찌르고 있었다. 남자구두는 알아차리지 못한 모양이었다. 의미가 통하지 않은

것이다. 느낌은 받았지만 무엇 때문인지 이유를 알 수 없었
던 것이다. 커다란 손이 내려와서 구두 바로 위쪽의 양말을
잡아당기고는 다시 위로 올라갔다. 펌프스는 남자 구두가
둔감한 것이 초조해졌는지 다시 쿡쿡 찔렀다. 이번에는 꽤
세게, 그것도 갑옷 같은 구두가 아니라 양말이 신겨진 복사
뼈 부분을 아플 정도로 차는 것이었다.

이번에는 효과가 있었다. 위쪽에서 신문이 바삭바삭하는
소리가 들렸다. 왜 이렇게 혼이 나야 하는 건지 그 이유를
확인하려고 신문을 중간까지 내린 모습이었다.

속삭이는 목소리가 위쪽에서 들렸다. 일부러 귀를 기울이
지 않으면 알아들을 수 없을 정도로 작은 목소리였다.

남자의 목소리가 무엇인가를 묻는 듯했다.

남자의 구두가 바닥으로 내려왔다. 꼬고 있던 다리를 풀
었기 때문이다. 그리고 나서 그 구두가 조금 통로 쪽으로
향했다. 통로 쪽을 보기 위해 상체를 돌린 모양이다.

슈트케이스에 앉아 있던 젊은 여자는 틀림없이 자신을
향하고 있을 시선을 피하기 위해서 살며시 눈을 감았다.

눈을 뜨고 보니까 이미 남자의 구두가 좌석 사이를 빠져
나와, 구두를 신은 사람이 통로의 반대편에 똑바로 서 있는
것이었다. 키가 컸다. 6피트(약 183m)는 충분히 될 것 같았다.

"제 자리에 앉으시지요." 하고 그는 권했다. "자, 잠시 제
자리에 앉으십시오."

그녀는 희미한 미소를 지으며 사양하듯이 고개를 흔들면
서 거절하려고 했다. 하지만, 비로드 천의 좌석은 너무 편안
해 보였다.

좌석에 남은 젊은 여자가 남자의 얘기를 거들었다. "자, 앉으세요. 이 사람이 일부러 일어섰으니까요. 우린 당신에게 자리를 양보하고 싶어요. 언제까지고 그런 곳에 앉아 있을 수는 없잖아요."

비로드 천의 좌석은 아주 편할 것 같았다. 눈을 뗄 수가 없었다. 하지만, 너무 지쳐 있어서 일어서는 것도, 자리를 바꾸는 것도 할 수 없을 정도였다. 하는 수 없이 남자는 몸을 구부려 그녀의 팔을 잡고 슈트케이스에서 일으켜 세워 좌석까지 데리고 갔다.

천천히 자리에 앉게 되자 뭐라고 표현할 수 없는 기쁨 때문에 그녀는 잠시 눈을 감았다.

"자, 어때요?" 하고 그는 가슴속으로부터 말했다. "편하죠?"

새로 자리를 차지한 여자의 옆쪽에 앉은 여자가 말했다. "저런, 몹시 피곤했던 모양이군요. 이렇게 지친 사람은 여태껏 본 적이 없어요."

그녀는 감사의 마음을 표시하기 위해 살짝 미소짓고는, 이미 자리에 앉아 있으면서도 여전히 조금 사양하려고 했는데 그녀의 사양은 무시되어 버렸다.

그녀는 두 사람을 보았다. 다른 사람의 얼굴이야 어쨌든 적어도 이 두 사람의 얼굴은 보고 싶어진 것이다. 불과 조금 전까지만 해도 아무의 얼굴도 보고 싶지 않았었는데, 친절이라는 것이 일종의 강장제와 같은 작용을 한 것이다.

두 사람 다 아직 젊었다. 역시 그녀도 젊다. 하지만, 이두 사람은 행복하고 쾌활하고 세상의 모든 축복을 받고 있다. 그것이 이 두 사람과 자신의 다른 점이다. 두 사람의 주변에는 백열등 같은 것이 환하게 비추고 있었다. 그것은 단순히 건강이라는 단어만으로는 표현할 수 없는 것, 단지 행복이라는 말만으로는 표현할 수 없는 것이어서, 처음에 얼마간 그녀는 그것이 어떤 것인지 알 수 없었다. 그런데 두 사람의 눈동자, 머리의 움직임, 몸동작 등을 보고 있는 동안에 곧 알 수 있었다. 두 사람은 차고 넘칠 정도로 숭고한 사랑을 서로 주고받고 있는 것이다. 그것이 거의 인광처럼 두 사람 위에서 빛나고 있는 것이다.

청춘의 사랑, 신선하고 때묻지 않은 사랑. 한 번쯤은 누구에게나 찾아오지만, 두번 다시는 찾아오지 않는 그 첫사랑.

그런데 대화가 시작되자 그것은 반대로 표현되었다. 적어도 그녀 쪽은 그랬다. 그녀가 그에게 하는 말은 거의 하나하나가 친밀함을 가장한 모욕, 부드러운 욕설, 얌전한 반항이었다. 애정이 담긴 말 한마디, 또는 보통의 인간적인 동정조차 그녀는 상대에게 주지 않는 것처럼 느껴졌다. 그런데 눈을 보면 금방 알 수 있다. 그리고 그의 편에서도 분명히 이해하고 있다. 그녀가 어떤 지독한 말을 해도 미소를 짓고 있었으며, 그녀의 말은 상대에 의해 존경받고 이해받고 있는 것이다.

"어머, 왜 그래요?" 하고 그녀는 건방지게 손을 흔들며 말했다. "그곳에 얼간이처럼 서서 우리 목에 숨을 내뿜지 말아요. 가서 할 일을 찾는 게 어때요?"

"아, 미안, 미안." 하고 그는 말하면서 쫓겨나듯이 옷깃의 뒷부분을 세우는 시늉을 했다. 그리고는 통로를 멍하니 바라보았다. "그럼, 플랫폼에 가서 담배라도 한 대 피우고 올까?"

"두 대 피우세요." 그녀는 태연하게 말했다. "난 상관없으니까."

그는 북적거리는 통로를 사람들 사이를 헤치며 걷기 시작했다.

"정말 친절한 분이세요." 하고 슈트케이스에 앉았던 여자가 그의 뒷모습을 눈으로 좇으면서 고마움이 담긴 목소리로 말했다.

"예, 뭐 참을 수 없을 정도는 아니에요. 좋은 점도 있으니까." 하고는 또 한 여자가 어깨를 으쓱거렸다. 하지만, 눈을 보면 마음과 정반대로 얘기하고 있다는 것을 알 수 있다.

그녀는 그가 들을 수 없는 곳까지 간 것을 확인하더니, 상대편으로 조금 얼굴을 기울이면서 비밀 얘기를 하듯이 소리를 죽여 말했다. "난 금방 알아차렸어요. 그래서 저 사람에게 일어서 달라고 한 거예요."

슈트케이스에 앉았던 여자는 순간 당황해서 눈을 내리깔았다. 아무 말도 하지 않았다.

"나도 그런걸요. 당신뿐만이 아니에요." 하고 상대편 여자는 서둘러 말했다. 얼마쯤은 자랑하듯이, 얼른 얘기해 버리지 않고는 도저히 참고 있을 수 없다는 식이었다.

"어머." 하고 그녀는 말했다. 달리 할말이 없었기 때문이다. "그래요?"라든가 "정말?"이라고 하는 것은 깊은 맛이 없고 왠지 천박한 느낌이 드는 것이다. 그녀는 억지로 동정이 어린 관심을 표시하는 웃음을 지으려고 했지만, 잘되지 않았다. 평소 연습이 부족한 탓인지도 모른다.

"7개월이에요." 하고 상대는 의미도 없이 덧붙였다.

슈트케이스에 앉았었던 여자는 상대의 눈이 무엇인가를 원하기라도 하듯 자신의 위로 쏟아지고 있음을 느꼈다.

"8개월째예요." 하고 그녀는 알아들을 수 없을 만큼 작은 소리로 말했다. 말하고 싶지 않았지만 말해 버린 것이다.

"그렇군요." 하고 상대는 이 숫자를 들은 것만으로도 감탄했다.

"대단하군요." 이 말에는 신분상의 계급이 있어서, 자신이 지금 말하고 있는 상대가 자신보다 높은 귀족, 30일 정도 상위에 있는 공작 부인이나 후작 부인인 것을 뜻밖에 발견이라도 한 듯한 태도였다. 그리고 두 사람 사이에는 여성 특유의 편안함이 생겼다.

"정말 대단하지요." 하고 그녀는 마음속으로 중얼거리고는, 다른 한편으로는 마음속으로 두려워서 흐느껴 울기 시작했다.

"그래서 남편은?" 하고 상대는 성급하게 질문을 계속했다. "만나러 가는 길인가요?"

"아뇨." 하고 그녀는 눈앞의 녹색 비로드 천을 물끄러미 바라보면서 말했다. "그렇지 않아요."

"아, 그럼, 뉴욕에 살고 있나요?"

"아뇨." 하고 그녀는 말했다. "그것도 아니에요." 그녀에게는 한번 읽고 나면 곧 사라지는 물거품 같은 글자로 그 말이 좌석의 등받이에 적혀 있는 느낌이 들었다. "난 버림받았어요."

"저런 가엾게도——." 쾌활한 상대는 인형이 부서졌다든가 국민학교에 다닐 때 자신이 생각하던 대로 일이 되지 않았을 때 느꼈던 슬픔 이외의 것을 오늘 비로소 안 모양이었다. 명랑한 얼굴에 새로운 경험이 재빨리 스쳐 지나가는 것 같았다. 그러나 그것조차도 자신과는 상관없는 다른 사람의 슬픔에 지나지 않는다. 그런 느낌이었다. 자신의 슬픔을 맛본 적이 없다. 현재도 없다. 그리고 장래에도 슬픔을 맛보는 일은 없을 것이라는 느낌이었다. 운명적으로 행복하게, 세상의 어두운 골짜기를 밝게 빛내면서 살아가는 운명에 둘러싸인 사람이 드물게 있기는 한데, 그녀는 그런 사람들 중의 하나였던 것이다.

그녀는 윗입술을 깨물고 더 이상의 동정의 말은 삼갔다. 그리고 충동적으로 손을 펴서 살짝 상대의 손 위에 얹었지만, 이윽고 다시 뺐다.

그리고 나서 둘 다 그런 화제는 눈치 빠르게 문제삼지 않기로 했다. 삶이라든가 죽음이라든가 하는 근본적인 문제는 커다란 즐거움도 가져오고 커다란 슬픔도 가져오기 때문이다.

이 축복받은 여자는 옥수수 빛깔의 금발을 하고 있었다. 희미한 후광처럼 부드럽게 머리 전체를 감싸고 있는 것이다. 작고 깜찍한 코를 거쳐서 살구빛을 띤 뺨 가득히 주근깨가 있지만, 그것은 부주의한 페인트 가게의 깡통에서 뿌려진 노란색의 작은 반점과도 같은 것이었다. 가장 아름다운 것은 그 입매였다. 그리고 얼굴 이외의 부분이 그 비할 데 없는 아름다움을 만드는 데 부족하다고 하더라도 그 입

만으로도 그녀를 미인으로 만드는 데 충분하고, 그것만으로
도 모든 사람의 주목을 끄는 것이었다. 그것은 마치 단 하
나의 빛으로도 방을 밝게 하기에 충분한 것과 마찬가지였
다. 샹들리에 전부에 불을 켤 필요는 없다. 그 입가가 미소
를 지으면 다른 모든 것이 함께 미소를 짓는다. 코에 주름
이 잡히고, 눈썹이 활 모양으로 올라가고, 눈가에 주름이 생
기며, 지금까지 없었던 곳에 살짝 보조개가 패인다. 그녀는
무엇을 보든지 웃지 않을 수 없는 것 같았다. 웃음이 얼마
든지 있는 것 같았다.

  그녀는 약지에 낀 결혼반지를 늘 만지작거리고 있었다.
구태여 표현하자면 사랑스럽게 애무하고 있는 것이다. 아마
무의식중에 하는 행동일 것이다. 그리고 지금에 와서는 버
릇이 되어버린 것이다. 맨 처음에는, 처음 반지가 손가락에
끼워진 몇 개월인가 전에는 그녀도 강한 자부심을 느끼며
온 세상을 향해서 끊임없이 자랑하고──마치 '나를 봐 주
세요! 내가 반지를 끼고 있는 모습을 봐 주세요!' 라고 하
듯이──그 반지에 커다란 애정을 두고 있었기 때문에 오
랜 시간 손가락에서 뺄 수 없었을 것이리라. 그리고 지금에
와서는 자부심도 애정도 결코 바래지도 않았지만, 그것이
자랑하는 버릇으로 변하여 지금까지 계속되고 있는 것이다.
어떤 식으로 손을 움직이든, 어떤 의미를 전하기 위해 손짓
을 하든 반지가 늘 먼저 드러나서 보고 있는 사람의 눈에
첫번째로 비쳐지는 것이다.

  다이아몬드가 한 줄로 늘어서 있고, 양쪽 끝에 사파이어
가 박혀 있었다. 상대방의 시선이 반지 위에 떨어지는 것을

보면 그녀는 좀더 잘 보이도록 상대방 쪽으로 조금 돌리고는, 마지막으로 달라붙어 있지 않은 먼지라도 털어내듯이 손가락으로 살짝 어루만지는 것이었다. 이제 이런 것을 걱정할 시기는 지났다고 하는 듯한 손놀림이었다. 남편을 향해서 전혀 걱정하지 않는 체할 때의 태도였다. 정말 마음속과는 정반대의 손놀림인 것이다.

10분 정도 지나서 그가 돌아왔을 때, 두 사람은 새로 사귄 친구처럼 얘기에 열중해 있었다. 그가 다가오는 것을 보자 무엇인가 비밀이라도 숨기고 있는 듯한 그의 태도 때문에 무슨 일이 있었다는 것을 금방 알 수 있었다. 그는 극비의 통지라도 갖고 있는 듯이 우선 주의깊게 좌우를 둘러보았다. 그리고 나서 한 손으로 입을 가리고 몸을 웅크린 채 속삭였다. "패트, 짐꾼이 살짝 가르쳐 줬어. 이제 곧 식당차를 연다는 거야. 아직 아무에게도 알리지 않았어. 특별 정보야. 이런 혼잡 속에서는 정말 고마운 일이 아닐 수 없지. 맨 먼저 갈 생각이라면 슬슬 일어서는 편이 좋을 거야. 얘기가 퍼지면 금방 와 하고 한꺼번에 밀어닥칠 테니까 말이야."

그녀는 재빨리 일어섰다.

그는 일부러 익살스럽게 두 손바닥으로 그녀를 눌렀다. "쉿! 다른 사람에게 알려지면 곤란해. 그러면 안돼. 아무 일도 아닌 것처럼 행동해야 해. 특별히 어디로 가는 게 아니라, 잠깐 쉬러 가는 것처럼 보여야 한단 말이야."

그녀는 장난스럽게 소리를 쳤다. "식당차에 가면서 아무것도 아닌 곳에 가는 체할 수는 없어요. 20야드(약 18*m*) 정도 돌진하는 것은 끄떡없으니까, 꽉 누르지 않으면 튀어나갈 거예요." 하지만, 그의 마키아벨리적인 음모에 따르기 위해 그녀는 일부러 야단스럽게 다리를 구부리고 소리를 내며 이제부터 계획하고 있는 일을 다른 사람들에게 알리기라도 하듯이 발뒤꿈치를 들고 통로로 나왔다.

앞을 지날 때 그녀는 슈트케이스에 앉았었던 여자의 소매를 유혹하듯이 잡아당겼다. "어때요, 당신도 함께 가지 않을래요?" 하고 그녀는 살짝 속삭였다.

"자리는 어떻게 하죠? 틀림없이 다른 사람에게 빼앗길 텐데요."

"짐을 놔두면 돼요. 자, 이렇게." 그녀는 아직 통로에 놓여 있는 상대의 슈트케이스를 들어 올려 좌석에 잘 놓았다.

슈트케이스를 놓았기 때문에 어쩔 수 없이 젊은 여자는 일어섰지만, 함께 가는 것을 망설이듯이 다시 꾸물거리고 있었다.

젊은 여인이 알아차린 모양이었다. 그런 일을 곧 헤아리는 체질이었던 것이다. 그녀는 사람이 북적이는 사이로 길을 트기 위해, 남편을 소리가 들리지 않는 곳까지 먼저 보냈다. 그리고 나서 상대편 여자를 돌아보며 붙임성 있게 말했다. "걱정하지 않아도 돼요, 아무것도. 남편이 모두 해줄 테니까." 그리고 이번에는 상대의 당혹감을 조금이라도 덜어 주려는 듯이 분명히 말했다. "괜찮아요. 남자는 이런 때를 위해 있는 거잖아요."

젊은 여자는 마음에도 없는 사양의 말을 했는데, 그것은 단지 추측이 들어맞고 있다는 것을 증명할 뿐이었다. "아뇨, 그런 것이 아니고──난 아직──."

그런데 상대는 이미 그녀가 승낙한 것인 줄로 믿어 버리고, 그런 일로 우물쭈물하지 않았다. "자, 서둘러요. 남편이 안 보여요. 지나간 자리가 다시 막혀 버리겠어요."

그녀는 애정이 담긴 손길로 가볍게 상대의 허리를 잡아끌며 자기 앞으로 걷게 했다.

"이젠 함부로 행동해서는 안돼요. 중요한 때이니까." 하고 그녀는 작은 소리로 말했다.

"나도 알아요. 여러 사람에게서 들었어요."

그 동안 앞서 가던 남편은 두 사람을 위해 초만원의 통로를 헤치며 나아가고 있었다. 그 때문에 승객들은 길을 내주기 위해 좌석 쪽으로 바싹 몸을 붙이지 않으면 안되었다. 그런데 불평하는 사람은 하나도 없었다. 그는 아주 상냥한 데다가 한 걸음도 물러서지 않는 태도가 몸에 밴 듯했다.

"축구 선수였던 남편은 이따금 편리할 때가 있어요." 하고 젊은 아내는 만족스러운 듯이 말했다. "방해물을 잘 치워 주거든요. 저 넓은 어깨 좀 보세요."

남편을 뒤쫓아가면서 그녀는 비꼬듯이 말했다. "기다려 줘도 되잖아요. 난 두 사람 몫이에요."

"나도 그래." 하고 남편은 어깨너머로 점잖게 대답했다. "게다가 그 두 사람은 내것이거든."

그 덕분에 세 사람은 식당차에 첫번째로 들어갈 수 있었다. 그리고 문이 열리자마자 금세 만원이 되었다. 그들은 창 쪽의 좋은 좌석을 차지할 수 있었다. 늦게 온 손님은 문을 닫고 바깥에서 줄서서 기다렸다.

"아직 서로 이름도 모르면서 함께 식사를 하다니 좋지 않아요." 하고 젊은 아내는 씩씩하게 냅킨을 펼치면서 말했다. "이 사람은 휴 해저드, 난 패트리스 해저드." 보조개가 패었다. "이상한 이름이죠?"

"실례가 되는 얘기를 하면 안돼." 하고 남편은 메뉴판에서 눈을 떼지 않은 채 말했다. "아직 당신은 시험중이야. 이름을 따르게 해야 할지 말지는 지금 생각중이란 말이야."

"벌써 내 이름이 되었어요." 하는 조리에 맞지 않는 대답을 그는 듣게 되었다. "그리고 당신에게 이 이름을 따르게 해야 할지 말지 나도 지금 생각중이에요."

"당신의 이름은?" 하고 그녀는 슈트케이스에 앉았었던 여자에게 물었다.

"조지슨." 하고 여자는 말했다. "헬렌 조지슨."

그녀는 쭈뼛쭈뼛 두 사람에게 웃었다. 남자에게는 미소의 바깥쪽 끝을 보여 주고, 여자에게는 미소의 한가운데를 보여 주었다. 그것은 조심스러운 미소였지만 깊은 감사의 마음을 느낄 수 있었다.

"두 분 모두 정말 친절히 대해 주시는군요." 하고 그녀는 말했다.

그녀는 감정의 움직임을 두 사람에게 들키지 않으려는 듯이 펼쳐진 메뉴판에 눈길을 떨어뜨렸다. 순간 입술이 떨렸다.

"정말 행복하겠죠──당신처럼 될 수만 있다면." 하고 그녀는 동경이 담긴 표정으로 중얼거리듯이 말했다.

제 5 장

10시경, 자고 싶은 사람이 잘 수 있도록 천장의 조명이
꺼졌을 때, 그들은 이미 오래 전부터 사귀어 온 친구처
럼 친해져 있었다. 서로 '패트리스', '헬렌'이라고 불렀다. 이
것은 누구라도 짐작할 수 있겠지만, 패트리스가 먼저 부르
기 시작한 것이다. 여행이라는 온실의 분위기 속에서 우정
의 꽃은 금방 피어난다. 경우에 따라서는 몇 시간 지나지
않는 동안에 완전히 활짝 피는 적도 있다. 그런데 드디어
그 우정은 서로가 여행자인 이상 헤어지지 않을 수 없기 때
문에 그곳에서 뚝 끊어져 버린다. 이별의 마음이 오래 계속
되는 경우는 거의 없다. 따라서 배나 기차에서는 모두 즐겁
게 얘기하고 숨김없이 자신의 얘기를 털어놓는다. 상대와는
두번 다시 얼굴을 마주할 일이 없을 테고, 상대가 자신의
얘기를 어떻게 생각하든 걱정할 필요가 없기 때문이다.

　자유롭게 켜거나 끄거나 할 수 있는 각 좌석의 작은 갓을
씌운 전등은 아직 대부분 켜져 있지만, 차 안은 편안한 공
기 속에서 어슴푸레하게 가라앉아 있었고, 승객들 중에는
벌써 잠들어 버린 사람도 있었다. 패트리스의 남편은 원래
자기 자리 옆에 있던 슈트케이스에 꼼짝도 하지 않고 조용

히 앉아서, 모자로 얼굴을 가린 채 앞좌석 위에 조심성 있게 다리를 올려놓은 채로 잠들어 있었다. 이따금 모자 안쪽에서 새어나오는 커다란 코고는 소리로 판단해 보면, 그는 전혀 갑갑함을 느끼지 않는 모양이었다. 벌써 넉넉히 한 시간 전에 그는 담소에서 빠져 나갔다. 그리고 남성 대 여성의 대화의 중요성을 무시한 이 태도도 여자들에게는 어쩐지 유감으로 생각되지 않는 듯했다.

패트리스는 파수꾼 역할을 맡고 있었다. 통로 훨씬 안쪽, 희미하게 보이는 곳에 있는 하나의 문을 초조한 마음으로 찬찬히 주시하고 있었다. 그 때문에 그녀는 무릎으로 서서 좌석 등받이 너머의 반대편을 뚫어지게 바라보고 있는 것이었다. 조금은 버릇없는 이런 모습도 그녀의 수다를 멈추는 데는 도움이 되지 못했다. 여전히 격류처럼 힘차게 계속되고 있는 것이다. 단지 그녀의 자세가 높기 때문에 등을 맞댄 좌석도 수다의 혜택을 흠뻑 받게 되었다. 하지만, 다행스럽게도 그 좌석의 손님은 두 가지 사실 때문에 그 대화에 커다란 흥미를 느낄 자격을 잃어버리고 있었다. 즉, 둘 다 남자였고, 둘 다 자고 있었던 것이다.

패트리스가 주시하고 있던 크롬의 매끈매끈한 문에 갑자기 반사 광선이 파도처럼 흘렀다.

"나왔어요." 하고 그녀는 이빨 사이로 속삭이듯이 외치고는, 한치의 틈도 줄 수 없는 중대한 행위이기라도 한 듯이 돌아서서 몸을 비틀어 좌석에 앉는 일련의 흥분된 행동을 취했다. "서둘러요! 자, 부끄러워해서는 안돼요! 뛰어나가요. 누군가 다른 사람이 먼저 가기 전에. 세 번째 좌석에 있는 뚱뚱한 여자가 아까부터 조금씩 준비를 하고 있어요. 저 여자에게 선수를 빼앗겨서는 안돼요!" 자기 혼자 흥분해서 (그녀에게는 인생의 모든 일이 즐겁고 유쾌한 자극으로 생각되는 모양이다) 헬렌의 몸을 밀며 재촉했다.

"달려가서 문을 누르세요. 당신이 먼저 간 것을 보면 저 뚱뚱한 여자는 단념할지도 몰라요."

그녀는 기분좋게 자고 있는 남편을 깨우기 위해 인정사정없이 몸 전체를 한꺼번에 쿡쿡 찔렀다.

"저, 큰일났어요, 휴. 가방을 내려줘요. 빨리 하지 않으면 제때에 맞출 수 없어요. 저쪽이에요, 바보같이. 그물 선반 위가 아니고——."

"응, 알았어." 하고 휴는 눈까지 모자를 푹 눌러쓴 채 조는 듯이 말했다.

"속닥속닥 속닥속닥 수다만 떠는군. 여자라는 것은 태어날 때부터 턱 운동을 하도록 되어 있는 것 같아."

"남자는 움직이지 않으면 턱을 얻어맞도록 되어 있어요."

그는 간신히 모자의 끝을 들어올렸다. "이번에는 내게 무엇을 시키려는 거야. 가방은 혼자서 내렸잖아?"

"그 기다란 다리를 치워서 우리를 지나가게 해줘요. 완전히 길을 막고——."

그는 두 발을 구부려 손으로 감싸안고는 두 사람이 지나가고 나자 다시 펴는 운동을 했다.

"도대체 그렇게 급히 어딜 가는 거야?" 하고 그는 무사태평하게 물었다.

"정말 눈치가 없죠?" 하고 패트리스는 헬렌에게 말했다.

두 사람은 더 이상 휴에게 이유를 가르쳐 주지 않고 종종 걸음으로 통로를 달려갔다.

"몸집만 컸지, 급할 때는 전혀 도움이 되지 않아요." 하고 패트리스는 가방을 흔들고 달리면서 불평을 해댔다.

그는 전혀 그 까닭을 알지 못하고 돌아서서 이상한 얼굴로 두 사람을 쳐다보았다. 그런 다음 이윽고, "저런." 하고 말을 흘렸다. 드디어 두 사람의 목적을 이해한 것이다. 왜 그렇게 소동을 부렸는지는 모르지만. 거기서 그는 다시 모자를 코끝까지 내리고 여자들의 소동으로 중단된 잠을 계속 잤다.

한편, 둘 다 들어오자, 패트리스는 크롬 문을 닫고 이젠 됐다는 듯이 안쪽에서 자물쇠를 잠갔다. 그리고 나서 깊은 한숨을 내쉬었다. "아아, 겨우 들어왔어요. 먼저 차지했으니 이긴 거예요. 이제 내 마음이 진정될 때까지 나가지 않을 거예요." 그녀는 무서운 기세로 가방을 내려놓고 뚜껑을 열었다. "들어오고 싶은 사람이 있으면 기다리게 하면 돼요. 게다가 두 사람 들어오는 것이 고작인걸요. 게다가 둘이 들어온다고 해도 진짜 친구 사이가 아니면 불편해서 말이죠."

"어쨌든 깨어 있는 사람은 우리 둘밖에 없는 것 같아요." 하고 헬렌은 말했다.

"어머, 이걸 사용하세요." 패트리스는 부드러운 화장지를 조금 꺼내어 헬렌에게 건네주었다. "유럽에서는 이것이 없어서 아주 곤란했어요. 도저히 손에 넣을 수 없더라고요. 꽤 많이 물어 보고 다녔는데, 내가 원하는 걸 저쪽 사람들은 모르더군요."

그녀는 말을 중단하고 헬렌을 쳐다보았다. "어머, 당신은 닦아내는 데도 화장품을 사용하지 않는 모양이군요. 그럼, 자, 이걸 발라 봐요. 잘 닦일 테니까."

헬렌은 웃었다. "당신을 상대하고 있으면 눈이 빙빙 도는 것 같아요." 하고 그녀는 동경과도 비슷한 감탄의 어조로 말했다.

패트리스는 어깨를 으쓱하며 장난스럽게 얼굴을 찡그려 보았다. "이런 말괄량이 짓도 오늘이 마지막이에요. 내일 밤부터는 예의바르게 행동하지 않으면 안돼요. 진지하고 얌전하게." 그녀는 재미없는 얼굴에 거드름을 피우는 목사 흉내를 내며 두 손을 배에 갖다댔다.

"남편의 가족들을 만나는가 보죠?" 하고 헬렌은 생각난 듯이 말했다.

"특별히 까다로운 사람들은 아니니까 전혀 마음을 쓸 필요가 없다고 휴는 말했어요. 하지만, 휴도 전혀 신경이 쓰이지 않는다고는 할 수 없겠죠? 누구든 조금은 걱정이 되는 법이거든요."

그녀는 양 뺨에 수수께끼 같은 하얀 것을 바르고 그것을 넓게 폈다. 그 동안 헬렌은 그 일과는 아무 관계도 없으면서 내내 입을 딱 벌리고 있었다.

"자, 발라 봐요." 하고 그녀는 권했다. "손가락을 넣어 꺼내는 거예요. 효과가 있을지도 모르고, 냄새도 아주 좋아요. 그러니까 발라도 큰 손해는 없을 거예요."

"그게 사실이에요, 아까 한 얘기?" 헬렌은 패트리스가 말한 대로 따라하면서 물었다. "남편의 친척들과 아직 만난 적이 없다는 얘기 말예요. 믿기 어렵군요."

"절대로 거짓말이 아니에요. 아직 한 번도 나를 본 적이 없어요. 낮에도 말했듯이 난 유럽에서 휴를 만나 그곳에서 결혼하고 지금까지 그곳에서 살았어요. 우리 부모님은 돌아가시고, 난 장학금을 받아 음악 공부를 하고 있었고, 휴는 정부기관——저, 머리글자만 따서 만든 이름의 관청이 있잖아요——그곳에 근무하고 있었어요. 집안 사람들은 내 얼굴도 몰라요."

"사진을 보내지 않았나요? 결혼하고 나서도?"

"우린 결혼 기념 사진을 찍지 않았어요. 당신은 요사이 우리 같은 젊은 사람의 사고방식을 이해하고 있겠죠? 우린 눈깜짝할 사이에 결혼해 버렸어요. 몇 번이나 사진을 보내려고 했지만, 도저히 제대로 찍을 수가 없었어요. 지나치게 의식한 탓 때문일 거예요. 가장 좋은 인상을 주고 싶었거든요. 한번은 사진관에 가서 휴가 일러준 대로 포즈를 취해 봤는데 인화한 걸 보고는, '난, 죽어도 이런 걸 보낼 수 없어요.' 하고 말했어요. 프랑스의 사진관은 틀렸어요. 어차피 우리가 만난 것을 알고 있으니, 사진 같은 것은 조금도—— 어쨌든 그 사진은 싫었어요. 그래서 마지막으로 휴에게 말했죠. '어차피 이렇게 늦었으니 사진은 보내지 말기로 해요. 선물을 사들고 기습해 들어가서 실물을 보여드리는 게 어때요? 그러면 아버님과 어머님도 잘못된 희망을 안고 실망하실 일은 없을 테니까요.' 하고는 나는 휴의 편지를 늘 검열해서 내 얘기를 쓰지 못하게 했어요. 어떤 얘기를 쓸지 모르거든요. '모나리자'라든가 조개 껍질 속에 앉아 있는 비너스라든가, 나는 휴가 그런 얘기를 쓴 걸 보고 단번에, '안 돼요, 그런 얘길 써서는.' 하고 그 부분을 지워 버린걸요. 서로 편지를 빼앗으려고 온 방안을 쫓아다니고 정말 대소동을 벌였어요."

그녀는 조금 진지한 얼굴이 되었다. 적어도 그녀가 취할 수 있는 진지함에 가까운 얼굴이 되었다.

"그런데 지금은 그런 일을 하지 않았더라면 좋았을걸 하는 생각이 들어요. 편지를 빼앗으려고 술래잡기를 한 거 말예요. 무서운 생각이 들어요. 정말 나를 좋아해 줄지. 만일 좋아하지 않는다면? 정말 나와는 전혀 다른 여자를 기대하고 있다면——."

스스로 무서운 얘기를 만들어 얘기하는 동안에 그만 자신이 겁을 집어먹게 되는 어린아이 같다.

"이 속에 물을 담아 놓으려면 어떡하면 되죠?" 하고 그녀는 스스로 말허리를 잘랐다. 그리고 뚜껑을 세면기에 가볍게 밀어넣었다. "가득 찬 것 같더니 곧 다시 물이 빠져나가 버리는군요."

"조금 비틀고 나서 누르면 되지 않을까요?"

패트리스는 물에 손을 넣기 전에 결혼반지를 뺐다. "이걸 갖고 있어 주시겠어요? 손을 씻어야겠어요. 잃어버리지나 않을까 늘 걱정이에요. 유럽에 있을 때, 한번 배수구로 흘러 들어가서 배관을 완전히 뜯어내고 찾아낸 적이 있거든요."

"정말 예쁘네요." 헬렌이 동경이 담긴 목소리로 말했다.

"그렇죠?" 하고 패트리스도 말했다. "봤어요? 안쪽에 우리의 이름이 나란히 새겨져 있어요. 재치 있는 착상이라고 생각지 않아요? 잠깐 당신의 손가락에 끼어 보세요. 그게 가장 안전할 테니까."

"그러면 흔히 재수가 없다고 하잖아요. 당신에게는 반지를 빼는 순간이 내게는 반지를 끼는 순간이라며……"

패트리스는 경멸하듯이 재빨리 고개를 흔들었다. "내가 불행해질 이유는 없어요." 하고 그녀는 말했다. 그것은 거의 도전에 가까운 태도였다.

'하지만, 나는――', 하고 헬렌은 우울한 기분으로 생각했다. '행복해질 수 없어요.'

그녀는 힘을 들이지 않고서도 천천히 손가락으로 미끄러져 들어가는 반지를 신기한 듯이 바라보았다. 거기에는 이상하게도 애정이 있었다. 훨씬 전부터 자신의 손가락에 끼워져 있었어야만 했던 것, 거기에 있는 것이 당연하지만 이유를 알 수 없는 사정에 의해서 지금까지 거기에 없었던 것 같은 기분이었다. '반지라는 것이 이런 느낌이군.' 하고 그녀는 비참한 마음으로 생각했다.

기차는 여전히 달리고 있었지만, 두 사람이 있는 곳에서는 그 세찬 진동도 약하고 초조한 소리로밖에 들리지 않았다. 패트리스는 겨우 화장을 끝내고 한걸음 물러섰다. "아아, 이것이 나의 마지막 밤이에요." 하고 그녀는 한숨을 쉬며 말했다. "내일 이맘때쯤이면 우리는 이미 휴의 집에 있을 테고, 가장 염려스러운 일은 모두 끝나는 거예요." 그녀는 공포로 인해 떨리는 손을 꼭 쥐었다. "내가 그분들 마음에 들면 좋겠는데." 그녀는 거울에 비친 자신의 모습을 곁눈질로 흘끗 보고는 손으로 머리를 어루만졌다.

"안심해요, 패트리스." 하고 헬렌은 조용히 말했다. "누구든 당신을 좋아하지 않고는 견딜 수 없을 거예요."

패트리스는 깍지낀 손을 높이 쳐들었다. "휴의 부모님은 대단히 부자인 모양이에요. 그러니 오히려 사정이 나빠질 수도 있어요." 그녀는 지난 일을 회상하며 킥킥 웃었다. "부자인 것이 틀림없어요. 미국으로 돌아오는데 여비까지 보내 줬거든요. 우린 그곳에 있는 동안 내내 가난하게 살았어요. 하지만, 정말 편했어요. 사람은 궁핍할 때가 가장 즐거운 게 아닐까요?"

"그렇지 않을 때도 있어요." 헬렌에게는 경험이 있지만 뭐라고 대답할 수 없었다.

"어쨌든," 하고 패트리스는 얘기를 계속했다. "나의 임신 소식을 알게 되자 당장 얘기는 결정됐어요. 그곳에서 아기를 낳다니 당치도 않은 말이라는 거죠. 나도 사실은 그곳에서 아이를 낳고 싶은 생각이 없었고, 휴도 마찬가지였어요. 그리운 고국 미국에서 낳아야만 한다나요. 당신은 그렇게 생각하지 않죠? 부모로서 해줄 수 있는 일이 그런 것 정도밖에 없다는 것을 말예요."

'부모로서 해줄 수 있는 일이 그것뿐인 경우도 있어요.' 하고 헬렌은 비참한 기분으로 생각했다. '그것과—— 17센트뿐.'

그녀는 패트리스와 교대로 화장을 끝냈다.

패트리스가 권했다. "어차피 이곳에 왔으니까 담배를 한 대 피우는 게 어때요? 달리 기다리고 있는 사람도 없는 것 같은데. 게다가 좌석으로 돌아가서 얘기를 하면 시끄럽게 여길 거예요. 모두 잠을 잘 시간이어서." 라이터의 불꽃이 거울과 주위의 번쩍번쩍한 크롬 문에 구리색의 빛을 반사 시키며 반짝였다. 그녀는 마음속으로 만족스러운 듯이 한숨을 쉬었다. "난 여자 친구들과 자기 전에 얘기하는 것이 너무 좋아요. 그런 것을 해본 지가 아주 오래 전 얘기지만 말예요. 학교 다닐 때는 종종 그랬어요. 휴는 나를 여자다운 여자라고 했어요." 그녀는 급히 말을 중단하고 장난스럽게 고개를 갸웃거리며 생각에 잠겼다. "좋은 얘기인지 나쁜 얘기인지 휴에게 물어 봐야겠는데."

헬렌은 엉겁결에 웃었다. "좋은 얘기라고 생각해요. 나라면 남자다운 여자는 되고 싶지 않을 거예요."

"나도 그래요." 헬렌은 즉시 찬성했다. "그런 생각을 하고 있으면, 난 추잡한 말을 입에 담고 침을 뱉는 여자가 생각나요."

둘 다 잠깐 동안 함께 웃었다. 그러나 패트리스의 나비 같은 마음은 쓰레기통에 담뱃재를 털고 있는 중에도 다음 화제로 날아가고 있었다. "휴의 집에 가면 공공연하게 담배를 피울 수 있을지 모르겠어요." 그녀는 어깨를 으쓱했다. "하지만, 상관없어요. 어느 집이든 으슥한 헛간은 있을 테니까."

그렇게 말했는가 싶더니 불쑥 서로의 건강으로 얘기가 되돌아왔다. "당신, 걱정스럽죠? 물론 그 일 말예요——."

헬렌은 눈으로 그렇다고 대답했다.

"나도 그래요." 패트리스는 담배를 피우며 골똘히 생각에 잠겼다. "누구든 조금은 그렇지 않나 하고 생각해요. 우리

들이 두려워하고 있다는 걸 남자들은 깨닫지 못하고 있어
요. 그래서 난 꼼짝 않고 휴의 얼굴을 바라봤어요——." 그
녀는 우스꽝스럽게 보조개를 깊이 파이게 했다——"그러자
휴가 우리 두 사람 몫을 걱정하고 있다는 걸 알았어요. 그
래서 난 나도 걱정하고 있다는 얘기를 하지 않았어요. 그리
고 내 쪽에서 휴를 안심시킨 거예요."

그런 얘기를 할 수 있는 상대가 있다면 어떤 기분일까 하
고 헬렌은 생각했다.

"부모님이 좋아하겠군요?"

"물론 그래요. 말리지 못할 정도예요. 하긴 첫 손자거든
요. 우리에게 어떻게 할 것인지 묻지도 않았어요. '둘이서
돌아와.' 그것으로 끝이었어요."

그녀는 담배 꽁초를 수도꼭지 쪽으로 내밀어 재빨리 물
을 뿌려서 불을 껐다.

"어때요? 이제 자리로 돌아갈까요?"

그녀들은 둘 다 변변치 않은 일을 하고 있었던 것이다.
인생이란 모두 그런 것이다. 한평생 변변치 않은 일의 연속.
그런데 드디어 갑자기 커다란 것이 생활의 한복판으로 침
입해 온다.——그러자 사소한 것은 어딘가로 사라져 버린
다. 도대체 어디로 간 것일까? 어떻게 된 것일까? 도대체
그것은 어떤 것이었을까?

헬렌은 손잡이를 잡고 아까 들어올 때 패트리스가 잠가
두었던 자물쇠를 반대로 돌렸다. 패트리스는 뒤쪽에서 뚜껑
을 연 가방에 무엇인가를 챙겨넣은 뒤 뚜껑을 막 닫으려던
참이었다. 눈앞의 벽에 붙어 있는 크롬 판자에 그것이 희미

하게 비치는 것이었다. 사소한 일, 생활을 규정짓고 있는 사
소한 일들이 ——— .

　환각이었을까? 감각이 일어나고 있는 일을 뒤따를 시간
이 없었다. 감각에 속은 것이다. 처음에는 문의 취급 방법이
틀려서 완전히 빗나간 듯한, 눈이 속은 듯한 느낌이었다. 그
작은 손잡이에 닿았을 뿐인데 문 전체가 안쪽에 있는 그녀
에게로 넘어지는 것 같은 기분이었다. 관절마다 틀에서 벗
겨져 밖으로 퉁겨져 나가는 기분이었다. 그러면서도 문이
어그러지는 것도 아니고, 끼워넣어진 벽 전체에서 떨어져
나오는 것도 아니었다. 다음에 또 똑같이 환각이 일어났고,
마찬가지로 한 순간의 일이었지만 그 방 전체가 한 덩어리
가 되어 거꾸로 자신의 위로 쏟아져 내리는 느낌이 들었다.
그런데 사실은 그런 일은 일어나지 않았다. 그 대신 방 전
체가 고장난 축의 둘레에서 재주넘기를 하는 느낌이었고,
그 때문에 그때까지 눈앞의 벽이었던 것이 빙 회전해서 머
리 위에서 천장이 되고, 그때까지 바닥이었던 것이 눈앞에
똑바로 서 있는 벽이 되었다. 문은 손이 닿지 않는 곳으로
가버리고, 빗장이 굳게 걸린 문처럼 되어서 손을 댈 수도
없었다.

　등이 꺼졌다. 모두 꺼졌지만 감각적인 영상은 생생하게
남아서 머릿속을 소용돌이치고 있었기 때문에 암흑 속에서
도 백열등처럼 빛나고 있는 것이다. 자신은 아주 캄캄한 어
둠에 둘러싸여 있었으며, 육체적으로는 이미 아무것도 보이
지 않았기에 공포와 환상의 여운 속에서만 보이는 것이라
는 걸 깨달을 때까지는 상당한 시간이 걸렸다.

선로가 딱딱한 강철 막대기가 아닌 쭈글쭈글한 리본 같은 부드러운 것이 되고, 기차는 물결치는 곡선 위를 달리는 것 같은, 뭐라고 표현할 수 없는 끔찍한 기분이었다. 열차는 점차 빠른 간격을 두고 다가오며 원근법적인 상하운동을 하고 있는 제트 코스터처럼 오르내림을 계속하면서 달리고 있었다. 멀리서 물건이 부서지는 소리가 난다고 생각되자, 그것이 가까이 다가오고, 또 다가옴에 따라서 커진다. 그녀는 어렸을 때 집에 있었던 커피 빻는 기계가 생각났다. 그러나 그 커피 빻는 기계는 지금 여기에 있는 것처럼 사람을 억지로 안에까지 끌어들여서 보이는 것 일체를 박살내지는 않았다.

"휴!" 하고 그녀의 등뒤에서 산산조각이 난 바닥 자체가 외치고 있는 느낌이 들었다. 딱 한 번.

그 뒤에는 다시 침묵이 찾아왔다.

자질구레한 느낌도 남아 있었다. 이음매가 떨어지고 무거운 금속 칸막이가 머리 위로 와르르 무너져 내리며, 그 때문에 그녀가 있는 곳이 사각이 아닌 천막을 친 형태가 되었던 것이다. 어둠이 일시적으로 물러나고 갑자기 까닭모를 창백함으로 바뀌었다. 뜨겁고 답답했다. 증기가 샌 것이다. 이윽고 그것이 사라지자 어둠이 한층 짙어졌다. 어딘가 먼 곳에서 작은 오렌지빛 등이 가물거렸다. 그러나 드디어 그것도 점차 희미해지고 보이지 않게 되었다.

소리도 없으며 움직임도 없었다. 모든 것이 다시 조용해지고 꿈속인 것 같아서 잊혀졌다. 이건 무엇이지? 삶? 죽음? 아무래도 살아 있는 것은 아니었다. 살아 있는 것에는 기억이 있다. 불과 조금 전까지도 살아 있었기 때문에. 살아 있는 것 속에는 넘칠 정도의 빛이 있다. 그리고 사람들도, 움직임도, 소리도.

이것은 다른 것이 틀림없다. 어떤 과도기의 단계, 지금까지 들어 본 적이 없는 상태이다. 삶도 아니고 죽음도 아닌 중간 상태다.

어찌되었든 거기에는 고통이 있었다. 단지 고통뿐이었다. 처음에는 약했지만 점차로 강해지는 아픔. 그녀는 몸을 움직이려고 했지만 할 수 없었다. 가늘고 둥글며 차갑고 끈적끈적한 것이 발 밑에 있어서 그것 때문에 움직일 수 없는 것이었다. 그것은 이음매에서 떨어진 배수관처럼 그녀에게 휘감겨 있었다.

고통은 점점 더 심해졌다. 크게 소리치고 나면 편안해질 것 같은 느낌이 들었다. 그러나 큰소리가 나올 것 같지 않았다. 그녀는 입으로 손을 가져갔다. 약지에 있는 작은 금속의 반지에 닿았다. 아까 낀 반지이다.

여자는 그것을 이빨로 물었다. 그렇게 하자 어느 정도 마음이 편해졌다. 고통이 심해지면 심해질수록 그녀는 그것을 세게 문다.

조그맣게 신음하고 있는 자신의 목소리가 들린다. 그녀는 눈을 감았다. 통증이 누그러졌다. 그러나 그것과 함께 다른 것을 모두 빼앗겨 버렸다. 사고, 인식, 지각.

그녀는 겨우 다시 눈을 떴다. 몇 분일까? 몇 시일까? 그녀로서는 알 수 없었다. 단지 잠을 잤을 뿐이다. 좀더 자고 싶었다. 사고, 인식, 지각이 돌아왔다. 그러나 통증은 돌아오지 않았다. 아무래도 영원히 사라져 버린 모양이었다. 그 대신 나른함이 찾아들었다. 작은 소리로 울고 있는 목소리가 들렸다. 새끼 고양이처럼. 그것이 자신의 목소리일까?

단지 귀찮아서 잤다. 좀더 자고 싶었다. 그런데 주위에서 너무 큰소리를 내기 때문에 자려 해도 잘 수 없었다. 짤가닥짤가닥 소리, 양철을 두드리는 소리. 억지로 무엇인가를 잡아끌고 가는 소리. 그녀는 항의하듯이 조금 고개를 옆으로 돌렸다.

희미한 광선이 어딘가 위쪽에서 비치고 있었다. 그것은 길고 가느다란 손가락과 비슷해서 그녀를 찌르고 손가락질하고 어둠 속에서 그녀를 찾아내려는 것처럼 보였다.

정면에서는 비치지 않았지만, 끊임없이 그녀가 없는 곳, 그녀의 주위를 계속 탐색하고 있었다.

단지 자고 싶었다. 그녀는 항의하듯이 새끼 고양이 같은 소리로 울었다. 그러자 갑자기 무서운 질풍 같은 소동이 일어났다. 양철을 두드리는 소리는 점점 더 빨라지고 무엇인가 잡아끌어 내는 소리는 더욱더 맹렬해졌다.

드디어 모든 소리가 일제히 멎었다. 완전한 정적이 찾아오더니 남자 목소리가 바로 위에서 들렸다. 관을 통해서 얘기하는 듯한 멍멍하고 희미한 소리였다.

"안심해요. 이제 우리가 왔으니까. 좀더 참아요. 참을 수 있겠죠? 어디 아픈 곳이 있습니까? 기분은? 그곳에는 당신 혼자입니까?"

"아뇨." 하고 그녀는 가냘픈 목소리로 말했다. "난——아기를 낳았어요."

제 6 장

회복은 심히 불균형한 낮과 밤의 차가 점차로 줄어드는 것과 비슷했다. 처음 얼마 동안은 모두 밤, 그것도 북극의 밤이고, 잠깐 동안 낮의 단편이 한번에 1~2분 동안 이어질 뿐이었다. 밤에는 자고 낮에는 깨어 있었다. 그 동안에 조금씩 낮이 늘어나고 밤은 줄어들었다. 드디어 24시간 중 토막난 짧은 시간이 원래대로 하루의 한가운데에, 하나의 긴 낮으로서 찾아오게 되었다. 이윽고 이 낮이 마지막 부분에서 겹치기 시작하고 해가 떨어진 뒤에도 계속되어 저녁의 처음 한두 시간까지 파고들어왔다. 이제는 밤 속의 짧고 많은 낮의 단편이 낮 속의 짧고 많은 밤의 단편으로 바뀌었다. 꾸벅거리는 졸음. 낮과 밤의 차가 뒤바뀐 것이다.

회복은 동시에 두 번째의 방법으로도 찾아왔다. 시간과 함께 공간이 그 속으로 들어왔다. 낮이 늘어남에 따라 주위에 있는 사물의 물리적인 크기가 늘어났다. 처음 얼마 동안 늘 그녀의 의식에 들어오는 주위의 공간은 사소한 것뿐이었다. 머리 밑의 베개, 침대의 3분의 1, 바싹 옆으로 다가와 그녀 쪽으로 몸을 구부리기도 하고 들락날락거리기도 하는, 누군지 분간할 수 없는 얼굴 등등. 그리고 불과 짧은 순간이지만 한번에 팔로 안을 수 있는 자그마한 것. 생명이 있고 따뜻한 자신의 것. 그녀는 그 동안 다른 어느 때보다도 생기발랄해 있었다. 그것은 먹을 것이고 마실 것이고 햇빛이었다. 그녀를 삶으로 데리고 돌아온 생명의 그물이었다. 다른 것은 희미해지고 주위에 펼쳐진 회색의 안개 속으로 사라져 버렸다.

그러나 이 시계(視界)의 중심도 점차 넓어졌다. 드디어 그것은 침대의 발끝까지 닿게 되었다. 다음에는 그것을 뛰어넘어 바닥까지는 보이지 않았지만 그 앞의 넓은 방의 끝까지 도달했다. 뒤이어 삼면을 둘러싼 벽에 닿았지만, 지금으로서는 그보다 더 앞은 보이지 않았다. 벽에 가로막혀 있는 것이다. 그러나 그것은 이제 몽롱한 지각에 의한 한계가 아니라 육체에 의한 한계였다. 어떤 좋은 눈을 갖고 있다 해도 벽 맞은편까지 볼 수는 없다.

편안한 방이었다. 더할 나위 없이 안락한 방이었다. 이것이 아무렇게나 만들어진 우연의 효과일 리는 없다. 편안함이 온 방안에 스며들어 있고, 모든 것이 차분히 정돈되어 있다. 색채, 균형, 음향, 육체적인 안정과 평온, 특히 혼자 있을 수 있다는 것. 드디어 안온한 곳에 자리잡은 항구를, 피난할 곳을 찾아냈다. 이제 마음을 괴롭힐 것은 없다고 하는 기분이 주는 효과. 그녀에게는 단지 기분이 좋다고밖에 할 수 없는, 이런 축척된 효과를 가져오는 데는 고도의 과학적 기술과 지식이 사용되고 있는 것이 틀림없다.

전체적으로 차갑고 병실답게, 흰색이 아니라 따뜻하고 반짝거리는 상아색이었다. 오른쪽에 창이 하나 있고 거기에는

베네치안 블라인드가 걸려 있었다. 블라인드를 걷자, 햇빛
이 마치 구리빛의 덩어리 같은 두터운 빛의 화살이 되어 내
리꽂혔다. 그리고 블라인드를 치자 그 휘황찬란한 빛이 줄
어들고 희미한 아지랑이처럼 되어 그 속에 구리빛의 작은
먼지들이 마치 후광처럼 창 가득히 떠돌고 있는 것이다. 그
러나 대개의 경우에는 블라인드가 차분히 내려져 있고, 방
은 서늘하고 푸르고 희미한 빛 속에 가라앉아 있었다. 이것
역시 고맙게도 아무런 노력 없이도 눈을 감고 잠깐 동안 휴
식을 취할 수 있게 해주었다.

침대의 베개 오른쪽에는 늘 꽃이 있었다. 두 번 계속해서
같은 색의 꽃이 꽂힌 적은 없었다. 아마 매일 바꾸는 모양
이다. 매일 되풀이되는 일이지만, 같은 색이 계속된 적은 한
번도 없었다. 노란색, 그리고 나서 다음날은 분홍색, 그리고
다음날은 자주색과 흰색, 그리고 다시 다음날은 노란색으로
돌아왔다. 그녀는 그것을 기다리게 되었다. 눈을 뜨고 이번
에는 어떤 색일까 궁금해졌다. 혹시 그 때문에 살아 있는
것일까? 늘 같은 사람이 갖고 와서 그녀에게 보이기 위해
서 눈앞으로 쑥 내민 뒤에 다시 원래의 자리로 갖다놓는 것
이었다.

그녀가 매일 첫번째로 하는 말은, "내 아이를 보여 줘요."
였다. 그리고 두 번째로 거기에 바로 이어지는 말은 늘, "내
꽃을 보여 줘요."였다.

그리고 잠시 지나자 이번에는 과일이었다. 처음부터 당장
은 아니고, 그녀의 식욕이 회복되기 시작하고 난 얼마 뒤부
터였다. 꽃이 놓인 장소와는 다르게 조금 떨어진 창가에 놓

여 있었다. 바구니에 담겨 있었는데, 손잡이에는 커다란 실크 리본이 달려 있었다. 두 번 계속해서 같은 과일이 놓인 적은 없었다. 즉, 많은 종류의 과일이 각각 배열과 비율을 달리해서 담겨 있고, 조금 상한 흔적조차 없기 때문에 매일 새로운 과일로 바뀐다는 것을 그녀는 알 수 있었다. 실크 리본도 같은 것이 없는 걸로 보아 아마 바구니도 일일이 바꾸는 모양이다. 매일 새로운 바구니에 담겨 오는 신선한 과일.

만일 그것이 그녀에게 있어서 꽃만큼의 의미를 갖지 못한다면, 그것은 꽃은 꽃이고 과일은 과일이라는 이유일 것이다. 하지만, 과일은 과일 나름대로 보는 것이 즐거웠다. 햇빛을 받으며 큰 사원의 창처럼 빛나는 푸른색 · 녹색 · 보라색의 포도, 사과인가 하고 생각될 정도로 노란 볼에 붉은 빛이 도는 배, 비로드 같은 껍질의 노란 복숭아, 깜찍하고 작은 귤, 완전히 익어 버린 새빨간 사과.

다음날도, 그리고 그 다음날도 산뜻하고 주름진 짙은 녹색의 고급 포장지에 싸여 기분좋게 놓여 있겠지.

병원에서 이렇게까지 세세하게 신경을 쓰는 줄은 몰랐다. 입원할 때 지갑 속에 17센트밖에 갖고 있지 않은 환자——비록 지갑은 갖고 있더라도 그 정도의 돈밖에 갖고 있을 것 같지 않은 환자에게…….

그녀는 자신의 보잘것없는 과거를 되돌아보고는 반성한 적이 있었다. 그러자 방안에 그림자가 드리워지고, 밝았던 구석이 어두워지고, 창 너머로 흘러들어오는 대들보 같은 햇빛마저 약해지며, 무의식중에 어깨까지 이불을 바싹 끌어당기게 되었기 때문에 과거는 생각하지 않고 기억을 되살리지 않는 편이 좋다는 것을 깨달았다.

그녀는 생각했다——.

나는 기차에 타고 있었다. 다른 젊은 여자와 세면실에 들어갔었다. 비품과 거울의 금속적인 광택을 지금까지도 기억하고 있다. 보조개가 세 개, 두 개는 양 뺨에, 하나는 턱에 삼각형을 이루고 있는 또 한 여인의 얼굴이 눈앞에 떠오른다. 노력하면 그때의 진동과 발 밑이 조금 흔들흔들한 것 등을 지금도 느낄 수가 있다. 그러나 그것을 생각하자 가벼운 구역질을 느꼈다. 다음 순간 어떤 일이 일어날지 알고 있었던 것 같았다. 지금은 알고 있다. 하지만, 그때는 몰랐었다. 생각이 여기까지 미치자, 마치 전등의 스위치를 끄듯이 서둘러서 그 영상을 쫓아 버리고 분명히 그 다음에 닥쳐올 생각을 앞질러가서 지워 버렸다.

그녀는 뉴욕의 일을 생각해 냈다. 열리려고도 하지 않던 문을, 봉투에서 춤추며 떨어지던 차표를. 그림자가 무겁게 주위에 깔린 것은 그때였다. 방의 온도가 실제로 떨어진 것은 그때였다.

그녀는 당황해서 눈을 감고 베개에 실린 머리를 기울이며 과거를 내쫓으려고 했다.

현재가 훨씬 편하다. 그리고 언제든지 쉽게 손에 넣을 수 있다. 아무런 노력 없이도 현재를 자신의 것으로 만들 수 있는 것이다. 현재 이대로 있자. 그냥 놔두자. 현재는 안전하다. 지금 상태를 떠나서는 안된다.——앞이든 뒤든 어떤 방향으로도. 왜냐하면 거기에는 암흑만이 있을 뿐이고 어디로 데려갈지, 어떤 일이 기다리고 있을지 모르기 때문이다. 꼼짝 않고 있는 것이다. 꼼짝 않고 자는 것이다. 지금 있는 곳에서.

그녀는 다시 눈을 떴는데, 이번에는 기분이 달라졌다. 햇빛이 창에서 바닥으로 썰매에라도 실려 미끄러지듯이 듬뿍, 따뜻하고 강하게 흘러들어오고 있었다. 눈을 확 쏘는 천연색의 꽃, 리본을 단 과일 바구니. 주위에는 마음을 누그러뜨릴 정숙함이 가득 차 있다. 그리고 조금 있으면 갓난아기를 데려와서 옆에 눕혀 줄 것이다. 그러면 새로운 행복, 팔을 뻗어야 할지 떼어야 할지 고민하면서 행복을 느끼게 될 것이다.

현재를 이대로 놔두자. 현재가 언제까지고 계속 되게 하자. 요구해서는 안된다. 찾아서는 안된다. 물어서는 안된다. 현재와 싸움을 해서는 안된다. 어떤 일이 있어도 매달리는 것이다.

제 7 장

그녀를 회복시키고 현재에 종지부를 찍게 한 것은 실제로는 그 꽃이었다.

어느 날 그녀는 그 꽃 중 하나가 갖고 싶어졌다. 한 송이만 뽑아내 코끝에 가까이 대고 향기로운 냄새를 맡아 보고 싶어진 것이다. 단지 눈으로 보고 있는 것만으로는, 상상하는 것만으로는 이제 만족할 수 없었던 것이다.

이 무렵에는 전보다 훨씬 가까이 놔두었고, 그녀도 전보다 자유롭게 몸을 움직일 수 있게 되었다. 잠시 동안 조용히 옆으로 누워서 꽃을 즐기고 있었는데, 그때 문득 그런 충동이 일어난 것이다.

낮게 고개를 숙이고 그녀 쪽으로 기울어진 작은 꽃이 있었는데, 그녀는 그것이 갖고 싶어졌다. 그래서 완전히 몸을 돌리고 그 꽃 쪽으로 손을 뻗었다.

손이 줄기에 닿자 그 힘으로 꽃이 희미하게 떨렸다. 한 손으로 줄기를 꺾을 수 없다는 것을 알고 있었고, 그런 일은 하려고도 하지 않았다. 꽃을 망가뜨리지 않고, 단지 잠깐 동안 빌리고 싶을 뿐이었다. 그래서 그녀는 용기를 내어 줄기를 똑바로 들어올리려고 했지만 도저히 뽑을 수 없게 되자 손을 높이 든 채로 결국에는 머리 위까지 왔다.

손이 침대의 가장자리에 닿았다. 바로 머리 부분이었기 때문에 완전히 고개를 돌리지 않고서는 지금까지 볼 수 없었던 곳이다. 그리고 거기에 무엇인가가 흔들거리며 당장이라도 떨어질 것처럼 매달려 있었다.

그녀는 완전히 고개를 돌리고 조금 몸을 끌며 절반쯤 앉은 자세로 거기에 초점을 맞췄다. 이런 자세는 지금까지 취해 본 적이 없었다.

그것은 장방형의 가벼운 금속 틀로, 침대 난간의 맨 위에 붙들어 매어진 채 흔들리고 있었다. 틀 속에는 매끄럽고 두꺼운 종이가 들어 있고, 거기에는 작고 깔끔한 글씨로 무엇인가 쓰여 있었지만, 그녀의 손이 닿았을 때 흔들렸기 때문에 움직임이 멈출 때까지는 똑똑히 읽을 수 없었다.

환자 카드.

그녀는 물끄러미 바라보았다.

갑자기 현재도, 편안함도 산산이 부서지고, 뻗은 그녀의 손에서 꽃이 떨어졌다.

맨 위에 정확히 좌우 균형을 이루어 세 줄의 글이 나란히 쓰여 있었다.

맨 위가 '과——'

거기에는 '산부인과'라고 쓰여 있다.

그 밑이 '방——'

거기에는 '25호.'

마지막으로는 '환자 이름——'

거기에는 '패트리스 해저드(기혼).'

제 8 장

문을 열고 들어오는 간호사의 안색이 바뀌었다. 얼굴에서 미소가 사라졌다. 침대 가까이까지 오지 않아도, 문을 들어서는 순간 간호사의 표정을 읽을 수 있었다.

간호사가 가까이 다가와서 환자의 체온을 쟀다. 그리고 나서 기울어져 있던 환자 카드를 똑바로 했다.

두 사람 다 말하지 않았다.

방안에는 공포가 가득 차 있었다. 방에는 어두운 그림자가 깃들어 있었다. 방에는 이미 현재는 없었다. 미래가 빼앗아 간 것이다. 공포를 가져다 주고 어색함을 던져 준 미래가 과거일지라도 이런 괴로움을 가져다 주지는 않았을 것이다.

간호사는 체온계를 쳐들고 전등을 향해서 읽었다. 드디어 눈썹 사이의 주름이 깊어졌다. 그녀는 체온계를 내렸다.

간호사는 주의깊게 물었다. 말을 하기도 전에 방법이나 속도를 가늠하고 질문하는 태도였다. "어떻게 된 거죠? 무슨 걱정되는 일이 있습니까? 열이 조금 올랐어요."

침대의 여자는 자신 쪽에서 묻는 형태로 대답했다. 두려워하고 긴장해서. "침대에 걸려 있는 것이 뭐죠? 무엇 때문에 저기 걸어놓은 거죠?"

"환자라면 누구나 갖춰 두는 거예요." 하고 간호사는 달래듯이 대답했다. "아무것도 아니에요. 단지——."

"그런데 보세요—— 이름을. 저기에는——."

"자신의 이름을 보고 놀라셨나요? 보면 안돼요. 당신에게는 보여 주지 않도록 되어 있으니까요. 자, 이제 얘기를 해서는 안돼요."

"그래도 뭔가 내가—— 하지만, 얘기해 주지 않으면 나로서는 알 수 없는 일이——."

간호사는 그녀의 맥을 짚었다.

맥을 재고 있는 동안 환자는 갑자기 얼어붙을 것 같은 공포의 시선으로 자신의 손을 바라보고 있었다. 약지에 끼어 있는 작은 다이아몬드 반지를. 마치 지금까지 결혼 반지를 한 번도 본 적이 없는 듯이, 무엇 때문에 거기에 있는 건지 스스로도 알 수 없다는 듯이.

그녀가 당황해서 반지를 잡아빼려고 하는 것이 간호사의 눈에 비쳤다. 좀처럼 빠지지 않는다.

간호사의 얼굴이 변했다. "잠깐 실례합니다. 곧 돌아올게요." 하고 그녀는 불안한 듯이 말했다.

간호사는 의사를 데리고 왔다. 두 사람이 방에 들어서는 순간, 간호사의 작은 목소리가 딱 그쳤다.

의사는 침대로 다가와 그녀의 이마에 손을 얹었다.

의사는 간호사에게 얼굴을 끄덕이며 말했다. "조금 열이 있군."

의사는 말했다. "이걸 마시세요."

짠 맛이었다.

그들에게 보이지 않도록 손을 이불 밑에 넣었다. 반지를
낀 손을.

그녀의 입술에서 잔이 떨어졌다. 그녀는 이제 더 이상 묻
고 싶지 않았다. 묻고 싶었지만 지금 당장은 안된다. 언젠가
다른 때에.

그들에게 얘기하지 않으면 안될 것이 있다. 불과 바로 전
까지는 있었지만, 이미 마음속에서 도망쳐 버렸다.

그녀는 한숨을 쉬었다. 언젠가 다른 때에. 하지만 지금은
안된다. 지금은 아무것도 할 기분이 아니다. 단지 자고 싶을
뿐이다.

그녀는 베개에 얼굴을 묻고 잤다.

제 9 장

그것은 다시 곧 돌아왔다. 맨 먼저. 우선 꽃이 눈에 비치고, 과일이 눈에 비치고, 눈꺼풀이 올라가고, 방이 눈에 비치자 그것은 다시 곧 돌아왔다.

누군가가 그녀에게 얘기했다. "가만히 일을 진행시키는 거야. 천천히 얘기하는 거야. 조심조심해서." 무엇이 어떻게 된 것인지 그녀는 알 수 없었지만, 조심하지 않으면 안된다는 것을 깨달았다.

간호사가 말했다. "오렌지 주스를 드세요."

그리고는, "오늘부터 우유에 커피를 조금 넣어 드세요. 하루하루 조금씩 기분이 달라질 거예요."

가만히 일을 진행시키는 거야. 조심해서 말을 해야 해.

그녀는 말했다. "어떻게 됐죠, 그 사람——?"

그녀는 갈색 우유를 다시 한 모금 마셨다. 조심해서 진행해야 한다. 천천히 얘기해야 한다.

"누구 말입니까?" 하고 간호사가 곧 물었다.

아아, 조심해야 해. 지금이야말로 조심해야 해. "기차의 세면실에 또 한 명의 젊은 여자가 있었어요. 그 사람은 무사한가요?" 그녀는 한숨을 돌리기 위해 다시 우유를 마셨다. 잔을 꼭 쥐고. 이제 됐다. 떨어서는 안된다. 쟁반에 다시 놓고 천천히 편안하게. 그러면 된다.

간호사는 잠자코 고개를 흔들었다. 그리고 나서 말했다. "아뇨."

"죽었습니까?"

간호사는 금방 대답하지 않았다. 그녀도 역시 조심스럽게 진행하고 있다. 그녀도 역시 더듬으며 진행하고 있는 것이다. 한 발자국도 뛰어들려고 하지 않는다. "그 사람을 잘 아세요?"

"아뇨."

"기차에서 처음 만난 건가요?"

"예, 처음 만났어요."

이것으로 준비작업은 끝났다. 앞으로 나가도 괜찮다. 간호사는 고개를 끄덕였다. 뒤늦게 좀 전의 질문에 대답했다. "그 사람은 죽었어요." 하고 그녀는 조용히 말했다.

간호사는 상대방의 얼굴을 조심스럽게 바라보았다. 길은 안전하다. 갑작스러운 지반 붕괴 같은 것은 없다.

간호사는 이제 한걸음 더 내디뎠다.

"그밖에 누군가 더 묻고 싶은 사람은 없습니까?"

"어떻게 됐죠, 그 사람――?"

간호사는 이제부터 닥쳐올 위기에 대비해 무대를 정리해 두기라도 하려는 모습으로 쟁반을 집어들었다.

"그 사람이라뇨, 남자분?"

그녀가 말하고 싶었던 것은 이 말이었던 것이다. 그녀는 그 말에 매달렸다. "그분은 어떻게 됐나요?"

간호사는, "잠깐 실례하겠습니다." 하고 말했다. 그리고 문으로 다가가서 그것을 열고는, 모습은 보이지 않지만 누군가를 들어오게 했다.

의사와 또 한 명의 간호사가 들어왔다. 그들은 불의의 사건에 대응할 마음의 준비라도 하듯이 잠자코 서 있었다.

첫번째 간호사가 말했다. "체온 정상, 맥박 정상."

또 한 명의 간호사는 잔에 무슨 약인가를 타고 있었다.

그녀의 시중을 들어 주던 간호사가 침대 바로 옆에까지 왔다. 그리고 그녀의 손을 세게 쥐었다. 움직일 수 없을 만큼 세게.

의사가 고개를 끄덕였다.

첫번째 간호사가 입술을 적셨다. "남편도 돌아가셨어요, 해저드 부인."

그녀는 자신의 얼굴이 충격을 받아서 창백해지는 것을 느꼈다. 피부에 경련이 일어났다. 몸에 맞지 않은 옷을 입은 듯이.

그녀는 말했다. "아뇨, 착각이에요——. 그래요, 당신들은 뭔가 오해하고——."

의사가 살짝 몸짓으로 신호했다. 그와 두 번째 간호사가 재빨리 몸을 웅크렸다.

누군가가 차가운 손을 이마에 대고, 부드럽지만 단호한 태도로 그녀를 내리눌렀다. 누군지 그녀는 알 수 없었다.

그녀는 말했다. "아뇨, 제발 내게 얘기하게 해주세요!"

두 번째 간호사가 무엇인가를 그녀의 입술에 꼭 댔다. 첫번째 간호사는 세고 따뜻하게 그녀의 손을 쥐고 있었다. 그것은, "내가 옆에 있어요. 무서워하지 말아요. 늘 내가 옆에 있을 테니까." 라고 말하는 것 같았다. 이마에 댄 손은 찼지만 기분은 좋았다. 무겁긴 했지만 힘이 들 정도는 아니었다. 머리를 가만히 옆으로 젖히기에 적당할 만큼의 힘이 들어 있었다.

"부탁이에——." 그녀는 나른한 듯이 말했다.

그 뒤로는 아무 말도 하지 않았다. 다른 사람들도 말하지 않았다.

드디어 의사가 종지부를 찍듯이 말하는 소리가 들렸다. "꽤 침착하시군요."

제 10 장

다시 그것이 되살아났다. 이대로 끝날 리가 없다. 이렇게 되면 늘 잘 수 있는 것이 아니라, 정말 이따금 조금씩만 잘 수 있을 뿐이다. 그리고 그것이 되살아옴과 동시에 가만히 진행해야 한다. 조심해서 말을 해야 한다는 속삭임이 들렸다.

전부터 시중을 들던 간호사는 올메이어라는 이름의 아가씨였다.

"올메이어 양, 병원에서는 누구에게나 매일 이런 꽃을 줍니까?"

"그렇게 하고 싶지만 그럴 돈이 없어요. 이 꽃은 당신이 볼 때마다 5달러가 듭니다. 당신에게만 드리는 선물이에요."

"병원에서는 매일 과일을 바꿔 주나요?"

간호사는 상냥하게 웃었다. "이것도 그렇게 하고 싶어요. 하지만, 단지 그렇게 생각하고 있을 뿐이죠. 당신이 볼 때마다 이 과일은 한 바구니에 10달러가 들어요. 매일 반드시 신선한 것으로 배달해 달라는 부탁을 받았거든요."

"어머, 누가——?" 당황한 듯이 말해서는 안된다.

간호사는 멍하니 웃었다. "짐작이 안 가세요? 그렇게 어렵지는 않을 텐데."

"난 당신에게 얘기하고 싶은 것이 있어요. 반드시 들어주었으면 하는 것이." 그녀는 안정감 없이 베개 위에서 고개를 움직였다. 처음에는 한쪽으로, 그리고 나서는 반대쪽으로, 나중에는 다시 원래의 위치로.

"내가 찾고 싶은 것이 있는데."

"뭐죠?"

"핸드백이에요. 기차의 세면실에 갖고 들어갔던 핸드백. 그 속에 돈이 있어서."

"당신의 핸드백?"

"예, 세면실에 있을 때 갖고 있던 핸드백."

간호사는 잠시 뒤에 돌아와서 말했다. "예, 있어요. 잘 보관해 두었죠. 50달러가 들어 있군요."

그것은 자신의 것이 아닌 또 한 여자의 것이었다.

"두 개 있었죠?"

"예, 다른 것도 하나 있어요." 하고 간호사는 말했다.

"지금으로서는 누구의 것인지 모르지만." 그녀는 동정의 빛을 띠었다. "안에는 17센트밖에 들어 있지 않았어요." 하고 그녀는 거의 알아들을 수 없을 만큼 소리를 죽였다.

듣지 않고서도 알 수 있지. 정확히 알고 있다. 기차를 타기 전부터 알고 있었던 것이다. 기차를 타고 나서도 알고 있었던 것이다. 17센트. 동전 두 개, 니켈화 한 개, 10센트짜리 은화 한 개.

"그 17센트를 이곳으로 갖다주실 수 있습니까? 보기만 해도 되겠지만, 침대 옆에 놔둘 수는 없을까요?"

간호사는 말했다. "건강 때문에 나쁘지 않을까요? 그런 것으로 마음 상해 하는 것이. 어쨌든 물어 보고 올게요."

하지만, 간호사는 작은 봉투 속에 든 돈을 갖고 왔다.

그녀는 혼자가 되었다. 봉투에서 네 개의 작은 동전을 꺼내어 손바닥에 놓았다. 그리고 궁지에 빠진 모습으로 그대로 세게 꼭 쥐어 보았다.

상징적인 50달러. 헤아릴 수 없을 만큼 많은 금액의 상징인 것이다.

문자 그대로 17센트. 아무런 상징도 없고, 단지 그것뿐이다. 17센트, 그리고 그밖에는 한푼도 없다.

다시 간호사가 들어와서는 그녀에게 미소를 지었다. "내게 하고 싶은 얘기가 있다고 하셨는데, 어떤 건가요?"

그녀는 힘없이 마주 웃었다. "이제 잠시 동안 얘기하지 않기로 했어요. 다음에 언젠가 하죠. 내일이나 모레나. 어쨌든 오늘은——오늘은 말할 수 없어요."

제 11 장

아침식사가 담긴 쟁반에 편지가 한 통 얹혀 있었다. 간호사가 말했다. "어머, 당신에게도 편지가 오기 시작했네요."

편지는 우유잔에 기대어진 채 그녀 쪽으로 향해 있었다. 봉투에는 이렇게 적혀 있었다.

패트리스 해저드 부인

그녀는 무서웠다. 눈을 뗄 수가 없었다. 손에 쥔 오렌지 주스 잔이 떨렸다. 바라보고 있는 동안에 봉투의 글씨가 점점 커지는 느낌이 들었다.

패트리스 해저드 부인

"뜯어 보세요." 하고 간호사가 권했다. "그렇게 보고 있지만 말고. 달려들지도 않는군요."

그녀는 두 번 봉투를 뜯으려고 했지만 두 번 다 떨어뜨렸다. 겨우 세 번째에 세로로 꼼꼼하게 풀을 바른 부분을 뗄 수가 있었다.

'사랑하는 패트리스

아직 만난 적은 없지만, 이제 너는 우리 며느리다. 너는 우리에게 있어서 휴의 유물인 셈이지. 우리에게는 너와 아기밖에 남아 있지 않단다. 나는 그쪽으로 갈 수가 없단다. 의사가 만류하기 때문이지. 우리에게는 이번에 받은 충격이 너무나도 큰 것이어서 의사가 여행을 금지시켰다. 그러니까 네가 오는 수밖에 달리 방법이 없구나. 빨리 와 다오. 외로움과 낙망 속에 잠겨 있는 우리 곁으로 돌아와 다오. 그것이 이 고통을 견디는 데는 많은 도움이 될 것 같구나. 네가 와줄 날도 그리 멀지는 않다고 생각한다. 우리는 끊임없이 브레트 박사와 연락을 취하고 있는데, 그분은 너의 경과에 대해서 아주 기쁜 소식을 알려 주셨단다——.'

그 끝은 이제 아무래도 좋았다. 그녀는 읽으려고도 하지 않았다.

기차 바퀴가 머릿속을 달리고 있는 기분이었다.

아직 만난 적은 없지만

아직 만난 적은 없지만

아직 만난 적은 없지만

그녀가 편지를 손에 쥔 채 잠시 멍하니 있자, 간호사가 받아서 봉투에 넣었다. 그녀는 방안을 돌아다니는 간호사를 공포에 찬 시선으로 지켜보았다. "만일 내가 해저드 부인이 아니더라도 이 방에 있을 수 있을까요?"

간호사는 밝게 웃었다. "쫓아낼걸요. 이곳에서 내쫓아 공동 병실 쪽으로 옮겨 버리겠죠." 하고 그녀는 일부러 협박하듯이 그녀 쪽으로 얼굴을 들이대며 말했다.

간호사가 말했다. "어머, 당신의 아기를 받아 보세요."

그녀는 아기를 안았다. 강하게, 마치 발작적으로 아기의 몸을 지키려는 듯이.

17센트. 17센트로는 아무것도 할 수 없다. 순식간에 사라져 버릴 것이다.

간호사는 아주 기분이 좋아 보였다. 아까 한 농담을 계속하려고 했다. "어머, 당신은 자신이 해저드 부인이 아니라고 말할 생각이세요?" 하고 그녀는 놀리듯이 말했다.

그녀는 단단히 보호하듯이 아이를 꼭 안았다.

17센트. 17센트.

"그렇지 않아요." 하고 그녀는 잔뜩 움츠러든 목소리로 말하고 아기에게 얼굴을 묻었다. "그런 얘길 하려고 한 게 아니에요."

제 12 장

그녀는 실내복을 입고 햇볕이 잘 드는 창가에 앉아 있었다. 푸른 비단을 누벼 만든 옷이었다. 그녀는 매일 침대에서 일어날 때는 그것을 입었다. 가슴에 달린 주머니에는 흰 비단실로 새긴 글자가 있었다. P와 H를 새겨 넣은 것이다. 실내복과 어울리는 슬리퍼도 있었다.

그녀는 책을 읽고 있었다. 맨 뒷장에는 '패트리스에게, 어머니인 H가 사랑을 담아서'라는 문구가 적혀 있었다. 침대 옆에 놓인 테이블에는 다른 책들이 죽 늘어서 있다. 열 권이 좀 넘을까? 녹색, 붉은 자주색, 주홍색, 남색 등 가지각색의 표지로. 내용도 거기에 어울리는 밝고 가벼운 것이었다. 우울한 그림자는 찾아볼 수도 없는 책들이었다.

안락의자 옆의 낮은 테이블 위의 접시에는 귤 껍질과 씨가 두세 개 흩어져 있다. 그 옆의 좀더 작은 접시에는 불이 붙여진 채 담배가 놓여 있었다. 특별히 보내온 담배였는데, PH라는 머리글자가 새겨진 부분까지는 아직 타지 않았다.

머리 뒤쪽 위에서 내리쬐는 햇빛을 받아 머리칼이 희미하게 반투명하게 보이고, 머리 주위에 황금색의 거품이 이는 것처럼 보였다. 햇빛은 그녀의 앞머리를 뛰어넘어 의자

등받이의 모서리를 향해서 내려가다가 뾰족하게 내민, 벗은 발등 가득히 작은 황금색의 양지를 만들고, 마치 따뜻하고 밝은 입맞춤처럼 거기에 머물러 있는 것이었다.

가볍게 문을 두드리는 소리가 나고 의사가 들어왔다.

그는 의자를 끌어당겨 그녀와 마주보고 앉았다. 일부러 친근하게 행동하는 것처럼 보이려는 듯이 의자의 등받이를 앞으로 해서 앉았다.

"곧 퇴원하게 될 것 같군요."

그녀의 손에서 책이 떨어지자 주워 주었다. 그리고 그녀 쪽으로 내밀었지만, 받아들 것 같지 않은 모습이었기 때문에 그냥 옆에 있는 테이블 위에 올려놓았다.

"그렇게 깜짝 놀라실 필요 없습니다. 어차피 얘기는 정해진 거니까요."

그녀는 조금 숨이 막혔다. "어디——? 어디로?"

"집이 아닌가요, 물론."

그녀는 손으로 머리칼을 살짝 눌렀는데, 손을 떼자 다시 원래대로 되돌아가 햇빛을 받고는 전처럼 거품이 일듯이 반짝였다.

"이것이 당신 차표입니다." 그는 주머니에서 봉투를 꺼내어 그녀에게 건네주려고 했다. 그녀는 손을 빼서 의자 뒤로 감췄다. 그는 어쩔 수 없이 봉투를 테이블 위에 있는 책 사이에 끼워 넣고, 서표처럼 앞부분을 살짝 내비치게 해두었다.

그녀의 눈이 커졌다. 그가 방에 들어왔을 때보다도 컸다. "언제죠?" 하고 그녀는 말했지만, 거기에는 거의 호흡이 배어 있지 않았다.

"수요일에 낮 시간이 조금 지나서 출발하는 기차입니다."

갑자기 차갑게 얼어붙을 듯한 공포가 불꽃처럼 온몸을 기어 돌아다녔다.

"안돼요, 그건! 안돼요! 선생님께서 꼭 들어 주실 얘기가——." 그녀는 의사의 손을 잡고 매달리려고 했다.

그는 마치 어린아이라도 타이르듯이 농담처럼 얘기했다. "자, 자, 침착하세요. 무슨 얘길 하려는 겁니까, 도대체?"

"안돼요. 선생님, 안돼요——." 그녀는 계속해서 고개를 옆으로 흔들었다.

그는 그녀의 손을 꼭 잡고 위로하듯이 손을 쥔 채로 있었다. "알았습니다." 하고 그는 달래며 말했다. "아직 불안한 모양이군요. 겨우 이곳에 익숙해졌는데——. 익숙한 환경을 버리고 익숙지 않은 환경으로 들어간다는 것은 마음 내키지 않는 일이죠. 누구라도 그런 기분은 있어요. 전형적인 심리 반응이죠. 하지만, 곧 걱정하지 않아도 될 겁니다."

"그렇지만 전 도저히 그럴 수 없어요, 선생님." 하고 그녀는 격한 어조로 말했다. "도저히 그런 것은."

그는 상대의 기운을 북돋아 주듯이 턱밑을 가볍게 어루만졌다. "우리가 기차에 태워 줄 테니까 당신은 잠자코 타기만 하면 돼요. 저쪽 역에서는 가족들이 마중 나와 있을 테니까."

"내 가족?"

"그런 이상한 얼굴을 하는 게 아니에요." 하고 농담처럼 위로했다.

그는 유아용 침대 쪽으로 눈길을 돌렸다.

"이 아이는 어떻게 하죠?"

그는 침대로 다가가 갓난아기를 그녀에게로 데려와서 그 팔에 안겨 주었다.

"당신도 이 아이를 집으로 데려가고 싶겠죠? 설마 병원에서 기르려는 건 아니겠죠?" 그는 조롱이나 하듯이 웃었다. "당신도 이 아이에게 가정을 주고 싶겠죠?"

그는 갓난아기를 끌어안고 얼굴을 들여다보았다.

"예." 하고 드디어 그녀는 얌전하게 대답했다. "예, 저도 이 아이에게 가정을 주고 싶어요."

제 13 장

다시 기차로. 하지만, 이번에는 달랐다. 복잡한 통로도 없고, 밀고 밀리는 사람의 모습도 없으며, 참을성 있게 흔들리고 있는 승객도 없다. 자그마한 열차가 온통 그녀 혼자의 것인 셈이다. 올리거나 내리거나 할 수 있는, 기둥이 달린 작은 테이블. 깔끔하게 정돈된 방처럼 전신 거울이 달린 반침. 그물 선반에는 이번에 처음 사용하는 새로운, 깔끔하게 손질되어 금속처럼 반짝반짝 빛나는 둥근 귀퉁이에는 PH라는 머리글자가 주홍빛으로 가지런히 새겨져 있는 트렁크가 아래서부터 크기 순서대로 얹혀 있었다. 주위가 어두워졌을 때 독서용으로 쓰는 갓이 달린 작은 스탠드. 병에는 꽃, 이별의 꽃──아니, 가정으로 돌아가는 꽃──기차가 떠날 때 가족 대신이라고 하면서 보내는 꽃. 초콜릿을 씌운 프루츠 캔디. 잡지 몇 권.

그리고 바깥쪽에는 벽에서 벽까지 한 장의 유리로 된 듯한 널따란 두 개의 창. 그 창을 나무들이 햇빛을 받으며 한 개의 선이 되어 평화롭게 지나간다. 한쪽에는 짙은 녹색, 반대쪽은 엷고 푸른 사과빛이 되어서. 구름도 평화롭게 지나간다. 단지 나무보다는 조금 느리게. 마치 두 개가 각각 움직이듯이 보이면서도, 끊임없이 움직이고 있는 두 개의 벨트처럼 정확하게 시차를 이루고 연결되어 있다. 목장과 밭, 그리고 이따금 멀고 낮은 언덕의 기복이 지나쳐 간다. 조금 높아졌다가는 다시 낮아진다. 이제부터 앞으로의 일을 암시하는 파도 같은 선.

그리고 그녀의 맞은편 좌석에는——이것이야말로 훨씬 중요한 것이지만——푸른 모포에 싸인 채 작은 얼굴을 움직이지도 않고, 작은 눈을 감고 있는——애무의 대상, 사랑의 대상이 자고 있다. 이 세상에서 사랑하는 것 모두가 여기에 있다. 바깥 세상의 파도와 같은 선을 보면서 여행을 계속하기 위한 모든 것이 여기에 있다.

그래, 이번에는 좀 다르다. 게다가——이번 여행에 비해서 지난번 여행이 어쩐지 마음에 드는 것이다. 지금의 그녀에게는 불안이 함께하고 있다.

지난번에 여행할 때는 불안하지 않았다. 앉을 자리도 없고 먹을 것도 없이, 있는 것이라고는 단지 17센트뿐이었다. 그리고 눈앞에는 무언지 모르지만 기차의 움직임과 함께 다가올 불행, 공포, 죽음의 날개짓이 있었다.

그러나 불안은 없었다. 이렇게 세차게 마음을 때리는 느낌은 없었다. 지금과 같은 긴장과 이쪽 저쪽으로 끌려다니고 있는 듯한 기분도 없었다. 바른 길을 가고 있다, 이것 외에 달리 갈 길은 없다는 평온하고 안정된 마음이 있었다.

기차는 기적을 울리고 있었다. 달리고 있는 기차라면 모두 내는 기적이다. 그러나 그녀의 귀에만은 이렇게 말하고 있는 것 같았다.

되돌아가, 되돌아가.

덜커덩덜커덩.

지금 당장 그만둬. 아직 돌아갈 수 있어.

그녀의 몸의 아주 작은 부분, 가장 작은 부분이 움직였다. 엄지손가락만을 남기고 네 개의 손가락이 차례로 펴지고 그때까지 오랫동안 꼭 쥐고 있었던 하얀 주먹이 펴졌다. 그러자 그 속에서 나타난 것은———.

인디언의 얼굴이 있는 동전.

링컨의 얼굴이 있는 동전.

들소가 새겨진 니켈화.

자유의 여신상이 새겨진 10센트짜리 은화.

17센트. 지금은 그 발행연도까지 외우고 있다.

덜커덩.

여기서 돌아가. 아직 충분해.

돌아가.

다시 손가락이 꽉 쥐어지고 엄지손가락이 그 위에 얹혀지며, 돈은 원상태로 되돌아갔다.

그리고 나서 그녀는 꽉 쥔 주먹을 들어서 미친 듯이 이마를 두드리다가 잠시 그대로 손을 대고 있었다.

갑자기 그녀는 벌떡 일어서서 트렁크 중 하나를 잡아당겨 바깥쪽 귀퉁이가 안으로 들어가도록 휙 돌려놓았다. PH

라는 머리글자가 보이지 않게 되었다. 그녀는 그 아래의 트렁크도 돌려놓았다. 다음의 PH도 보이지 않게 되었다.

불안은 사라지지 않았다. 그것은 그녀의 한쪽 구석에 새겨져 있는 것이 아니라, 전신에 새겨져 있기 때문이었다.

바깥에서 가볍게 문을 두드리는 소리가 들리자 그녀는 마치 커다란 지진이라도 만난 듯이 벌떡 일어섰다.

"누구세요?" 하고 그녀는 숨을 헐떡이면서 물었다.

사환의 목소리가 들렸다. "이제 5분 뒤면 콜필드에 도착하게 됩니다."

그녀는 좌석에서 퉁겨져 나와 문으로 달려가 재빨리 열었다. 사환은 벌써 복도 저만치 걸어가고 있었다.

"안돼요. 잠깐만, 설마 그렇게──."

"이미 도착했습니다, 부인."

"하지만, 이렇게 빨리. 난 그런 것은──."

사환은 사람좋아 보이는 미소를 지었다. "콜필드는 언제나 클레어렌든과 헤이스팅스 사이에 있습니다. 거기 있는 것이 당연하죠. 이제 클레어렌든을 지났고 헤이스팅스는 콜필드의 바로 다음입니다. 제가 이 열차를 탄 뒤로 이건 한 번도 바뀐 적이 없거든요."

그녀는 문을 닫고 휙 돌아서서 거기에 등을 기댔다. 무엇인가 파국적인 것이 침입하는 것을 막기라도 하려는 듯이.

돌아가려 해도 늦었어.

"계속 타고 가면 돼. 내리지 않고 지나치면 돼." 하고 그녀는 생각했다. 그녀는 창가로 다가가서 비스듬히 밖을 바라보았다. 계속해서 나타나는 풍경 속에서 어떻게든 이 난제의 해결점을 찾아내기라도 하려는 듯이.

아직 아무것도 나타나지 않는다. 초조하리만큼 정말 조금씩밖에 나타나지 않는다. 집이 한 채 외로이. 그리고 또 한 채, 이것도 외로이. 다음에 다시 한 채. 점차 집의 수가 많아지기 시작했다.

"이대로 지나치는 거야. 내려서는 안돼. 그 사람들은 너를 알아보지 못할 거야. 누구도 알 수 없어. 이것이 마지막 기회, 이번만은 그래야 해. 이제 할 수 있는 일이라고 한다면 그것뿐이야."

그녀는 문으로 되돌아가 손잡이 밑의 작은 자물쇠를 급히 돌려 안쪽에서 꼭 잠갔다.

집 수는 점점 많아지고 동시에 속력이 떨어졌다. 이제는 날아갈 듯이가 아니라 천천히 스치듯이 국민학교의 건물 옆을 지나쳤다. 멀리서도 구별할 수 있다. 더러운 곳 하나 없는 아주 새로운 근동풍의 건물에는 많은 유리창이 달려 있고, 군더더기 없는 콘크리트의 건축 양식이 햇빛을 받아 빛나고 있었다. 옆의 운동장에서 흔들리고 있는 작은 그네까지 보였다. 그녀는 작은 모포에 싸인 갓난아기를 곁눈질로 보았다. '저런 학교에 우리 아기도——.'

소리를 내지는 않았지만 자신의 목소리가 크게 귀에 울렸다. "누가 좀 도와주세요. 난 어떡하면 좋을지 모르겠어요!"

차바퀴의 소리가 점점 작아지고 있었다. 마치 기름이 떨어진 듯이. 또는, 축음기의 레코드가 느슨해진 때처럼.

덜커덩 덜커덩

차바퀴가 한번 회전할 때마다 이것이 마지막인 듯한 느낌이 들었다.

갑자기 창 바로 바깥에 긴 지붕이 창과 나란히 보이기 시작하고, 드디어 천장으로부터 드리워진 하얀 팻말이 지나쳐 갔다. 차례차례로 글자가 거꾸로 나타났다.

드 필

'필'까지 왔다고 생각하자 딱 멈췄다. 움직이려고 하지 않는다. 그녀는 하마터면 비명을 지를 뻔했다. 기차가 멎은 것이다.

등뒤에서 노크 소리가 들리고, 그 진동이 그녀의 가슴속까지 관통하는 것처럼 생각되었다.

"콜필드입니다, 부인."

그리고 나서 누군가가 손잡이를 돌렸다.

"짐을 들어드리겠습니다."

17센트를 꼭 쥐고 있었기 때문에 그 힘으로 관절이 창백해졌다. 그녀는 좌석으로 다가가 푸른 모포와 거기에 싸인 것을 안아올렸다.

창밖에는 사람들이 무리지어 있었다. 그녀보다 낮은 곳에 있었지만, 그녀에게는 그 사람들이 보이기 시작했고, 그 사

람들에게도 그녀가 보였다. 한 여자가 꼼짝 않고 그녀 쪽을
똑바로 보고 있었다.

두 사람의 시선이 부딪쳤다. 서로 뒤엉킨 채 딱 멈췄다.
얼굴을 딴 데로 돌릴 수가 없었다. 창문 안쪽으로 도망칠
수도 없었다. 마치 그 눈동자가 그녀를 그대로 꼼짝못하게
한 것 같았다.

그 여자는 그녀를 손가락으로 가리켰다. 그리고 모습은
보이지 않지만 누군가 다른 사람을 향해서 기쁜 듯이 외쳤
다. "어머, 여기예요. 찾았어요. 이 차예요."

그녀는 일어서서 손을 흔들었다. 그녀는 푸른 모포에 푹
싸여 진지하게 창밖을 보고 있는, 잠이 부족해 보이는 조그
마한 얼굴을 향해 손을 흔들었다. 누군가가 갓난아기에게
보이려는 듯이 손가락을 팔랑팔랑 흔들었다.

그녀의 표정은 도저히 묘사할 수 없는 것이었다. 한 순간
의 중단이나 간격을 두고 인생이 다시 새롭게 시작되었을
때와 같은 표정이라고 할까. 황량한 겨울이 끝나고 드디어
다시 태양이 얼굴을 내민 때와 같은 표정이라고 할까.

갓난아기를 안은 그녀의 모습은 뺨을 살짝 스치는 창에
서 얼굴을 돌린 듯한, 또는 다른 사람은 끼워 주지 않고 둘
만이 서로 얘기하며 비밀이라도 털어놓고 있는 듯한 모습
이었다.

"너를 위해서야." 하고 그녀는 속삭였다. "너를 위해서야.
아무쪼록, 하나님, 용서해 주세요."

그렇게 말하고 그녀는 갓난아기를 안은 채 문으로 다가
가 빗장을 열고 어리둥절해 있는 사환을 맞아들였다.

제 14 장

인생에는 때로 분기점이 있다. 검은 페인트로 쓴 글씨 같은, 또는 분필로 하얗게 그은 듯이 거의 눈에 보일 정도의 분명한 선이. 그렇게 자주 있는 것은 아니지만 가끔은 있는 것이다.

그녀에게는 그것이 분명히 존재하고 있었다. 차창과 승강구의 계단 사이에, 불과 조금 전에 기다리고 있는 사람들의 눈으로부터 피해서 숨은 복도의 어딘가에 존재하고 있었던 것이다. 창을 떠난 한 명의 여자가 있었다. 그러자 다른 여자가 승강구의 계단을 내려갔다. 하나의 세계가 끝나고 다른 세계가 시작된 것이다.

그녀는 방금 창가에서 갓난아기를 안고 서 있었던 여자가 아니었다.

승강구의 계단을 내려온 것은 패트리스 해저드였다.

겁에 질려 부들부들 떨고 얼굴은 창백해 있지만, 그래도 패트리스 해저드인 것이다.

그녀는 여러 가지를 깨닫고 있었지만, 그것은 단지 간접적인 것에 불과했다. 불과 몇 인치밖에 떨어지지 않은 곳에서 자신의 눈을 찬찬히 주시하고 있는 상대의 눈을 바라보고 있을 뿐이었다. 다른 것들은 모두 배경이었다. 등뒤에서 기차가 움직이기 시작했다. 많은 승객을 싣고. 아무도 모르지만 빈 자리에 한 사람의 망령을 싣고서. 아니, 두 사람의 망령이다. 큰 것과 아주 작은 것.

이것으로 영원히 돌아가야 할 집은 없어졌다. 이제 와서 되돌아갈 수는 없다.

그 개암나무 빛깔의 눈동자가 그녀에게로 다가왔다. 친절하게 보였다. 눈꼬리가 웃고 있었다. 다정했다. 조금도 걱정하고 있지 않는 듯했다. 완전히 믿고 있는 눈동자였다.

그 눈동자의 주인은 50대의 여자였다. 머리칼은 하얗게 새어 있지만, 아래쪽은 아직 백발이라고 할 정도는 아니었다. 키는 패트리스와 비슷하고, 그리고 그녀처럼 호리호리했다. 그러나 원래 여위었던 것은 아님이 분명하다. 왜냐하면 일부러 미용 때문에 살을 뺀 것이 아니었기 때문이다. 입고 있는 옷을 보면 그것이 최근의 일, 불과 요 몇 개월 동안의 일인 것을 알 수 있다.

그러나 이 부인의 이런 세세한 것조차 배경이고, 그녀의 뒤에 서 있는 비슷한 나이의 남자 역시 배경이었다. 실제로 보이는 것은 단지 그 부인의 얼굴이고, 이제는 딱 마주친 얼굴의 눈뿐이었다. 말은 없지만 그 눈동자는 많은 것을 얘기하고 있었다.

그녀는 두 손을 패트리스의 뺨에 가볍게 대고 작위를 수여할 때처럼 신성한 축복을 줄 때처럼, 그녀의 얼굴을 어루만졌다.

그리고 나서 부인은 잠자코 그녀의 입술에 입을 맞췄다.

이 입맞춤에는 일생이 담겨 있었다. 그녀는 그것을 느낄 수 있었다. 한 남자의 일생. 어린 시절부터 소년기를 지나 한 사람의 어른으로 성장할 때까지의 기나긴 세월. 이 입맞춤에는 참혹한 절망이 담겨 있었다. 한 순간의 타격으로 모든 것을 잃어버린 절망이. 모든 희망이 사라진 한 순간, 잔혹스러울 만큼 슬픈 몇 주일. 그러나 잃어버린 것 대신에 나타난 것이 있다. 며느리가 한 명 생기고, 또 한 명의 다른 좀 더 작은 아들이 나타났다. 아니, 같은 자식이다. 같은 피, 같은 살을 나눈 자식이다. 원래 상태로 돌아와서 처음부터 다시 시작하면 된다. 과거에는 넌더리를 냈었기에 이번에는 후덕하고 애처로운 보호자가 될 테지만. 다시 새로운 희망이 싹튼 것이다.

입맞춤에는 이런 것들이 모두 담겨 있었다. 그 속에서 얘기되고 느껴지는 것이었다. 그리고 처음부터 그 때문에 입맞춤 속에 담겨 있었던 것이다.

그것은 역의 지붕 밑에서 행해진 단순한 입맞춤만은 아니었다. 며느리로 받아들이는 성스러운 의식이었다.

그리고 나서 부인은 갓난아기에게 입맞추었다. 그리고 누구나 자신의 갓난아기에게 미소짓듯이 그렇게 하였다. 그러자 갓난아기의 귀여운 분홍빛 뺨에는 전에 없던 작은 수정 같은 물방울이 하나 맺혀 있었다.

뒤에 서 있던 남자가 앞으로 나와서 그녀의 이마에 입맞추었다.

"내가 시애비다, 패트리스."

그는 숙였던 고개를 들고 말했다. "짐을 차에 싣도록 하자." 감정이 폭발할 것 같은 때에 그 자리에서 도망치기 위해 남자들이 흔히 사용하는 좋은 구실이다.

부인은 한마디도 하지 않았다. 그 동안 아주 가까이 있었지만, 입술에서는 한마디도 새어나오지 않은 것이다. 아마 그녀의 얼굴이 창백한 것과 흠칫거리는 눈동자의 불안을 알아차린 것일 게다.

부인은 상대의 몸에 손을 돌려서 아까보다 훨씬 상냥하게, 평소 늘 하는 습관처럼 자신 쪽으로 끌어당겼다. 그리고 상대의 얼굴을 살짝 자신의 어깨에 갖다댔다. 그리고 그제야 비로소 작은 평화를 주는 듯한 목소리로 위로하며 말했다.

"너는 집에 돌아온 거야, 패트리스. 자, 가자."

그리고 이 단순한 말, 잘못 알아들었을 리 없는 이 말에 패트리스 해저드는 갑자기 자신이 이 사람들이 갖고 있는 모든 선의, 아니 이 세상에서 구할 수 있는 모든 선의를 찾아낸 듯한 기분이었다.

제 15 장

집에 돌아왔다는 것은 이런 기분을 말하는 것일까? 자신의 집에, 자신의 방에.

그녀는 식사하러 내려가기 위해 다시 새옷을 갈아입었다. 그리고 자신의 방에 있는 팔걸이 의자에 단정히 앉아서 기다리고 있다. 양쪽으로 퍼진 것에 비하면 의자의 높이는 좀 작아 보인다. 등은 똑바로 의자에 기대고, 발은 단정하게 조심스레 바닥에 대고 있다. 손은 펴서 작은 침대 위에 올려놓고 있다. 아기를 위해 사다 놓은 침대로, 그녀가 이 방에 들어서는 순간부터 눈에 띈 것이다. 아기는 지금 그 안에 있다. 그들은 이런 것에까지 신경을 써주었다.

그들은 그녀를 혼자만 있게 해주었다. 이 기분을 마음껏 맛보기 위해서는 혼자 있을 필요가 있는 것이다. 몇 시간이나 지난 지금까지도 그녀는 이 기분을 걸신들린 것처럼 마시고, 그 속에 잠겨 그 유액을 빨아들이고 있는 것이다. 표현할 수 없는 기분이었다. 몇 시간이 지났다. 그런데 그녀의 얼굴은 아직까지도 이따금 천천히 불안한 듯이 좌우를 살피고 사방의 벽을 둘러보고 있다. 그리고 나서 눈동자는 뒤쪽으로 갔다. 천장도 잊지 않고. 그 위에는 지붕이 있다. 비로부터, 추위로부터, 적막함으로부터 보호해 주는 천장——
하숙집에서 누구의 것도 아닌 천장이 아니라, 자기 집의 천
장이다. 자신을 보호해 주고, 비와 이슬을 막아 주고, 자신
을 그 밑에 있게 해주고, 찬찬히 지켜보는 지붕이다.

귀를 기울이자 아래층 어딘가에서 저녁식사 준비를 하고
있는 평온한 웅성거림이 아주 작게 들려온다. 문을 열면 띄
엄띄엄 희미한 소리가 들리지만, 문을 닫으면 다시 들리지
않는다. 양탄자가 깔려 있지 않은 나무 바닥에 주저하는 듯
한 발소리가 난다고 생각하자마자 다시 사라진다. 이따금
그릇들이 서로 부딪치는 희미한 소리가 난다. 한번은 흑인
가정부의 커다랗고 또렷한 목소리가 들린 적도 있다. "아뇨,
아직 준비가 끝나지 않았습니다, 마님. 5분 정도 더 걸릴 것
같은데요."

그리고는 뒤이어 웃으면서 꾸짖는 소리가 이상스럽게도
분명히 들렸다. "쉿, 조시. 이 집에는 이제 갓난아기가 있어.
자고 있을지도 모르잖아."

누군가 계단을 올라오는 사람이 있다. 자신과 얘기하러
오고 있는 것이다. 그녀는 앉은 채로 몸을 조금 웅크렸다.
또다시 두렵고 무서워졌다. 이번의 대결은 역에서처럼 금방
끝날 수는 없다. 이번에는 진짜 대면이고, 진짜 결합, 진짜
가족의 한 사람이 되는 것을 의미한다. 본격적인 인물 조사
인 것이다. "패트리스, 저녁밥이 준비되었다. 언제든 네가
좋을 때에 내려오너라."

집에 있을 때는, 자신의 집에 있을 때는 밥을 먹는다고
표현한다. 외출했을 때라든가 다른 집에 갔을 때에는 식사

를 한다고 표현하고. 그러나 자신의 집에서 먹는 것도 밥이지, 다른 것은 아니다. 이 보잘것없는 말 한마디가 부적이라도 되는 듯이 그녀의 마음은 커다란 기쁨으로 넘쳤다. 소녀 시절, 갑자기 끝나 버린 그 짧았던 세월을 그녀는 떠올렸다 ──. 밥이라 불리는 것은 단순한 밥이었을 뿐, 그밖에 다른 아무것도 아니다.

그녀는 깜짝 놀라서 의자에서 일어나 문을 열었다. "어떡하죠──아기도 함께 데리고 갈까요, 아니면 돌아올 때까지 침대에 눕혀 둘까요?" 하고 그녀는 거의 간청하듯이, 절반은 불안한 듯이 물었다. "5시에 젖을 주었는데."

시어머니인 해저드 부인은 고개를 갸우뚱거리며 말했다. "뭐, 어차피 오늘밤은 아래층으로 데리고 가자꾸나. 첫날밤이니까. 서두르지 않아도 된다. 천천히 하거라.

이윽고 어린아이를 안고 방을 나오자 그녀는 잠시 걸음을 멈추고 특별히 무엇을 하는 것도 아니면서 문 가장자리를 손으로 어루만졌다. 손잡이가 달린 부분이 아닌 손잡이가 없는 매끈매끈한 표면의 이쪽저쪽을.

"나 대신 내 방을 지키고 있어." 하고 그녀는 알아들을 수 없을 만한 소리로 말했다. "곧 돌아올 테니까 말이야. 조심해. 아무도 들어와서는 안돼, 알았지?"

지금 이렇게 계단을 내려가듯이 이제부터는 셀 수 없을 만큼 많이 이곳을 내려갈 것이다. 급한 걸음으로 내려갈 때도 있을 것이고, 천천히 내려갈 때도 있을 것이다. 씩씩하고 쾌활하게 내려갈 때도 있을 것이며, 어쩌면 불안과 괴로움을 안고 내려갈 때도 있을 것이다. 그러나 지금은 처음으로

이 계단을 내려가고 있는 것이다.

그녀는 아기를 꼭 안고 발로 더듬으면서 걸었다. 왜냐하면 처음 내려가는 계단이어서 폭도 알 수 없고 발의 감촉도 알 수 없는데다가, 발을 헛딛고 싶지는 않았기 때문이다.

모두들 식당의 여기저기에 서서 그녀를 기다리고 있었다. 교관처럼 딱딱하게 몸을 긴장시키며 격식을 차리고 있는 것이 아니라, 자신들이 그녀에게 주어야 할 자그마한 동정조차 의식하지 못하는 아무렇지도 않은 편안한 모습이었다. 시어머니인 해저드 부인은 허리를 구부리고 마지막 마무리라도 하듯이 식탁 이쪽에서 저쪽으로 무엇인가를 옮기고 있었다. 시아버지인 해저드 씨는 신문을 읽기 위해서 쓰고 있었던 안경 너머로 전등을 올려다보더니 전구를 닦아 케이스에 넣었다. 방에는 젊은 남자도 한 사람 있었다. 그녀가 들어갔을 때 그는 등을 절반쯤 그녀에게 돌린 채 찬장 위의 접시에서 땅콩을 살짝 집어먹고 있던 참이었다.

그는 다시 찬장 쪽을 향했지만, 그녀가 들어오는 소리를 듣고 땅콩을 단념했다. 아직 젊고 키가 크고 선량해 보이는 얼굴로, 머리칼은──그녀의 마음속의 카메라의 셔터가 재빨리 눌러지고는 필름은 다음으로 감겼다.

"오, 아기가 왔구나." 하고 시어머니인 해저드 부인이 들뜬 목소리로 외쳤다. "오, 아가야. 자, 내게 다오. 너 이 사람 알고 있지, 물론?" 그리고 나서 그녀는 새삼스럽게 말할 필요도 없는 일이라는 듯이 덧붙였다. "빌이야."

'그런데 누굴까──?' 하고 그녀는 생각했다. '하긴, 지금까지 아무것도 일러준 게 없잖은가?'

그는 다가왔다. 상대가 자신과 거의 비슷한 나이였기 때문에 그녀는 어떻게 해야 좋을지 몰랐다. 그녀는 망설이면서 손을 내밀었고, 너무 형식적인 것이었는지도 모르지만 눈치채지 않게 끝나길 바랐다. 그는 내민 손을 잡았지만 악수는 하지 않았다. 단지 잠시 동안 가만히 진지하게 두 손으로 그 손을 쥐고 있을 뿐이었다.

"어서 오세요, 패트리스." 하고 그는 조용히 말했다. 그렇게 말할 때의 그의 눈에는 솔직하고 흔들림이 없는 표정이 들어 있었는데, 그녀는 이런 인정이 있고 꾸밈이 없으며 신뢰할 수 있는 목소리를 들어 본 적이 없는 느낌이었다.

그리고 그것뿐이었다. 시어머니인 해저드 부인이 말했다. "네 자리는 여기다. 이제부터 언제까지고."

시아버지인 해저드 씨가 점잖은 태도로 말했다. "우리는 정말 다행스럽게 생각하고 있다, 패트리스." 그렇게 말하면서 식탁의 상석에 앉았다.

빌이라는 사람이 누구인지 모르지만, 그녀의 맞은편에 앉았다. 흑인 가정부가 문에서 살짝 얼굴을 내밀고 생글생글 웃었다.

"이젠 됐네요. 식사 때는 이래야 해요. 이제 지금까지 비어 있던——."

거기까지 이야기하다가 갑자기 그녀는 막 나오려던 말을 누르고 재빨리 모습을 감추었다.

시어머니인 해저드 부인은 아주 잠깐 동안 접시를 바라보다가 곧 웃는 표정을 지었다. 마음속의 고통을 멀리하고 자그마한 추억조차 머물지 못하도록 노력하고 있는 것이다.

모두는 특별히 기억에 남을 만한 얘기는 하지 않았다. 집에서는 식탁을 사이에 두고 기억에 남을 만한 얘기를 하는 것이 아니다. 마음으로 주위 사람들의 마음과 얘기하기 때문이다. 잠시 지나자 그녀는 자신의 말에 조심하는 것을, 생각하고 평가하는 것을 잊어버렸다. 이것이 가정이라는 것이다. 가정이란 당연히 이렇게 되지 않으면 안된다. 다른 사람과 마찬가지로 구애됨이 없이 입에서 말이 새어나왔다. 모두가 그렇게 시키려고 애쓰고 있는 것을 그녀는 알았다. 그리고 그것은 성공하고 있는 것이다. 수프가 나왔을 때에는 어색함은 사라지고, 그것은 두번 다시 돌아오지 않았다. 어떤 일이 일어난다 해도 두번 다시 돌아올 리 없다. 설사 다른 일은 어떻게 되든——그녀는 그것도 돌아오지 않기를 빌었다. 하지만, 어색함은, 이 식구들에게서 이질적이 되는 불안만은 돌아오지 않았다. 그들은 성공한 것이다.

"그 옷의 흰 칼라가 아주 잘 어울리는구나, 패트리스. 내가 고른 것에는 모두 조금씩 일부러 색을 넣게 했단다. 내가 보기에는 네가 아주——."

"아주 아름답다는 말씀이시죠? 아까 트렁크를 열고서는 아직 절반도 꺼내어 보지 못했어요."

"치수가 맞을지 걱정스러웠었는데, 간호사가 모두——."

"그렇다면 언젠가 간호사가 줄자로 몸전체를 잰 적이 있었는데, 왜 그런 일을 하는지 알려 주지 않아서——."

"당신은 어느 색이 좋은가요, 패트리스? 밝은 쪽? 아니면, 어두운 쪽?"

"글쎄, 그냥——."

"아니, 한번쯤은 빌에게 가르쳐 줘라. 그러면 이 다음부터는 묻지 않을 테니까."

"그럼, 어두운 계통일 거예요."

"나와 같군요."

그는 다른 세 사람보다 말수가 적었다. 낯가림을 하고 있는 것뿐이라고 그녀는 생각했다. 긴장하고 있다든가 과묵하다든가 하는 것이 아니다. 아마 그것이 버릇인 모양이다. 매사에 조용하고 조심스러운 모양이다.

중요한 것은 도대체 이 청년은 어떤 인물인가 하는 것이었다. 이미 일이 이렇게까지 진행되었으니 노골적으로 물어볼 수도 없는 일이다. 처음에 물어 볼 기회를 놓쳤으니. 20분이나 지난 뒤에 물을 수는 없잖은가? 성을 말하지 않는 것을 보면 틀림없이 ──.

'머지않아 알게 되겠지.' 하고 그녀는 자신에게 타일렀다. 그녀는 이제 걱정하지 않았다.

얼핏 그에게 고개를 돌리는 순간 그가 자신을 물끄러미 바라보고 있다는 걸 깨닫고는, 지금까지 그가 무슨 생각을 하고 있었을까 하는 의문이 생겼다. 그러면서 그녀는 자신이 느낀 것이 사실은 그의 표정을 통해서 알게 된 것임을 인정하지 않는다면, 그것은 자신을 향해 거짓말을 하고 있는 것이 될 것이다. 그는 그녀의 아름다운 얼굴이 마음에 든다고 생각하고 있었던 것이다.

잠시 지나자 그가 말했다. "아버지, 빵을 집어 주세요."

이 한마디로 이 청년이 누구인지 그녀는 알 수 있었다.

제 16 장

4월의 어느 화창한 일요일 아침의 세인트 바솔로뮤 감리
교회——콜필드에서 사회적으로 가장 중요시되는 교회.

그녀는 아기를 안고 성수 쟁반 옆에 섰다. 가족과 친한
친구가 주위에 모여 있었다.

이것은 가족들의 간절한 소원이었다. 그러나 그녀는 마음
이 내키지 않았다. 얘기가 완전히 결정되고 나서 두 번의
일요일이 지났지만, 계속해서 두 번 다 연기했다. 처음에는
아무렇지도 않은데 감기에 걸렸다고 하고, 두 번째는 정말
아기에게 약간의 감기 기운이 있었기 때문에 그것을 구실
로. 그러나 오늘은 더 이상 미룰 이유가 없었다. 너무 미루
다 보면 구실의 밑바닥에 감춘 진상을 결국에는 알아차릴
지도 모른다.

그녀는 고개를 숙이고서 의식을 본다기보다는 귀로 듣고
있었다. 아무 거리낌없이 그 의식을 눈으로 지켜본다는 것
에 두려움을 느끼고 있는 것 같았다. 자신이 하나님을 모독
하는 이 행위 때문에 모두의 발 밑에 고꾸라지지는 않을까
하고 그녀는 두려워하기라도 하는 것 같았다.

그녀는 말의 털로 만든 반투명하고 테가 넓은 모자를 쓰

고 있었기 때문에 지금처럼 고개를 숙이고 있으면 눈과 얼굴의 반 정도가 가려져서 아주 좋았다.

슬픈 추억 때문이라고 모두는 생각하겠지. 완전히 비탄에 잠겨 있는 것이라고.

실제로는 불안했기 때문이다. 이 추악한 행위에 스스로도 놀란 것이다. 이 거짓 의식을 태연하게 보고 있을 만한 뻔 뻔스러움이 없었던 것이다.

누군가의 팔이 갓난아기를 받아들기 위해 그녀 쪽으로 뻗어 왔다. 대모의 팔. 그녀는 갓난아기를 건네주었다. 긴 예복을 입힌 갓난아기를. 그 옷은——그녀는 무의식중에 '아기의 아빠'라고 부르게 됐지만——사실은 '휴 해저드'라는 자신과는 관계가 없는 남자가 예전에 입었던 옷, 그리고 그 남자의 아버지인 도널드가 또 그 이전에 입었었던 옷이다.

아기를 건네주자 그녀의 팔은 이상한 공허감을 느꼈다. 그녀는 마치 나체가 된 기분으로 팔짱을 끼고 싶어졌다. 그러나 그렇게 하지 않으려고 애썼다. 벌거숭이가 된 것은 그녀의 몸이 아닌 양심이었기 때문이다. 그녀는 조용히 앞으로 손을 모아 쥐고 눈을 감았다.

"휴 도널드 해저드, 나는 여기 이곳에서 너에게 세례를 주고——."

여기에서 그들은 그녀의 의향을 묻는 희극을 연출했다. 그녀에게는 희극이었지만, 그들에게는 그렇지 않았겠지만.

"물론 아기에게는 휴의 이름을 따서 붙이고 싶겠죠?"

"예." 하고 그녀는 조용히 대답했다.

"그럼, 가운데 이름은 어떻게 하죠, 당신의 아버지 이름

을 딸까요? 아니면, 양쪽의 할아버지에게 받아 두 개로 할
까요?"(그녀는 그 순간 자신의 아버지의 이름을 똑똑히 기
억해 낼 수 없을 정도였다. 잠시 지나자 간단히 머릿속에
떠올랐다. 마이크. 잘 기억나지는 않지만, 부두에서 일하는
노동자로 그녀가 열 살 때 배의 다리에서 술에 취해 싸우던
끝에 죽음을 당한 것이다.)

"가운데 이름은 하나가 좋을 것 같군요. 휴의 아버님 이
름을 따르겠어요." 그녀는 태연하게 말했다.

그녀는 얼굴이 화끈해지는 것 같았다. 부끄러움 때문에
새빨갛게 되어 있는 것을 스스로도 알고 있었다. 다른 사람
들에게 보여서는 안된다. 그녀는 얼굴을 가렸다.

"──성부와 성자와 성신의 이름으로, 아멘."

목사는 아기의 머리에 물을 뿌렸다. 사방으로 튄 물이 한
방울 두 방울 바닥에 떨어지더니 동전 같은 검은 얼룩으로
변하는 것이 그녀의 눈에 비쳤다. 은화, 니켈화, 동전, 17센
트.

아주 오랜 옛날부터 헤아릴 수 없을 만큼 많은 아기가 그
랬듯이 이 아기도 싫어하며 울기 시작했다. 아기는 이제 콜
필드에서, 아니 도시 전체에서, 어쩌면 주 전체에서 가장 부
유한 가문의 후계자가 된 것이다. 뉴욕의 붙박이 가구가 있
는 셋방에서 생겨난 아기가.

"아가, 울 일이 아니란다." 그녀는 걱정스럽게 말했다.

제 17 장

첫 번째 생일에는 아기를 위해서 한가운데에 양초 하나가 주위를 곁눈질해서 보듯이 서 있는 케이크가 나왔다. 양초의 불꽃은 홈이 파인 하얗고 둥근 기둥 위에 앉아서 날개치고 있는 노랑나비 같았다. 아주 오래 전부터 행해진 이 자그마한 의식에 그들은 야단법석이었다. 첫 손자인 것이다. 최초의 이정표인 것이다.

"아기가 소원을 말할 수 없으니……." 하고 그녀는 말했다.

"제가 대신 빌면 들어 주실까요?"

예로부터 전해 내려오는 이런 애기를 천성적으로 잘 따르는 조시(케이크는 그녀가 만들었다)는 고승처럼 부엌의 입구에 서서 고개를 끄덕였다. "젊은 마님께서 대신 소원을 빌어도 역시 도련님에게 이뤄질 거예요."

패트리스는 눈을 감았는데, 순간 침착한 얼굴이 되었다.

……너의 일생 동안 평화가 계속되기를. 지금과 같은 안온함이 계속되기를. 지금처럼 네 주위를 언제까지고 가족들이 떠나지 않기를. 그리고 나는——언젠가는 너에게——용서를 얻을 수 있기를.

"소원이 끝났니? 그럼, 불을 끄자."

"아기가요? 아니면, 제가?"

"네가 대신 꺼도 마찬가지야."

그녀는 아기의 뺨에 자신의 뺨을 꼭 대고 등을 구부리고는 살짝 붙었다. 노랑나비가 흔들흔들거리다가 사라졌다.

"이번에는 잘라야지." 하고 시어머니인 해저드 부인이 스스로 이 의식의 진행을 책임지며 가르쳐 주었다.

그녀는 아기의 포동포동한 손에 나이프 자루를 쥐어 주고 자신의 손을 그 위에 얹고서 부드럽게 나이프를 움직였다. 의식은 끝났다. 그녀는 케이크의 겉에 발린 설탕을 손가락 끝으로 한 덩어리 찍어내어 아기의 입술로 가져갔다. 모두는 기적적인 발육의 증거를 눈앞에서 본 듯이 일제히 탄성을 질렀다.

많은 사람들이 왔다. 그녀가 이 집에 오고 나서 이렇게 많은 사람이 한꺼번에 온 적은 없었다. 그리고 작은 주빈이 그 자리를 떠나 이층의 침대로 올라간 뒤에도 축제는 계속해서, 아니 약간의 가속도까지 붙어 진행되었다. 이런 식으로 어른들은 조금만 자극을 주면 어린 아이의 파티까지도 가로채 버리는 것이다.

잠시 뒤 그녀는 왁자지껄 웃고 떠드는 거실로 내려와서 손님들 사이를 이야기하거나 웃으면서 돌아다녔다. 오늘밤에는 지금까지 경험한 적이 없을 만큼 행복을 느꼈다. 한손에 펀치 잔을 쥐고 다른 손에는 한입 먹다 만 샌드위치를 들고 있었지만, 언제까지고 두 입째는 먹을 수 없을 것 같았다. 입으로 가져가려 할 때마다 누가 얘기를 걸어오거나, 그녀 쪽에서 누군가에게 얘기를 걸었기 때문이다. 그런 것은 아무래도 좋았다. 그것이 즐거웠던 것이다.

　빌이 마침 옆을 지나가다가 싱긋 웃으며 물었다. "1년을 보낸 엄마의 심정은 어떻습니까?"

　"1년을 보낸 삼촌의 기분은 어때요?" 하고 그녀도 어깨 너머로 스스럼없이 대꾸했다.

　불과 1년 전이 먼 옛날 같은 느낌이 들었다. 1년 전의 오늘밤, 그 공포와 암흑과 전율의 밤. 그것은 자신의 몸에 일어난 일이 아니다. 일어났을 리가 없다. 그 여자의 이름은 ──아니, 그녀는 그 이름을 생각해 내고 싶지도 않았다. 정말 한 순간뿐일지라도 마음속에서 되살리고 싶지 않았다. 그런 일은 자신과는 관계가 없는 것이다. 그녀는 환하게 밝혀진 자신의 집 거실에서 자신의 친구들, 가족의 친구들에게 둘러싸여 웃고 얘기하고 있는 것이다. 1년 전이 더욱 먼 옛날 같은 느낌이 들었다. 그런 일은 없었다. 그래, 그런 일은 없었던 것이다. 무엇보다도 자기 자신에게는.

　너무 많은 사람에게 소개되었기 때문에 누가 누구인지 알 수 없을 정도였다. 이런 축하 모임에는 으레 처음 보는 손님이 많이 오는 법이다. 그녀는 주위를 둘러보며 작은 여주인으로서의 역할에 어울리도록 중요한 사람들을 성의껏 접대했다. 에드너 하딩과 마릴린 브라이언트. 이 두 명의 아가씨는 빌의 양쪽에 앉아서 그의 관심을 독점하려고 서로 경쟁하고 있었다. 그녀는 장난스러운 웃음이 터져 나오려는 것을 겨우 억눌렀다. 빌은 마치 토템 폴(토템을 새긴 기둥)처럼 딱딱한 표정을 짓고 있다. 조금쯤은 고개를 돌려 관심을 나타내도 상관없겠는데 ── 지금까지 보아 온 바로는 그는 여자에게 관심을 기울이는 성격은 아닌 것 같지만, 아무리 그렇기로서니——. 거이 에니스라는, 머리칼이 검은 청년은 누군가에게 펀치 잔을 들고서 가고 있었다. 혼자 왔기 때문에 금방 기억이 났다. 확실히 빌의 옛 친구인 것 같다. 재미있는 것은, 꿀벌들은 반응이 없는 빌에게는 모여들고 있으면서 거이 에니스의 주위에서는 붕붕 소리조차 내지 않는다.

그레이스 헨린, 이것은 펀치 잔을 들고 있는 저 뚱뚱한 회색 머리칼의 아가씨이다. 그랬던가? 아냐, 그레이스라는 사람은 피아노 앞에 앉아서, 아무도 옆에 없는데도 자신의 즐거움만을 위해 조용히 피아노를 치고 있는, 좀더 여위고 좀더 짙은 회색 머리칼의 아가씨이다. 한쪽은 안경을 썼고, 한 사람은 쓰지 않았다. 자매임이 틀림없다. 정말 꼭 닮았다. 둘 다 이 집에 온 것은 처음이다.

그녀는 피아노 쪽으로 다가가 그녀 옆에 섰다.

자기 혼자 피아노를 치며 즐기고 있다는 것은 패트리스도 알지만, 그래도 누군가가 들어주는 편이 낫다.

건반을 향해 있던 아가씨는 고개를 들어 그녀에게 미소를 지었다. 꽤 뛰어난 솜씨로, 방안 가득히 흐르고 있는 이야기 소리의 반주처럼 낮은 음으로 곡을 계속 연주하고 있었다.

그런데 갑자기 근처에 있던 사람들이 얘기를 딱 멈췄다. 음악만이 한 소절, 두 소절 계속되고 있어서 지금까지보다도 훨씬 더 분명히 들려오는 것이었다.

또 한 명의 회색 머리칼의 아가씨가 얘기를 나누고 있던 상대에게서 떨어져 피아노를 치고 있는 여자의 뒤로 다가오더니, 무슨 은밀한 충고나 주의라도 주듯이 어깨에 살짝 손을 갖다댔다. 그것뿐이었다. 그리고 다시 자신의 자리로 되돌아갔다. 이 대수롭지 않은 무언극은 교묘히, 그리고 재빨리 행해졌기 때문에 거의 알아차리지 못할 정도였다.

피아노를 치고 있던 여자는 당황해서 치던 손을 멈췄다. 간신히 무슨 주의라는 것은 알아차렸지만, 그 의미까지는 알 수 없었던 모양이다. 패트리스를 향해서 여우에게 홀린 듯한 태도로 조금 어깨를 으쓱해 보이는 것만으로도 그것을 잘 알 수 있었다.

"자, 끝까지 쳐 보세요." 하고 패트리스는 별로 신경쓰지 않고 재촉했다. "정말 좋은 곡이군요. 무슨 곡이죠? 난 한 번도 들은 적이 없는데."

"호프만의 이야기 중 뱃노래." 하고 상대방은 쭈뼛쭈뼛 대답했다.

그 대답도 말꼬리는 흐려지는 듯했다. 피아노 옆에 서 있던 그녀는 얼어붙은 듯한 침묵이 직접 자신을 둘러싸고 있는 것임을 의식했다. 그리고 그것은 여자의 대답 때문이 아니라, 그전에 내뱉은 무슨 말 때문이라는 것을 깨달았다. 그것이라고 깨달았을 때에는 그것은 이미 끝나 있었지만, 그 의식만은 남아 있었——그녀의 마음속에. 그때 무엇인가가 일어난 것이 틀림없다.

……내가 말해서는 안될 것을 말한 것이다. 이 자리에서는 입에 담아서는 안될 얘기를 한 것이다. 하지만, 그것이 무엇인지 나로서는 알 수 없고, 어떻게 해야 좋을지도 모르

고 있었다.

그녀는 펀치 잔에 입술을 댔다. 그때는 달리 어떻게 할
수도 없었기 때문이다.

……내가 있는 곳 가까이에 있는 사람에게만 들렸을 뿐
이야. 음악과 내 목소리가 서로 뒤엉켜서 오히려 두드러지
게 들렸을 뿐이야. 그래도 이 방에서 또 들은 사람이 있을
까? 눈치챈 사람이 있을까? 얼굴을 보면 알 수 있을지도
모른다──.

그녀는 천천히 고개를 돌려 아무렇지도 않은 체하면서
한 사람 한 사람을 보았다. 시어머니인 해저드 부인은 방
안쪽에서 의자 너머로 누군가와 얘기에 열중하고 있었다.
시어머니는 듣지 못했다. 어깨를 두드려서 주의를 주었던
회색 머리칼의 아가씨는 그녀 쪽으로 등을 돌리고 있었다.
들었는지 듣지 못했는지는 모른다. 그러나 들었다고 해도
표정에는 나타나지 않았다. 그녀에 대한 것은 의식하고 있
지 않은 것 같았다. 거이 에니스는 라이터로 담배에 불을
붙이고 있었다. 한번에 불이 붙지 않았기 때문에 그의 관심
은 오로지 그쪽에만 쏠려 있었다. 그녀의 시선이 가볍게 그
의 얼굴을 스칠 때에도 그녀 쪽은 보지도 않았다. 빌과 함
께 있는 두 명의 젊은 아가씨는 듣지 못했다. 이건 금방 알
수 있다. 두 사람은 사냥감을 사이에 두고 있어서, 그 이외
의 것에는 관심이 없는 것이다.

그녀를 보고 있는 사람은 아무도 없었다. 누구의 눈과도
마주치지 않았다.

단지 빌만은 그렇지 않았다. 그는 가볍게 고개를 숙이고

불만스러운 듯이 눈살을 찌푸린 채 이상하게 살피는 눈으로 그녀를 지켜보고 있는 것이었다. 두 명의 아가씨가 하는 얘기는 머리 위를 스쳐 지나가는 모양이었다. 마음이 그녀에게 있는 것인지, 아니면 1천 마일이나 떨어진 곳에 있는 것인지 그녀로서는 알 수 없었다. 그러나 적어도 눈동자만은 그녀에게 집중되어 있었다.

그녀는 눈을 감았다.

그리고 자신이 눈을 감은 뒤에도 그의 시선이 아직 자신에게 쏟아지고 있다는 것을 느낄 수 있었다.

제 18 장

손님이 모두 돌아간 뒤 함께 계단을 오르고 있을 때에 시어머니인 해저드 부인이 갑자기 그녀의 허리에 두르고 있던 팔에 힘을 주었다.

"정말 멋진 태도였다." 하고 시어머니는 말했다. "그게 좋아. 그 아가씨가 치고 있었던 곡을 모른 체한 것 말이야. 아아, 하지만, 네가 거기 서 있는 걸 봤을 때 나는 네가 불쌍해서 혼났단다. 그때의 네 표정. 곧장 달려가 안아 주고 싶을 정도였지. 하지만, 너의 기분을 이해했기 때문에 일부러 눈치채지 못한 척했단다. 그 아가씨도 무슨 악의가 있어서 그런 건 아닐 거야. 생각이 부족했던 거겠지."

패트리스는 어머니와 나란히 계단을 오르고 있었지만 뭐라고 대답할 수 없었다.

"하지만 첫 소절을 듣자," 하고 시어머니인 해저드 부인은 슬픈 듯이 계속했다. "그 아이가 이 방에 돌아온 것 같은 느낌이 들었어. 너무 생생해서 눈앞에 모습이 보이는 듯하더구나. 호프만의 뱃노래. 그 아이가 가장 좋아했던 노래. 피아노 앞에 앉으면 꼭 그 노래를 쳤었지. 언제 어디서든지 그 노래를 들으면 휴가 있다는 것을 금방 알 수 있었단다."

 "호프만의 뱃노래." 하고 패트리스는 자신에게 얘기하듯
이 거의 알아들을 수 없을 정도의 목소리로 중얼거렸다.
"그 사람이 가장 좋아하던 노래."

제 19 장

"지금은 꽤 변했겠지." 하고 시어머니인 해저드 부인은 감격해서 말했다. "나도 한번 가본 적이 있어. 젊었을 때에. 아아, 오래 전의 일이었지. 그때와는 많이 달라졌겠지?"

갑자기 시어머니는 아무런 저의 없는 태도로 똑바로 패트리스를 보았다.

"그런 질문에 대답한다는 것은 무리야, 여보." 하고 시아버지인 해저드 씨가 쌀쌀맞게 끼어들었다. "패트리스는 당신이 갔었던 때에는 그곳에 살지 않았기 때문에 그 무렵이 어떤 모습이었는지 알 수 없을 거야."

"내가 말하는 의미를 알고 있잖아요." 하고 시어머니는 화도 내지 않고 말했다. "그렇게 분명한 얘기가 아니라도 좋아요."

"변했죠." 하고 패트리스는 가냘픈 목소리로 대답하고는 컵을 들어올리기라도 하려는 듯이 손잡이를 조금 자신 쪽으로 돌렸지만 그대로 들어올리는 것을 포기했다.

"휴와 너는 거기서 결혼했지?" 하고 다시 어머니는 변덕스러운 질문을 했다.

다시 그녀가 대답하기 전에 시아버지인 해저드 씨가 가로막았다. 이번에는 노골적인 반박이었다. "분명히 런던에서 결혼한 걸로 알고 있어. 그때 그 아이가 보낸 편지 기억 안나? 난 지금도 똑똑히 기억하고 있어. '어제 이곳에서 결혼했습니다.' 하고 말이야. 분명히 런던이라고 적혀 있었어."

"파리였어요." 하고 시어머니인 해저드 부인은 기가 꺾이지 않고 말했다. "그렇지, 패트리스? 그 편지는 아직 2층에 간직해 두었어요. 뭣하면 가져와 보여 드릴까요? 분명히 파리 소인이 찍혀 있었어요." 그렇게 말하고 어머니는 고압적인 태도로 남편을 향해 고개를 흔들었다. "어쨌든 그 얘기는 패트리스에게 물어 보면 알 수 있겠죠."

갑자기 방금 전까지는 조그마한 흔들림도 없었던 발 밑에 기분나쁜 심연이 떡 입을 벌리고 있었다. 그녀는 이제 와서 물러설 수도 없고, 그렇다고 해서 그것을 건널 방법도 없었다.

그녀는 여섯 개의 눈동자가 자신에게 집중되고 있는 것을 느꼈다. 빌도 이제는 고개를 들고서 완전히 믿고 있는 듯한 기대에 찬 표정으로 그녀를 보고 있었다. 그 신뢰도 일단 잘못 대답하면 금세 다른 것으로 바뀔 것 같았다.

"런던이에요." 하고 그녀는 컵의 손잡이를 만지작거리면서 조용히 말했는데, 그것은 마치 그 컵의 손잡이에서 신비한 투시력이라도 이끌어 내려고 하는 것 같았다. "하지만, 우린 바로 파리로 신혼여행을 갔었어요. 아마 휴는 런던에서 그 편지를 쓰기 시작해서 마칠 틈도 없이 파리로 떠난 게 아닐까요?"

"어머!" 하고 시어머니인 해저드 부인은 점잔을 빼며 말했다. "어쨌든 나도 전혀 틀린 건 아니네요."

"어때, 아무래도 여자다운 논법이 아니냐?" 하고 시아버지 해저드 씨는 기가 막힌다는 듯이 아들에게 말했다.

빌의 눈동자는 아직 패트리스에게 집중된 채였다. 그 시선에는 마지못해 짓는 경탄에 가까운 표정이 떠올라 있었다. 아니면, 그것은 그녀의 상상이었을까?

"잠깐 실례합니다." 하고 그녀는 의자를 뒤로 밀면서 누군가에게 목을 졸린 듯한 목소리로 말했다. "아기의 울음소리가 들리는 것 같아요."

제 20 장

그 뒤 2~3주가 지나고 나서 또 다른 함정이 기다리고 있었다. 아니, 사실은 같은 함정, 그녀가 스스로 선택한 길을 걷기 시작한 이래로 끊임없이 발 밑에 숨어 있는, 언제 끌려갈지 모르는 함정이었다.

비가 내리고 있고 밖에는 짙은 안개가 끼어 있었다. 콜필드에서는 보기 드문 일이었다. 가족은 모두 그 방에 모여 있었다. 그녀는 지나가는 길에 잠시 창가에 멈춰서서 밖을 쳐다보았다.

"어머," 하고 그녀는 생각 없이 외쳤다. "전 어린 시절 샌프란시스코에 살았을 때 이후로 이런 짙은 안개는 본 적이 없어요. 그곳에는 자주 이런 안개가——."

시어머니인 해저드 부인이 고개를 드는 모습이 유리창에 비쳤다. 그리고 돌아서서 사람들과 얼굴을 마주하기 전에 자신이 실수한 것을 깨달았다. 아무런 받침도 없는 곳을 또다시 부주의하게 걸은 것이다.

"샌프란시스코에서?" 시어머니인 해저드 부인의 목소리에는 안개만큼도 의심은 끼어 있지 않았지만, 어리둥절한 기색이 엿보였다. "하지만, 네가 자란 곳은——휴의 편지에서는 네가 태어난──." 거기까지 말하고 어머니는 단서도 주지 않은 채 얘기를 중단했다. 이번에는 행운의 구조선도 나타날 것 같지 않았다. 그렇기는커녕 인정사정없이 다음 질문이 터져 나왔다. "네가 태어난 곳이 그곳이니, 패트리스?"

"아뇨." 하고 패트리스는 분명히 말했지만, 다음에는 어떤 질문이 나올지 알고 있었다. 지금 당장에는 도저히 대답할 수 없는 질문인 것이다.

빌이 불쑥 고개를 들고 계단 쪽을 돌아보았다. "아기 울음소리가 들리는 것 같아요, 패트리스."

"잠깐 다녀오겠습니다." 하고 그녀는 안심하며 방을 나왔다.

아기는 새근새근 자고 있었다. 울고 있지 않으니까 울음소리가 들렸을 리는 없다. 그녀는 하나하나를 음미하는 표정으로 아기의 옆에 서 있었다.

정말 빌은 아기의 울음소리를 들었다고 생각하고 있는 것일까?

제 21 장

그 다음은 그녀가 쇼윈도를 구경하면서 컹그레스 애버뉴
를 터덜터덜 걷고 있을 때의 일이었다. 컹그레스 애버
뉴는 상점이 줄지어 서 있는 시내의 중심지였다. 살 생각도
없고 살 필요도 없어서 단지 이곳저곳의 쇼윈도를 기웃거
렸다. 그것만으로도 이 해방된 상태가 즐거웠던 것이다. 햇
볕이 잘 드는 길가에 무리지어 모여 있는 한껏 치장한 쇼핑
객, 오전중 이맘때에는 거의 여자들뿐이다. 혼잡, 그들의 세
련된 동작, 이 자유로운 시간, 이것은 놀러 나온 것이 아니
라(시어머니에게서 쇼핑을 부탁받고 이렇게 번화가에 온 것
이다) 분명히 허락을 받고 나온 것이고, 따라서 외출해 있
는 동안에는 아기에 관해 걱정하지 않아도 된다는 것만으
로도 이 작은 휴식시간이 즐거웠다. 그리고 이 짧은 기분전
환을 마치면 다시 아기가 있는 곳으로 돌아갈 수 있다는 사
실이 즐거웠던 것이다.

기분전환이라고 해도 그것은 단지 집과 멀리 떨어진 곳
이 아닌, 집과 가까운 정류장에서 버스를 타기로 하고 거기
까지 천천히 산책하는 것에 불과했다.

그런데 어딘가 뒤쪽에서 자신의 이름을 부르는 소리가

들렸다. 그녀는 한번에 누구의 목소리인지 금방 알 수 있었다. 명랑하고 어두운 그림자가 없다. 빌이다. 그녀는 뒤돌아보기 전부터 미소를 짓고 있었다.

크고 힘찬 걸음걸이로 그는 그녀의 옆에까지 왔다.

"아, 당신일 거라고 생각했어요."

두 사람은 걸음을 멈추고 잠시 서로를 바라보았다.

"사무실에서 빠져나와 뭘 하고 있는 거죠?"

"지금 돌아가던 중이었어요. 누굴 만날 일이 있었거든요. 그런데 당신은?"

"어머니가 오래 전부터 기다리시던 영국 수입품인 털실을 사러 나왔어요."

"함께 걷죠." 하고 그는 말했다. "게으름 피우기 좋은 구실이 생겼어요. 다음 모퉁이까지는 말입니다."

"난 그곳에서 버스를 타야 해요." 하고 그녀는 다짐해 두었다.

두 사람은 걷기 시작했는데 그녀가 그때까지 걷고 있던, 마치 달팽이 같은 걸음걸이였다.

그는 코에 주름살을 짓고는 눈을 가늘게 뜨고 하늘을 보았다. "이따금 햇빛을 쬐는 것도 좋아요."

"근무시간에 이렇게 돌아다니면 안되잖아요?"

그는 태연한 얼굴로 웃었다. "사장이 일을 시켰으니까 어쩔 수 없는 건 아니죠. 하긴, 누구 밖에 나갈 사람이 없는가 하고 사장이 둘러볼 때 늘 내가 눈앞에 있는 것은 사실이지만 말입니다."

두 사람은 멈춰섰다.

"이거 정말 예쁘죠?" 그녀는 평가하듯이 말했다.

"예." 하고 그도 말했다. "그런데 뭐죠, 이게?"

"모르고 있었나요? 모자예요. 그렇게 도도하게 굴지 않아도 돼요."

두 사람은 다시 걷기 시작하다가 다시 걸음을 멈췄다.

"이게 사람들이 흔히 얘기하는 윈도 쇼핑이에요. 마치 전혀 모르는 듯한 표정을 짓고 있군요."

"꽤 재미있는데요. 아무것도 하지 않아도 볼 것만은 마음대로 보니 말입니다."

"지금은 드문 일이니까 재미있을지도 모르죠. 하지만, 결혼해서 이런 일만 한다고 생각해 보세요. 재미있지는 않을 테니까."

다음에 나타난 것은 폭이 2~3야드(약 2~3m)밖에 되지 않는 좁은 만년필 진열장이었다.

그녀는 걸음을 멈추려고 하지 않았다. 걸음을 멈춘 것은 그였다. 따라서 그녀도 멈춰설 수밖에 없었다. "잠깐만, 이제 생각났습니다. 나는 펜이 하나 필요해요. 함께 가서 골라 주지 않으실래요?"

"난 돌아가야 해요." 하고 그녀는 아쉬운 듯이 말했다.

"뭐 시간이 많이 걸리지는 않을 겁니다. 난 물건을 빨리 고르는 편이거든요."

"난 만년필에 대해서 아무것도 몰라요."

"나도 몰라요. 바로 그겁니다. 세 사람의 머리를 짜내면 좋은 생각이 날지도 모르잖아요." 이미 그는 가볍게 그녀의 팔을 잡고 가게 안으로 끌고 들어가고 있었다. " 자, 어서.

나는 말이죠, 혼자서는 무얼 사야 할지 모르겠어요."

"거짓말. 그냥 동행이 필요한 거죠?" 하고 그녀는 웃으며 말했지만, 그래도 함께 가게 안으로 들어갔다.

그는 카운터로 향한 의자를 권했다. 펜이 늘어선 케이스가 꺼내지고 펼쳐졌다. 그와 점원 사이에서 흥정이 시작되었지만, 그녀는 적극적으로는 참견하지 않았다. 몇 개의 펜 뚜껑이 벗겨지고, 카운터 가까운 곳에 있던 병의 잉크를 넣고, 그를 위해 가까이 놔두었던 메모장에 펜 끝의 상태가 시험되었다.

그녀는 본심으로는 관심을 가지고 있지 않으면서도 일부러 흥미를 나타내려고 그것을 찬찬히 보고 있었다.

갑자기 그는, "이 펜이 어떤지 봐주시죠." 하면서 그녀가 무엇이 어떻게 되었는지 판단하기도 전에 그녀의 손가락 사이에 펜을 밀어넣고 손 밑에 종이를 갖다 주었다.

부주의하게도 그녀의 마음은 꼭 쥔 만년필의 느낌과 무게에만 쏠려서, 펜촉의 끝이 굵고 힘찬 것이 좋은지 가늘고 섬세한 것이 좋은지에 주의를 빼앗긴 채 종이에 글씨를 써 보았다. 갑자기 마치 자동기계로 쓴 것처럼 맨 위의 종이에 '헬렌'이라는 글씨가 나타났다. 아니, '마치'라기보다는, 오히려 말의 가장 완전한 의미에 있어서 틀림없이 자동기계였던 것이다. 그녀가 깜짝 놀라서 손을 멈췄기 때문에 다음의 이름이 펜 끝에서 흘러나오는 것을 막을 수 있었다. 펜 촉은 G라는 글자의 위쪽 선에 걸려 있었는데, 거기서 꽉 눌러 버렸다.

"잠깐 나도 써 볼게요." 불쑥 그가 펜과 종이를 가져갔기 때문에 그녀로서는 적혀 있는 글자를 지울 수도 바꿀 수도 없었다.

그가 봤는지 못 봤는지 그녀로서는 분간할 수 없었다. 전혀 단서는 없었다. 그렇다고는 해도 그것은 그의 눈 바로 밑에 있었기 때문에 안 보였을 리가 없다. 눈에 띄지 않았을 리가 없다.

그는 난폭하게 선을 한두 개 그어 보고는 내팽개쳤다.

"이건 안되겠군요." 하고 그는 점원을 향해서 말했다. "그쪽 것을 보여 주세요."

그가 케이스를 만지작거리고 있는 동안 그녀는 '헬렌'이라고 써 있는 맨 위의 한 장을 얼른 떼어냈다. 그리고 살짝 손으로 구겨서 바닥에 버렸다.

그런데 뒤늦게야 그대로 놔두는 것이 훨씬 나았을 수도 있다는 것을 깨달았다. 왜냐하면 그가 본 것이 분명한 이상, 그런 짓을 한다는 것은 보이고 싶지 않은 생각을 분명히 나타낼 뿐이기 때문이다. 그녀는 이중으로 자신을 궁지에 몰아넣은 것이다. 처음에는 사소한 부주의로, 그리고 그 다음에는 일부러 처음의 실수를 없애려고 하다가…….

한편, 펜에 대한 그의 관심은 급격히 떨어졌다. 그는 점원을 보고 입을 열었다. 그리고 무슨 말을 하려 하는지 그녀가 거의 예측할 수 있을 정도였다. 그만큼 그의 표정은 분명했던 것이다. "됐어요. 다음에 다시 들르죠." 라고. 그런데 그의 입에서는 그녀가 예상한 말은 나오지 않고, 그녀를 흘끗 보고 나서 마치 변명이라도 하는 투로 서둘러서 거의 무관심한 태도로 말했다.

"좋아요, 이것으로 하죠. 나중에 내 사무실로 보내 주세요."

그는 그 펜을 제대로 보지도 않았다. 어느 것을 골랐는지조차 신경을 쓰지 않는 모습이었다.

'아니, 나한테 함께 가서 골라 달라고 그렇게 떼를 썼으면서.' 하고 그녀는 생각했다.

"갈까요?" 하고 그는 간단히 말했다.

헤어질 때의 두 사람에게는 서먹서먹함이 있었다. 그것이 그의 탓인지 그녀의 탓인지 그녀는 알 수 없었다. 또는, 단지 자신만의 상상일 뿐인지도. 어쨌든 불과 조금 전에 만났을 때의 그 자연스러운 명랑함이 없어진 느낌이었다.

만년필을 고르는 데 같이 가줘서 고맙다는 감사의 말도 그는 하지 않았다. 그리고 그녀도 그 편이 오히려 고마웠다. 그러나 그때까지 얘기하는 틈틈이 그녀에게로 향해 있던 그의 눈동자가 갑자기 멀리 초점이 없는 곳을 보고 있는 듯한 표정이 되었다. 그 시선은 어느 때는 빌딩의 꼭대기를 보고 있는 것 같더니, 어느 때는 길 맞은편을 보고 있는 것 같았다. 잠시 뒤 그는, "버스가 왔습니다." 하고 말하고는 그녀를 안듯이 해서 태우고는 선 채로 손을 내밀었다. 운전사에게 요금을 지불할 때조차 다른 곳을 보고 있었고, 이젠 그녀를 보려고도 하지 않았다. "곧장 집으로 돌아가세요. 저녁에 다시 만나요." 그렇게 말하고 그는 살짝 모자에 손을 댔는데, 발길을 돌려 사무실로 돌아갈 동작을 완전히 끝마치기도 전에 이미 그녀의 존재 같은 것은 잊어버린 모습이었다. 게다가 어떤 이유 때문인지는 모르지만, 그녀는 그

반대가 그의 진실인 것을 알았다. 그가 전혀 그런 태도를 보이지 않는 것은, 지금까지보다 훨씬 더 자신을 의식하고 있기 때문이었다. 두 사람 사이에 틈이 생긴 것이다. 단지 그것뿐이다.

버스가 사람들로 복잡한 보도 옆을 달리고 있는 동안 그녀는 무릎 위에 눈을 떨어뜨리고 있었다. 이상하게도 바깥 풍경이 전과 같지 않고 금세 바뀌어 버렸다. 햇볕이 잘 드는 거리와 웅성거리던 손님들을 보아도 이제는 그렇게 즐겁지 않았다.

만일 그것이 계획적인 테스트였다면, 함정이었다면? 하지만, 그런 일이 있을 리 없다. 적어도 그것만은 그녀도 확신할 수 있었다. 그래도 이제는 소용없는 얘기이지만. 그런 곳에서 자신을 만난 것이라든가, 그런 식으로 둘이서 만년필 상점 쪽으로 걸어가게 될 것을 처음부터 그가 알고 있었을 리가 없다. 오늘 아침 그가 집을 나설 때까지는 그녀가 이런 식으로 시내를 나오리라고는 그녀 자신도 생각지 못했다. 그것은 그 뒤에 결정된 일이다. 따라서 그런 곳에 숨어서 그녀를 기다리다가 꾀어 내는 것이 가능했을 리가 없다. 적어도 그것만은 계획적인 것이 아닌 순수하게 우연인 것이다.

그러나 둘이서 터덜터덜 걷다가 그 상점의 간판이 눈에 띄었을 때, 또는 갑자기 생각이 떠올라 그대로 그런 일을 해볼 마음이 생겼는지도 모른다. 평소에 들었던 얘기가 그때 그의 마음속에 불현듯 떠오른 것일지도 모른다. 방금 그녀의 머릿속에 떠오른 것과 같이. 즉, 사람이 새로운 펜을 시험할 때에는 반드시 자신의 진짜 이름을 적는다는 사실이다. 그것은 거의 자기 의지의 한계 밖에 있는 일이다.

그러나 계획적이 아닌, 즉흥적인 테스트였다고 해도 그의 마음속에는 어느 정도의 형태 없는 의심이 이미 숨어 있었을 게 틀림없다. 그렇지 않았다면 그런 것을 떠올렸을 리가 없다.

'어쩌면 그토록 바보였을까?' 하고 그녀는 머리 위의 끈을 잡아당기고서 내릴 준비를 하면서 토해 내는 기분으로 생각했다. 함께 그 상점에 들어가기 전에 왜 그걸 생각하지 못했을까? 이제 와서 후회해도 아무 소용없는 일이다.

하루인가 이틀 뒤의 저녁, 그가 벗어 놓은 외투만 의자에 걸쳐져 있고 그의 모습은 보이지 않았다. 그녀는 쓰고 싶은 것이 조금 있어서 만년필이 필요했다. 그것이 그녀의 구실이었다. 그녀는 주머니를 뒤져 거기에 끼어 있는 만년필을 꺼냈다. 금색 만년필로 그의 머릿글자가 새겨져 있었다. 아마 생일이나 크리스마스 때 아버지나 어머니로부터 선물을 받은 모양이다. 그 동안 사용해서 조금 닳기는 했지만 꽤 값비싼 것이었다. 게다가 깨끗하고 똑똑하게 글씨를 쓸 수 있는, 버리고 새로 구입할 필요가 없는 훌륭한 만년필이었다. 그리고 그는 잠시나마 만년필을 두 개 갖고서 으스댈 남자는 아니었다.

그러면 그것은 분명히 테스트였던 것이다. 그리고 그녀는 긍정적인 반응, 그것도 그로서는 이미 예상하고 있었던 반응을 나타낸 것이다.

제 22 장

조금 전 현관의 벨이 울리고, 계속해서 거실에서 인사를 나누는 희미한 소리가 들리는 것으로 보아 누군가 방문객이 있고 아직 아래층에 머물고 있다는 것을 알 수 있었다. 그녀는 그 일은 더 이상 신경쓰지 않았다. 그때 작은 목욕통에서 아기 휴에게 목욕을 시키고 있었기 때문에, 그 동안은 그것만으로도 힘에 겨워 다른 것에 마음을 쓸 여유가 없었던 것이다. 몸을 닦아 주고 땀띠약을 바르고 잠옷을 입히고 침대에 눕혀 주고 나서, 작은 손에 꼭 쥐어져 있는 셀룰로이드 집오리 장난감을 빼앗으려고 기회를 살피며 잠시 옆에 붙어 있는 동안 한 시간은 충분히 지났다. 방문객이 누구든 이미 오래 전에 돌아갔을 것이라고 그녀는 생각했다. 더구나 그것은 남자 손님이 틀림없다고 생각했다. 여섯 살에서 예순 살까지의 여자였다면 미신을 잘 믿는 시어머니에게 이끌려 손자를 목욕시키는 의식을 보기 위해 이층으로 안내되었을 것이기 때문이다. 사실 오랫동안 함께 지내면서 시어머니가 아기의 목욕을 도와주지 않은 것은 이번이 처음이었다. 비록 타월을 들고 있다든가 욕조 속의 아기와 뜻도 통하지 않는 얘기를 한다든가 해서, 대개 일을 방해하는 것에 불과해도 말이다. 정말 어쩔 수 없는 일이 아닌 다음에야 오지 않을 리가 없는 것이다.

드디어 방을 나와 계단을 막 내려가려고 할 때, 아래층이 평소와는 달리 조용하다고 그녀는 생각했다. 누군가가 소리 내어 무엇인가를 읽고 있었는데, 다른 곳에는 들리지 않도록 하려는 듯이 작고 단조로운 목소리로 읽고 있었다.

사람들이 모두 서재에 모여 있다는 것을 그녀는 금방 알아차렸다. 밤에는 별로 사용하지 않는 방이다. 게다가 사용할 때라도 모두가 함께 있었던 적은 없었다. 서재에 있는 그들의 모습을 그녀는 두 번 볼 수 있었다. 한번은 계단을 내려갈 때, 또 한번은 계단을 다 내려가서 다시 원래의 방향으로 돌아갈 때에 거실 쪽으로 난 문으로. 이때는 전보다 훨씬 거리도 가까웠다.

세 명의 가족과 다른 한 사람, 그녀가 모르는 남자가 있었다. 모른다고는 해도 이 집에 오는 사람은 모두 한두 번은 만난 적이 있기 때문에 이 남자도 틀림없이 전에 만난 적이 있을 것이라고 생각했다. 그는 독서용 스탠드가 있는 테이블에 앉아서 단조로운, 노래를 부르는 듯한 어조로 무엇인가를 얘기하고 있었다. 책을 읽고 있는 것이 아니라 마치 타이프된 보고서라도 읽고 있는 듯한 태도였다. 어떤 간격을 두고 종이를 넘기는 소리가 계속 들렸다.

그밖에는 말을 하는 사람은 없었다. 세 사람은 각각 거리를 두고 정도가 다른 관심을 갖고 앉아 있었다. 시아버지 해저드 씨는 소리내어 읽고 있는 남자에게로 몸을 내밀고서 한마디 한마디를 주의깊게 들으며 이따금 공감의 뜻을 표시하듯이 조용히 고개를 끄덕이고 있었다. 시어머니인 해저드 부인은 안락의자에 앉아 무릎 위에 바구니를 얹어 놓고 바느질감을 손질하면서 이따금 고개를 들어 모두를 바라보며 듣고 있었다. 빌은 장소에 어울리지 않는 모습으로 이 비밀 회의에서 혼자 떨어져, 팔걸이 의자에서 한쪽 발을 축 늘어뜨리고 머리를 뒤로 젖힌 채 입에 문 파이프를 천장 쪽으로 쑥 내밀고 있었다. 얘기를 듣고 있는 듯한 모습은 전혀 보이지 않았다. 몸은 부모님에 대한 의무로 이 방에 있지만, 마음은 어딘가 다른 곳을 헤매고 있기라도 하듯이 멍한 표정을 짓고 있었다.

그녀는 들키지 않게 빠져나가려고 했지만, 공교롭게도 해저드 부인이 그 순간 고개를 들어 열린 문 앞을 지나가는 그녀의 모습을 발견했다. "오, 패트리스가 왔네." 하고 그녀는 말했다. 그리고 곧 그녀를 불러 세웠다. "패트리스, 잠깐 이리 오거라. 볼일이 있으니까."

그녀는 방금 지나쳐 온 문 쪽으로 되돌아가면서 갑자기 목이 탁 막힌 느낌이 들었다.

단조로운 목소리가 그쳤다. 탐정 사무실의 사람일까? 아냐, 그럴 리가 없어. 이 집에서 보통 손님으로 만난 적이 있는 얼굴이다. 그녀는 그것을 분명히 기억하고 있다. 그러나 그 남자 앞에 있는 두터운 서류는——.

"패트리스, 타이 윈스로프 씨를 알고 있지?"

"예, 전에 뵌 적이 있어요." 그녀는 다가가서 악수했다. 테이블 쪽을 보지 않도록 주의했다. 그러나 좀처럼 태연할 수 없었다.

"타이는 아버님의 변호사란다" 하고 시어머니인 해저드 부인이 간단하게 말했다. 오랜 친구에 대한 소개치고는 너무 간략해서 미안하지만, 현재의 목적에는 이것이 가장 적합하다는 태도였다.

"게다가 골프의 적수이기도 하지." 하고 그 사람이 덧붙였다.

"적수?" 하고 해저드 씨가 불쾌한 듯이 킁킁거렸다. "자네 같은 적수는 필요없네. 적수라는 것도 어느 정도 실력이 비슷해야지. 자선시합의 승부 정도는 문제가 되지 않는다고."

빌의 머리와 파이프가 수평이 되었다. "한 손을 뒤로 돌리고 쳐도 이길 수 있겠군요, 아버지." 하고 그는 부추겼다.

"그렇지, 바로 내가." 변호사는 아들에게 살짝 눈짓을 하며 말했다. "특히 요전 일요일에는 말이야."

"아니, 당신들," 하고 해저드 부인이 웃는 얼굴로 타일렀다. "난 볼일이 있어요. 그리고 패트리스도. 밤새도록 이렇게 서 있을 수는 없잖아요."

일동은 다시 진지해졌다. 빌은 일어서서 그녀를 위해 테이블 옆의 의자를 당겨 주었다. "앉아요, 패트리스. 그리고 회의에 참여하시지요."

"그래, 우리도 이 얘기는 너에게 들려주고 싶었다, 패트리스." 하고 해저드 씨가 망설이고 있는 그녀를 보고 재촉했다. "어쨌든 네게도 관계 있는 일이니까."

손이 엉겁결에 목 쪽으로 옮겨갔다. 그 손을 살그머니 내리고 있는 것은 단지 의지력뿐이었다. 그녀는 조금 망설이면서 앉았다.

　변호사는 헛기침을 한번 하고 얘기하기 시작했다. "그래서 이걸 처리하는 데는 그것만으로도 충분하다고 생각해, 도널드. 다른 문제는 지금까지와 마찬가지니까."

　해저드 씨는 의자를 가까이 당겨 앉았다. "좋아. 그럼, 이제 내가 서명만 하면 되는군."

　해저드 부인은 일이 끝난 듯 실을 이빨로 끊었다. 그리고 여러 가지 것을 바구니에 정리해 넣으며 자리를 뜰 준비를 시작했다. "우선, 무슨 일인지 패트리스에게 얘기해 주어야지요. 패트리스에게는 알리고 싶지 않은 거예요?"

　"내가 대신 얘기하죠." 하고 윈스로프가 말했다. "당신들보다는 훨씬 간략하게 요점만 추려서 얘기할 수 있을 테니까." 그는 돋보기 너머로 애정을 담아 그녀를 바라보았다. "도널드는 유언을 보충하고, 유언장의 조항을 바꾸고 싶다고 했소. 지금까지의 유언장에는 그레이스의 몫을 제외한 나머지는 빌과 휴가 나누기로 되어 있었지. 그런데 이번에는 나머지의 4분의 1을 빌에게, 그리고 그 나머지는 모두 당신에게 남기는 내용으로 바꾸려고 하는 것이오."

　마치 활활 타오르는 새빨간 빛을 정면으로 받은 듯이 얼굴이 확 달아오르는 것이었다. 그리고 그것만으로도 모두의 눈에 띄었을 것이라고 생각했다. 테이블에서 떠나 달아나고 싶은 기분과, 의자에 붙들어 매어져서 꼼짝도 할 수 없는 고문을 당하고 있는 듯한 기분이 하나가 되어서 덮쳐왔다.

　그녀는 두 번이나 입술을 적시고 목소리를 죽이며 조용히 얘기하려고 노력했다. "전 그런 것을 받고 싶지 않아요. 전 넣지 말아 주세요."

"그런 식으로 생각하지 않아도 돼요." 하고 빌은 사람좋아 보이는 웃음을 지으며 말했다. "당신은 다른 사람에게서 아무것도 빼앗으려는 게 아니에요. 내게는 아버지의 사업이 있고——."

"이것은 말이지, 빌이 먼저 말을 꺼낸 거란다." 하고 시어머니인 해저드 부인이 털어놓았다.

"나는 아들 둘이 각각 21세가 되던 날 독립하도록 상당한 금액의 현금을 나눠 주고——."

그녀는 일어서서 공포에 떠는 표정으로 일동을 번갈아 바라보았다.

"안돼요, 부탁이에요! 제 이름을 추가로 써넣지 말아 주세요. 전 원치 않아요!" 그녀는 해저드 씨를 향해 꼭 쥔 손을 내밀었다.

"아버님, 제 부탁을 들어 주세요."

"휴를 생각하고 있는 거예요." 하고 해저드 부인은 눈치빠르게 살짝 남편에게 말했다. "모르시겠어요?"

"그래, 알고 있다. 우리는 모두 휴에 대해서 그다지 좋은 감정을 갖지 않았어. 그러나 그것은 이제 문제 밖이고, 패트리스는 생활해 나가야 해. 이제부터는 돌봐 줘야 할 어린아이도 있으니까. 그리고 이런 문제는 감정 때문에 지연시킬 수는 없어. 적당한 시기에 처리해 두지 않으면 안돼."

그녀는 몸을 돌려 방에서 도망쳤다. 모두는 뒤따라오려고도 하지 않았다.

그녀는 방으로 들어가서는 문을 닫았다. 그리고 두 손으로 얼굴을 감싸쥐고 두번 세번 방안을 거칠게 걸어다녔다.

"사기꾼!" 이라는 말이 그녀의 입에서 새어나왔다. "도둑과 다를 게 없잖아? 창으로 몰래 숨어 들어와서──."

30분 정도 지나자 문에서 작은 노크소리가 들렸다. 문을 열자 빌이 거기 서 있었다.

"안녕." 하고 그는 조심스럽게 말했다.

"안녕." 하고 그녀도 마찬가지로 조심스럽게 말했다.

불과 30분 전에 만났는데, 마치 이틀이나 사흘 동안 만나지 못한 것 같은 태도였다.

"아버지는 서명했어요." 하고 그는 말했다. "당신이 방을 나간 뒤에 말이에요. 윈스로프 변호사는 서류를 갖고 돌아갔고 입회인의 서명도 모두 끝났어요. 당신이 승낙하지 않더라도 얘기는 결정됐어요."

그녀는 대답하지 않았다. 싸움은 이미 아래층에서 끝난 것이다. 이것은 최후의 성명에 불과하다.

그는 그녀를 바라보고 있었는데, 그 표정에서는 아무것도 읽을 수 없었다. 거기에는 빈틈없이 확인하려고 하는 표정과, 납득이 가지 않는 듯한 멍한 표정이 반반씩 나타나 있는 것 같았다. 게다가 경이의 빛이 더해지고 있었다.

"당신이 왜 그런 태도를 취했는지 난 모르겠어요. 게다가 나로서는 찬성할 수 없어요. 그런 태도를 취한 것은 분명 실수였다고 생각해요." 그는 비밀 이야기라도 하듯이 조금 목소리를 낮췄다. "하지만, 무슨 이유에서인지 당신의 그런 행동은 좋았다고 생각해요. 그래서 당신이 더 좋아졌어요." 그는 불쑥 손을 내밀었다. "작별의 악수를 나누지 않으시겠어요?"

제 23 장

집 안에는 그녀 혼자뿐이었다. 그건, 즉 그밖에는 이층의 침대에서 자고 있는 휴와 안쪽 방에 있는 조시 아주머니밖에 없다는 의미이다. 가족들은 오랜 친구인 마이클슨의 집을 방문하러 가고 없다.

이따금 혼자가 된다는 것은 기분좋은 일이다. 너무 자주 그래서는 안되지만. 늘 혼자이어서는 곤란하다. 그렇게 되면 외로움에 참을 수 없게 될 것이다. 외로움이 어떤 것인지 그녀는 예전에 절실히 맛본 적이 있기 때문에, 두번 다시 그런 경우에 처하고 싶진 않았다.

그러나 한 시간이나 두 시간, 9시에서 11시까지, 게다가 모두가 반드시 돌아온다는 확신을 갖고, 이런 식으로 외로움을 느끼지 않은 채 혼자만 있을 수 있다는 것은 기분좋은 일이다. 집 전체를 멋대로 돌아다닐 수 있다. 이층에서 일층으로, 이 방에서 저 방으로. 다른 때에도 그런 일을 할 수 없는 것은 아니었다──. 그러나 아무도 없을 때에 집안을 돌아다니는 기분은 역시 특별했다. 어쩐지 안심이 되는 느낌이었다. 자신이 이 집의 사람이라는 느낌이 강하게, 그리고 새롭게 인식되는 것이다.

식구들은 함께 가지 않겠느냐고 권했지만 그녀는 그것을 거절했다. 역시 혼자 집에 있으면 이런 기분을 맛볼 수 있으리라는 것을 알고 있었기 때문이다.

식구들은 그녀에게 억지로 권하지는 않았다. 어떤 일이라도 진절머리가 날 정도로 몇 번이나 권한 적은 없었다. 자신을 하나의 인격체로 인정하고 경의를 표해 주는 것이라고 그녀는 생각했다. 이것은 그들의 장점 중의 하나였다. 그것도 단지 한 가지 예에 불과했다. 그 밖에도 아주 많은 장점이 있다.

"그럼, 이 다음에 가자꾸나." 하고 시어머니는 외출할 때 현관에서 웃는 얼굴로 말했다.

"이 다음에는 꼭 갈게요." 하고 그녀는 약속했다. "아주 좋은 분들이잖아요."

그녀는 우선 먼저 잠시 동안 천천히 집안을 돌아다니며 이 집에 대한 자신의 기분을 맛보고서 자신이 이 집 사람이라는 행복감에 젖었다. 의자의 등받이를 살짝 쓰다듬어 보기도 하고 커튼을 만져 보기도 하면서…….

내 것이다. 내 집이다. 내 부모님의 집인 동시에 내 집이기도 하다. 내 것. 내 가정. 내 의자. 내 커튼. 안돼, 이런 식으로 단정히 드리워져 있어야 해. 그게 난 좋으니까.

어리석어? 유치해? 공상? 그럴지도 모르지. 유치한 점이나 공상을 갖고 있지 않은 사람이 있을까? 그런 것이 없는 인생은 어떤 것일까? 아니, 그런 것이 없는 인생이 있을 수 있을까?

그녀는 조시의 식료품 보관실에 들어가서 쿠키 단지의

뚜껑을 열고 그 중 하나를 꺼내서 크게 한입 깨물었다.

배가 고픈 것은 아니었다. 불과 두 시간 전에 멋진 저녁 식사를 했으니까. 그러나──.

내 집이다. 이런 일을 해도 상관없는 것이다. 내게는 자격이 있다. 먹고 싶을 때에 마음대로 먹도록 쿠기 쪽에서 단정히 기다리고 있는 것이다.

그녀는 단지의 뚜껑을 덮고 전등을 끄려고 했다.

그 순간 갑자기 마음이 변하여 돌아가서 다시 하나를 집어들었다.

내 집이다. 집을 수 있다면 두 개를 집어도 된다. 그래, 두 개를 집기로 하자.

두 손에 하나씩 집고서 둘 다 한입씩 깨물며 그녀는 방에서 나왔다. 그것은 실제로는 입을 위한 음식이 아니라 영혼을 위한 음식이었다.

손가락에 달라붙은 부스러기를 털면서 그녀는 책을 읽기로 결정했다. 이제는 완전한 마음의 평온이 찾아왔다. 그 밑바닥에는 거의 치유력과 비슷한 것을 감추고 있는 평화와 안온함이 있었다. 그것은 병이 완쾌되었을 때의 기분, 완전히 다시 태어난 기분이었다. 오랜 고통의 마지막 흔적, 그녀의 인간으로서의 존재에 생긴 낡은 틈이(완벽한 의미로 말한다면, 예전에는 그런 것이 분명 존재하고 있었던 것이다) 없어진 듯이. 이것에 관해서는 만일 정신병리학자라면 학구적인 논문을 쓸 수 있을 것이다. 완벽한 안전, 완전한 정신적 여유 속에서 30분 정도 집안을 돌아다니는 것은 병원의 냉혹한 과학이 도저히 미치지 못하는 효과를 준 것이다. 하지만, 인간은 인간이고, 인간이 필요로 하는 것은 과학이 아니다. 그것은 가정이고 자신의 집이고 아무도 자신에게서 그것을 빼앗아가지 못한다는 확신이다.

책을 읽기에는 좋을 때다. 아니, 지금보다 더 좋은 때는 없다고 해도 지나치지 않다. 지금이라면 달리 걱정될 것도 없이 마음놓고 책에 열중할 수 있다. 잠시 동안 자신을 잊고 책과 하나가 될 수 있을 것이다.

서재에 가서도 이렇다 할 책을 고르는 데 조금 시간이 걸렸다. 서가 앞에서 여러 가지 책의 책장을 넘겨 보기도 하고, 두 번이나 의자까지 갖고 가서 처음 한두 장을 읽어 본 끝에 재미있을 것 같은 것이 있어서 그것으로 결정했다.

마리 앙투아네트──캐서린 앤터니 저(著)

그녀는 어찌된 것인지 소설은 별로 좋아하지 않았다. 소설을 읽으면 웬지 마음이 불안해지는 것이었다. 아마 자신의 생활 드라마를 상기시키기 때문일 것이다. 그녀는 실제로 일어난 사건(그녀의 마음은 그것을 이런 식으로 표현했다)이 좋았다. 실제로 일어난 사건이라고 해도 먼 옛날 먼 곳에서, 자신과 아무런 관계가 없는 사람, 자신과 혼동할 우려가 없는 사람의 신변에서 일어난 사건. 소설 속에 나오는 인물은 어느 사이엔가 그 남자 내지 여자와 자신과의 관계가 복잡해져 버리는 것이다. 전에 실제로 살아 있었던 적이 있는 인물의 경우에는 그런 일이 없었다. 객관적으로 공감은 가지만 그것으로 끝나는 것이었다. 처음부터 끝까지 모두 다른 사람의 일이다. 왜냐하면 그것은 예전에 실제로 타인이었기 때문이다.(다른 사람은 도피라고 말할지도 모른다. 원래 그녀의 경우에 다른 사람과는 반대여서, 다른 사람은 단조로운 현실에서 허구의 드라마로 도피한다. 그러나 그녀는 자신의 드라마에 견딜 수 없어서 과거로 도피하는 것이다.)

한 시간 또는 그 이상을 그녀는 150년 전에 죽은 한 여인과 일체가 되어 있었다. 시간이 지나는 것을 완전히 잊고 있었다.

어렴풋이 감각의 끝 부분만으로 아주 조용해진 밤의 어딘가에서 브레이크 소리가 나는 것을 들었다. '……악셀 페르센은 컴컴한 거리를 힘껏 마차를 몰았다.' (가족들이 돌아왔어. 이 페이지까지만 읽어 두자.) '한 시간 뒤 마차는 생 마르탱 문을 빠져나와…….'

현관에서 열쇠를 돌리는 소리가 났다. 문이 열리고 다시 닫혔다. 그러나 집에 돌아온 사람들의 목소리는 들리지 않았다. 소리를 죽인 침묵이라고나 할까. 정확하고 힘찬 어떤 사람의 발소리가 문을 들어서더니, 곧장 양탄자를 깔지 않은 바닥을 지나 현관의 양탄자 위까지 온 듯 소리가 작아졌다.

'……바로 맞은편에 대형의 여행용 마차가 길가에 멈춰 서 있는 것이 보였다.' (아냐, 빌이야. 모두 함께가 아니야. 빌만 돌아온 거야. 이제야 생각이 났는데, 그는 차를 타고 가지 않았어. 마이클슨의 집은 길모퉁이를 돌면 바로 그곳에 있으니까.) '대형의 여행용 마차가 길가에 멈춰 서 있는

것이…….'

발소리는 안쪽으로 갔다. 조시 아주머니의 식료품 보관실의 불이 켜졌다. 그녀가 있는 곳에서는 보일 리가 없지만, 스위치를 켜는 소리로 알 수 있다. 스위치의 소리만으로 어디의 전등인지 그녀는 쉽게 알 수 있었다. 방향과 그 소리의 강약만으로도 알 수 있는 것이다. 집안의 이런 세세한 것까지 어느 사이엔가 기억할 수 있게 된 것이다.

수도 꼭지에서 물이 솟구치는 소리가, 뒤이어 빈 컵을 내려놓는 소리가 들렸다. 그리고 나서 쿠키 단지의 뚜껑이 둔중한 도자기 소리를 냈다. 단지의 뚜껑은 잠시 그대로 열린 채 서둘러 원래대로 되돌아올 기색이 없었다.

'……길가에 멈춰 서 있는 것이.' (조시 아주머니가 화를 내겠지. 아주머니는 늘 빌에게 잔소리를 늘어놓는다. 같은 일을 해도 내게는 잔소리를 하지 않는데. 빌은 어린 아이 때부터 잔소리를 듣는 것에 익숙해져 있어서 그 습관을 버리지 못하기 때문이겠지.) '마담 코르프라는 가명을 사용한 그녀와 그 일행은 마차에 올라타고…….'

드디어 뚜껑을 닫는 소리가 들렸다. 발소리는 다시 움직이기 시작하더니 거실로 들어왔다. 갑자기 발소리가 멎고는, 다시 한 걸음이 이어지더니 한 장소에 두 배의 무게가 실린 듯이 마루가 삐걱거렸다.

'…….' (마루에 쿠키 조각을 흘려서 그것을 줍고 있는 모양이지? 아침에 조시 아주머니가 그곳에 그런 것이 떨어져 있는 것을 보고 무슨 짓을 했느냐고 야단치는 소리를 듣고 싶진 않은 거겠지. 틀림없이 지금도 어린 아이처럼 마음속

으로는 조시 아주머니를 무서워하는 모양이야.) '…….'

그러나 그녀의 마음이 의식적으로 그에 대한 것, 또는 그의 행동에 대해 생각하고 있는 것은 아니었다. 마음은 읽고 있는 책에 빼앗기고 있다. 끊임없이 주석을 달고 있는 것은 마음의 가장자리, 늘 사용하지 않는 끝 부분이며, 마음의 중심은 거기에 아무런 주의도 기울이지 않고 있는 것이었다.

그는 잠시 소리를 내지 않고 지각(知覺)의 밖으로 나가 버렸다. 어딘가에 주저앉아 쿠키를 먹고 있는 것이 틀림없다. 팔걸이 의자에서 한쪽 발을 늘어뜨리고 있을 것이다. 만일 의자에 앉아 있다면.

부모님이 마이클슨 씨 댁에 간 것을 알고 있기 때문에 틀림없이 그녀도 함께 갔을 것이고, 따라서 집안에는 자기 혼자뿐이라고 생각하고 있는 것이 틀림없다. 서재는 계단 오른쪽에 있고, 그는 식료품 보관실로 갈 때도 돌아올 때도 왼쪽을 지나쳤기 때문에 아직 그녀가 있는 것을 모르고 있어서 이쪽으로 접근할 생각은 하지 않고 있는 것이다. 그녀의 옆에 있는 갓을 씌운 스탠드 빛의 반경은 정해져 있어서 문까지는 미치지 않는다.

다시 갑자기 그의 부드러운 발소리가 들리기 시작했다. 쿠키를 다 먹은 모양이다. 지금까지 어디에 있었는지 모르지만, 거실로 나오자 분명히 들렸다. 계단 밑을 돌아 이쪽으로 다가온다. 똑바로 이쪽으로, 그녀가 있을지도 모르는 이 방으로 걸어오고 있다.

그녀는 지금 읽고 있는 부분의 점점 더해져 가는 흥미에 마음을 빼앗겨 계속 읽어 나갔다. 고개도 들지 않았다.

그의 발소리는 입구까지 왔다. 그 순간 거의 브레이크라도 걸린 듯이 딱 멈췄다.

아마 한 순간 그는 그녀를 보고 움츠러진 듯이 그 자리에 멈춰 선 것이리라. 그러자 갑자기 그는 서툴게 한 발자국 뒷걸음질치더니 몸을 돌려 그대로 물러났다.

그녀는 이런 일들을 거의 모두 의식의 밑바닥을 통해 알고 있었다. 적어도 그때까지는 분명히 의식이 없었던 것이다. 여기까지 이르자 그것은 그녀의 의식에 닿았지만 역시 깊이 스며들지는 못했다.

'……' (왜 저런 식으로 가버린 것일까? 나 혼자 있는 것을 봤으면서.) '……그리고 일행은 푸근한 쿠션에 몸을 묻었다…….' (빌은 이 방으로 들어올 생각이었어. 입구까지 왔으면서. 그런데 내 모습을 보고, 내 쪽에서는 보기도 전에 돌아가 버렸어. 왜? 왜 그랬을까? 왜 빌은 그런 행동을 했을까?) '악셀 페르센은 고삐를 잡고…….'

차츰 책의 마력이 사라졌다. 그녀의 눈동자가 비로소 책장에서 떠났다. 아직 책은 눈앞에 펴놓은 채로 의심스러운 듯이 고개를 들었다.

왜 그랬을까? 왜 빌은 그런 행동을 했을까?

나를 방해하지 않으려고 한 것은 아니다. 우리는 한 가족이고, 평소 그런 식으로 조심하지는 않는다. 모두 실례라고도 생각지 않고 마음대로 어느 방에든 출입한다. 이층의 침실은 다르지만, 이곳은 이층이 아닌 일층이다. 빌은 소리도 내지 않았다. 내가 그에게로 눈길을 돌리지 않는 것을 보고 그는 그대로 가만히 있었으며, 내 주의를 끌려고도 하지 않았다. 발길을 돌려 그대로 돌아가 버렸다.

현관문이 다시 열렸지만 나간 뒤 닫는 소리는 들리지 않았다. 차를 치우기 위해 잠깐 나간 것이다. 차를 탄 뒤 문을 닫는 소리가 들리고 기어를 넣는 소리도 들렸다.

나를 좋아하지 않는 걸까? 그래서 아무도 없는 집에서 나와 단둘만 있는 것이 싫었던 것일까? 혹시 내게 불쾌한 마음이라도 품고 있는 것일까 ? 오래 전부터 나를 완전히 믿고 있다고 생각했는데——적어도 그렇게 보였었는데. 하지만——입구까지 왔으면서 그런 식으로 머뭇거리다가 도망치듯이 떠나 버리다니.

그 순간 갑자기 아주 간단히 거의 당연한 것처럼 그녀는 모든 것을 이해할 수 있었다. 문득 마음속에 떠오른 것이다. 이렇다 하게 분명한 것은 아니지만, 무엇인가가 가르쳐 준 것이다. 말로는 설명할 수 없는 것이. 너무나도 어렴풋해서 어떤 말의 무게에도 견딜 수 없는 것이.

그래, 내가 싫기 때문이 아니다. 나를 좋아하기 때문에, 정말 좋아하기 때문에 그런 식으로 돌아간 것이다. 될 수 있으면 나와 둘이서만 있고 싶지 않았던 것이다. 너무나도 나를 좋아하기 때문에. 이미 내게 사랑의 감정을 갖기 시작한 것일까? 그리고——그런 짓을 해서는 안된다고 생각하고 있는 것이다. 자신의 감정과 싸우고 있는 것이다. 이길 가망이 없는 절망적인 싸움에서 힘닿는 데까지 투쟁을 하면서.

단호히, 하지만 조금도 서두르지 않고 그녀는 책을 덮고 처음 뽑아 온 서가의 틈으로 갖고 가서 꽂아놓았다. 전등은 켠 채로 두었다.(그가 이 방에 들어오고 싶어하는 것 같기 때문이다.) 그러나 그녀 자신은 방을 나와 천천히 계단을 오른 뒤 자신의 방으로 들어가 자기 위해 문을 닫았다.

그녀는 머리를 풀고 빗질을 했다.

차고의 문이 덜컹덜컹 울리더니 작은 자물쇠를 채우는 소리가 나고 그가 다시 집으로 들어오는 소리가 들렸다. 그는 이번에는 망설이지도 않고 곧장 서재로 들어갔다. (그렇게 되면 그녀에게도 말을 걸면서 모든 것을 분명히 해야 한다. 그 짧은 시간에 마음을 정한 것일까?)──그러나 들어가 보면 방은 비어 있겠지. 전등은 켜 있지만 책을 읽고 있던 그녀의 모습은 보이지 않겠지.

그 순간 갑자기 생각이 났다. 테이블 위의 스탠드 밑에 불이 붙은 담배를 놓고 온 것이다. 방을 나올 때 깜박 잊고 놔두고 온 것이다. 아직 불이 붙어 있는 것이 틀림없다. 처음 차가 멎는 소리가 들렸을 때 불을 붙였으니까.

화재라도 나지 않을까 걱정하고 있는 것은 아니었다. 그가 당장 발견하고 꺼줄 테니까.

그러나 그 담배에 의해서 그는 알게 될 것이 틀림없다. 왜냐하면 아까 그가 방에 들어올 생각이었으면서도 들어오지 않았고, 그녀 역시 일어서서 방을 나갈 생각이 없었는데도 나간 것을 그에게 보여주는 것이기 때문이다.

이것으로 그녀는 그가 그녀를 사랑하기 시작한 것을 알았을 뿐 아니라, 숨기려 해도 숨길 수 없는 담배에 의해서 그녀가 알고 있다는 것을 그도 알게 되었다는 사실을 깨달은 것이다.

제 24 장

그녀가 밖으로 나와 보았더니 집 뒤의 정원도 보름달의 빛을 받아 대낮처럼 밝아 있었다. 모래를 깐 좁은 길이 정원 주위를 사각으로, 또 그 안을 ×자형으로 지나고 있으며, 눈과 같은 빛이 펼쳐져 하얗게 된 정원 위를 그녀의 푸른 그림자가 움직였다. 중앙의 연못은 은색의 원반처럼 박혀 있고, 한 바퀴 도는 동안 그녀의 초점이 끊임없이 바뀌었기 때문에 물에 떠 있는 실제로는 움직이지 않는데도 마치 움직이고 있는 것처럼 달라붙기도 하고 떨어지기도 했다.

6월의 밤, 장미 향기는 가슴을 답답하게 하고, 작은 곤충들은 마치 자면서 애기하듯이 소리를 내고 있다.

그녀는 아직 자고 싶지 않았다. 책을 읽고 싶지도 않았다. 불을 켜놓은 서재는 더워서 참을 수가 없었다. 그녀를 남겨둔 채 부모님이 방으로 돌아가자 이젠 혼자 있는 것도 싫어졌다. 그녀는 잠시 이층으로 올라가서 휴는 괜찮은지 살펴보고 나서 이곳으로 온 것이다. 집 뒤의 정원으로. 높은 생울타리에 둘러싸여 다른 사람의 눈으로부터 완전히 차단된 이곳으로.

비치우드 드라이비의 작은 장로교회에서 11시를 알리는 종소리가 기분좋게 들려오고, 그 메아리가 조용한 분위기 속에서 잠시 방심하고 싶은 그녀를 평화와 행복감으로 가득 채워 주었다.

바로 어깨 뒤에서 들리듯이 조용하게 누군가가 작은 목소리로 말했다. "아, 당신일 거라고 생각했어요, 패트리스."

그녀는 깜짝 놀라서 돌아보았지만 그가 어디에 있는지 전혀 짐작이 가지 않았다. 잠시 뒤 그녀의 머리 위, 자신의 방 창가에 앉아 있는 것이 보였다.

"그곳에 가서 담배를 한 대 피워도 상관없겠죠?"

"난 이제 곧 방으로 들어갈 거예요." 하고 그녀는 서둘러 말했지만 그때는 이미 그의 모습은 보이지 않았다.

그는 포치 뒤쪽으로 내려왔는데, 그녀 쪽으로 걸어오는 그의 머리와 어깨에 달빛이 흰 가루처럼 쏟아지고 있었다. 그녀는 돌아서서 그와 함께 어깨를 나란히 하고 천천히 걸었다. 한번은 바깥쪽의 좁은 길을 한 바퀴 돌고, 한번은 정원 안을 비스듬히 지나는 좁은 길을.

그녀는 지나는 길에 손을 펴서 살짝 꽃을 만져 보았다. 그러나 자신 쪽으로 조금 기울여 볼 뿐 꺾지도 못하고 그대로 내버려 두었다. 활짝 핀 흰 장미의 향기가 순간적으로 마치 폭발하듯이 두 사람의 얼굴을 덮쳤다.

그는 그런 행동조차 하지 않았다. 아무것도 하지 않았다. 말도 하지 않았다. 단지 나란히 걸을 뿐이었다. 한 손은 주머니 속에 들어가 있다. 그리고 마치 좁은 길에 마음을 빼앗긴 듯이 아래만 보고 있었다.

"정말 아름다운 밤이군요. 집에 들어가고 싶지 않을 정도예요." 하고 그녀는 드디어 말했다.

"난 정원 같은 것은 아무래도 상관없어요." 하고 그는 무뚝뚝한 태도로 대답했다. "정원을 걷는 것도. 꽃도 말이에요. 내가 왜 여기 왔는지 알고 있겠죠? 내 입으로 말하지 않아도 되겠죠?"

그는 무슨 화가 나는 일이라도 있었던 것 같은 몸짓으로 거칠게 담배를 내던졌다.

갑자기 그녀는 강한 공포를 느꼈다. 걸음을 딱 멈췄다.

"안돼요. 잠깐만, 빌. 빌, 잠깐만 ── 안돼요 ──."

"뭐가 안된다는 거죠? 아직 아무 말도 하지 않았잖아요. 하지만, 당신은 이미 알고 있군요, 가엾은 패트리스. 나는 말해야만 해요. 그리고 당신은 들어야만 해요. 이대로는 살 수 없으니까."

그녀는 무언가를 막으려는 듯이 그에게 손을 내밀었다. 그리고 한 발 뒤로 물러서며 그에게서 떨어졌다.

"난 이런 것은 싫어요." 하고 그는 반항하듯이 말했다. "나로서는 처음 느끼는 감정이에요. 지금까지 이런 것에 마음이 끌린 적은 한 번도 없었어요. 세상 사람들처럼 사랑을 한 적조차 없었어요. 아마 그것이 내 방식이었겠죠. 하지만, 이것은 사랑이에요, 패트리스. 지금 이 감정은 바로 사랑이에요."

"안돼요. 잠깐만 ── 지금은 안돼요. 아직은 안돼요. 지금은 그럴 때가 ──."

"지금이 바로 그때입니다. 그 장소예요. 둘이서 백년을

산다고 해도 이런 밤은 두번 다시 오지 않아요. 패트리스,
난 당신을 사랑하고 있어요. 그리고 결──."

"빌!" 그녀는 호소하듯이 말했다.

"이제 당신은 알아 버렸어요. 그리고 당신은 달아나려 하
고 있어요." 그는 절망한 듯이 물었다. "뭐가 그렇게 무서운
거죠?"

그녀는 포치의 계단에 발을 올려놓고 거기서 잠시 멈춰
섰다. 그는 서둘러 바싹 뒤따른다기보다는 오히려 맥이 빠
진 듯이 천천히 그녀의 뒤를 따라왔다.

"난 연애 같은 건 질색이에요. 이유를 잘 설명할 수는 없
지만──."

"빌!" 하고 그녀는 거의 슬픔에 사로잡힌 듯한 모습으로
말했다.

"패트리스, 난 매일 당신을 보고 있는데──." 그는 어찌
할 도리가 없다는 식으로 두 손을 펼쳐 보였다. "난 어떡하
면 좋죠? 난 억지로 권하지는 않아요. 이렇게 하는 편이 낫
다고 생각했어요. 이렇게 하는 것이 당연하다고 생각했을
뿐이에요."

그녀는 괴로움에 견디기 어려운 듯이 포치의 기둥에 머
리를 기댄다. "왜 그런 것을 말해야 하나요? 왜 좀더──
생각할 시간을 주지 않나요? 부탁이니까 좀더 생각할 여유
를, 적어도 2~3개월만이라도──."

"방금 한 얘기를 취소하라는 건가요, 패트리스." 하고 그
는 원망스러운 듯이 말했다. "이제 와서 그런 짓은 할 수
없어요. 가령 말하지 않았다 해도 이제 와서 어쩔 수 없어

요, 패트리스. 벌써 오래 전부터예요. 휴 때문인가요? 아직도 휴를 생각하고 있는 건가요?"

"난 누굴 생각한 적이 없어요, 지금까지——." 그녀는 죄를 고백하듯이 말하기 시작했다. 그리고 갑자기 입을 다물었다.

그는 의심스러운 듯이 그녀를 바라보았다.

말이 지나쳤다는 느낌이 갑자기 마음을 스쳤다. 말이 지나쳤거나, 아니면 충분치 않았겠지. 그리고 나서 슬픔이 담긴 목소리로 자신을 타이르듯이 말했다. 이 말도 충분치는 않았지만.

"난 이제 방에 들어가겠어요." 포치의 그림자가 남색의 커튼처럼 둘 사이에 떨어졌다.

그는 뒤를 쫓으려고도 하지 않았다. 그녀가 떠나도 그대로 서 있었다.

"내가 키스할까 봐 두려워하고 있군요."

"아뇨, 내가 무서워하는 건 그게 아니에요." 하고 그녀는 알아들을 수 없을 정도의 목소리로 말했다. "키스를 받고 싶은 마음이 생길까 봐 두려운 거예요."

집으로 들어간 그녀의 뒤에서 문이 닫혔다.

그는 꼼짝도 하지 않고 슬픈 듯이 눈을 내리뜬 채 새하얀 달빛 속에 서 있었다.

제 25 장

아침이 되어 창에서 바라보는 세계는 정말 감미로운 것이었다. 평화, 안전……. 자신은 이 집의 사람이라는 느낌이 실을 짜듯이 그녀를 감싸고 한층 강해져 온다. 당장 그 실을 잘라낼 사람은 없다. 자신의 방에서, 자신의 집에서, 자신의 지붕 밑에서 잠을 깬다. 아기가 자신보다 먼저 눈을 뜨고 침대에서 일어나 기대에 찬 눈으로 이쪽을 살피며 응석을 부리는 듯한 표정을 짓는다. 이것은 아기가 자신 이외의 사람에게는 보이지 않는 특별한 것이다. 아기를 들어올려 꼭 껴안았다. 하지만, 적당히 힘을 조절하지 않으면 안된다. 숨이 막힐 정도로 꼭 껴안고 싶어지기 때문이다. 그리고 나서 창가로 데리고 가서 커튼을 열고 함께 바깥 세계를 본다. 자신이 준 세계. 자신이 만들어 준 세계를 아기에게 보여 주는 것이다.

황금의 꽃가루 같은, 때이른 아침 햇살이 뒷길과 큰길에 밝게 뿌려지고 있다. 나무 그늘과 집 서쪽의 푸른 그림자. 두세 집 앞의 잔디밭에서는 물을 뿌리고 있는 사람이 있어서 호스의 끝에서부터 내뿜어지는 물이 다이아몬드처럼 반짝이고 있다. 그 사람은 고개를 들어 자신의 모습을 발견하

고는 잘 알지 못하는 사이이지만 이웃답게 손을 흔들어 준
다. 거기서 자신은 휴의 귀여운 손목을 잡고 흔들어 인사를
나누는 것이다.

정말 아침의 세계는 감미롭다.

그리고 나서 옷을 갈아입는다. 두 사람은 옷을 갈아입고,
그리고 자신들을 기다리고 있는 기분좋은 아래층의 식당으
로 간다. 시어머니인 해저드 부인, 꺾어온 꽃, 정감이 넘치
는 밝은 인사, 윤이 나는 커피 퍼콜레이터(여과 장치가 딸린 커
피 끓이는 기구)의 한가운데에 거울처럼 비치는 모습과 그것
을 중심으로 해서 그 둘레에 매달려 있는 이상하게 땅딸막
한 영상(이것을 보고 아기는 늘 좋아했다), 나이 먹은 부인,
그보다 훨씬 젊은 부인. 그리고 높은 의자에 달랑 앉아서
모든 사람의 주목을 받고 있는 나이 어린 신사.

아무런 걱정도 없이 가정 속에 자기 자신의 것에 둘러싸
여 있는 느낌.

편지조차, 자신에게 온 편지조차 식탁의 자기 자리에서
기다리고 있었다. 그녀는 편지를 보며 이제 더 이상 부족할
것이 없다는 자그마한 만족감을 느꼈다. 이 생활이 불변하
다는 것과 자신이 이 가족의 한 사람임을 나타내는, 이보다
더 크고 확실한 증거가 있을 수 있을까? 자신에게 온 편지,
자신의 집으로 배달된 편지.

'패트리스 해저드 부인'과 주소. 예전에 그녀는 이 이름을
두려워했었다. 그것이 지금은 아무렇지도 않다. 조금 있으
면 전에 이 이름 외에 다른 이름이 있었다는 사실조차 잊어
버릴 것이다. 주인도 없이, 소유권을 주장할 사람도 없이 이

제는 이 세상을 방황하고 있는 고독하고 무서운 이름
이——.

"자, 휴, 그렇게 서둘러서는 안돼. 먹던 것부터 차례대로
먹어야지."

그녀는 봉투를 뜯었지만 안에는 아무것도 들어 있지 않
았다. 아니, 아무것도 적혀 있지 않았다고 하는 편이 옳을
것이다. 그녀는 틀림없이 뭔가 잘못되었다고 생각했다. 하
얀 편지지 한 장뿐. 아니, 잠깐 뒤집어 보자——.

둘로 접은 종이의 접힌 부분에 파묻히듯이, 주위의 넓고
하얀 공간에 비해 거의 눈에 띄지 않을 만큼 작은 글씨로
단 두 개의 단어만이 적혀 있었다.

너의 정체는?

제 26 장

아침이 되어 창에서 바라보는 세계는 괴롭고도 감미로운 것이었다. 정확하게는 자신의 것이 아닌 방에서 잠을 깬다. 자신이 이 집에서 살 권리가 없다는 것을 알고 있다. 그리고 그 사실을 누군가 다른 사람이 알고 있다는 것도 알고 있다. 땅 위에 떨어지는 이른 아침 햇살은 얇고 차가웠다. 나무 밑과 집의 그늘진 쪽은 조금 밝았지만, 그곳에도 암울하고 사귀기 어려운 밤의 흔적이 흔들리고 있었다. 두세 집 앞의 잔디밭에 물을 뿌리고 있는 사람은 생판 남이다. 얼굴은 알고 있지만 관계가 없는 남자이다. 그 남자가 고개를 드는 것을 보고 들키지 않으려고 서둘러 아기와 함께 창가에서 물러난다. 곧, '그런 행동을 하지 않았으면 좋았을 텐데.' 하고 생각하지만 이미 늦었다. 벌써 해버렸기 때문에.

그것이 그 남자의 짓일까?

두 사람이 옷을 갈아입는 것도 이제는 그다지 즐겁지 않았다. 그리고 지금까지 몇백 번이나 오르내린 적이 있는 이 계단을 아기와 함께 내려가면서, 그 첫날 밤 언젠가는 이렇게 되는 것이 아닐까 하고 스스로 예상했듯이 무거운 가슴을 안고 번민하고 괴로워하면서 내려가는 기분을 드디어 맛보게 된 것이다. 왜냐하면 지금 계단을 내려가는 심정이 바로 그렇기 때문이다.

미소를 보이면서 테이블에 앉아 있는 시어머니. 그리고 꽃. 그리고 퍼콜레이터에 비치는 괴물 같은 영상. 그러나 조금 떨어진 입구에서 그녀가 긴장된 눈으로 살피는 것은 단 하나의 물건뿐. 아니, 그것보다 더 먼 곳, 테이블이 눈에 띈 첫 순간부터. 테이블에, 자신의 자리에 어떤 하얀 것이 놓여 있는 것은 아닐까? 자신의 자리 옆, 또는 가까이에 사각의 흰 것이 보이지는 않을까? 그 편지는 금방 알아차릴 수 있었다. 테이블보는 빨강과 녹색이니까.

"패트리스, 푹 자지 못했니?" 어머니가 걱정스러운 듯이 물었다. "조금 까칠해 보이는구나."

불과 조금 전에 계단을 내려올 때는 까칠하지 않았다. 그때는 단지 마음이 무겁고 괴로웠을 뿐이다.

그녀는 아기를 의자에 앉히는 데 필요 이상의 시간을 들였다. 눈을 딴 데로 돌려야만 한다. 정면을 봐서는 안된다. 그 일을 생각해서는 안된다. 안에 무엇이 적혀 있는지 보려고 해서는 안된다. 혹시 알고 싶지 않은 것은 아닐까? 식사가 끝날 때까지는 저대로 놔두고, 그리고 나서 봉투를 뜯는다——.

"패트리스, 아기가 턱에 침을 흘리고 있잖니. 어디 내게 보내다오."

그 뒤 그녀는 자신의 손이 처치곤란한 것 같았다. 그러면서 자신의 손이 몇 개나 있는 듯한 느낌이 들었다. 커피포트에 손을 댄다. 그러자 봉투 끝에 손이 닿는다. 설탕 통으로 손을 뻗는다. 그러자 또 다른 끝에 손이 닿는다. 냅킨을 끌어당기려고 한다. 그러자 봉투가 냅킨 위에 실려 그녀 쪽으로 2~3인치 끌려온다. 주변에 온통 봉투가 있다. 동시에 가는 곳마다 있는 것이다.

그녀는 소리를 지르고 싶어졌다. 그 손을 의자에서 늘어뜨려서 세게 꼭 쥐었다. 큰소리를 내서는 안된다. 절대로 안된다. 아기가 바로 옆에 있다. 시어머니는 테이블 맞은편에 있다——.

봉투를 뜯는 거야. 재빨리 뜯는 거야. 아직 그만한 용기가 남아 있는 동안에.

종이는 커다란 소리를 냈다. 손가락이 저려서 잘 움직이지 않는다.

이번에는 단어가 하나 많아졌다.

너는 어디 사람이지?

그녀는 늘어진 손을 또다시 꼭 쥐었다. 하얀 것이 손 안에 쥐어지고 손가락 사이로 사라져 버렸다.

제 27 장

아침이 되어 창에서 바라보는 세계는 괴로운 것이었다. 다른 사람의 집에서, 다른 사람의 방에서 눈을 뜬다. 아기를 안아올려——정확히 자신의 것이라고 한다면 이 아기뿐이다——안은 채 창으로 다가가 맨 가장자리에서 커튼을 조금 열고 밖을 살핀다. 창의 한가운데까지 가서 획하니 커튼을 열 수는 없다. 그런 행동은 자신의 집에 있는 사람이 하는 것이다. 그리고 창밖에는 아무것도 없다. 자신의 것, 또는 자신을 위한 것은 아무것도 없다. 적의를 품은 집들과 적의를 품은 도시. 돌멩이투성이의 땅에 내리꽂히는 얼음 같은 햇살. 나무 밑과 집들의 그늘이 진 쪽에는 음울한 얼굴 같은 그림자. 오늘은 잔디에 물을 주고 있는 남자도 돌아보고 인사하지 않는다. 이제 그 남자도 생면부지의 남이기는커녕 언제 적으로 바뀔지 모르는 사람이다.

그녀는 아기와 함께 아래층으로 내려갔는데, 자신의 발소리 하나하나가 애도의 종소리와도 같은 느낌이 들었다. 식당에 들어갈 때 그녀는 눈을 감고 있었다. 그렇게 하지 않고는 견딜 수 없었다. 그 잠깐 동안은 눈을 뜰 수 없었던 것이다.

"패트리스. 건강이 나빠 보이는구나. 아이와 비교해서 네 얼굴색을 한번 보거라."

그녀는 눈을 떴다.

테이블에는 아무것도 없다.

하지만, 올지도 모른다. 또 오겠지. 한번 두번 온 것이니까. 또 올 것이다. 내일일지도 모른다. 그 다음날, 또는 그 다음다음날일지도 모른다. 틀림없이 올 것이다. 그러나 기다릴 수밖에 달리 방법이 없다. 괴로워하며, 어찌할 바를 몰라하며 잠자코 기다릴 수밖에 없는 것이다. 그것은 물방울이 똑똑 떨어지는 수도 꼭지 밑에 머리를 숙이고 있는 기분과 비슷했다. 다음의 차가운 한 방울이 수도 꼭지에서 떨어지기를 기다리고 있는 기분……

아침의 세계는 괴로운 것이었다. 게다가 저녁이 되자 세상은 형체도 없이 주위에 살며시 다가오는 그림자로 가득차고, 순간순간 다가와서는 그녀를 삼키려 하는 것 같았다.

제 28 장

잠을 제대로 잘 수 없었다. 눈을 떴을 때 맨 먼저 의식한 것은 그 일이었다. 그 원인, 그 이유가 동시에 머릿속에 떠올랐다. 실제로 문제가 되는 것은 그것이었다. 제대로 잘 수 없었다는 사실이 아니라 그 원인, 그 이유를 자신도 알고 있다는 사실 말이다. 지나칠 정도로 잘 알고 있다.

아무것도 지금은 시작되는 일이 없었다. 잠을 제대로 잘 수 없는 것은 요사이 계속되는 일이었다. 예외라기보다는 오히려 일상적인 것이었다.

피로가 눈에 띄기 시작했다. 저항력을 잃어갔다. 신경이 매일 조금씩 서서히 예민해지기 시작했다. 위험한 한계까지 접근하고 있는 중이라는 것을 스스로도 알 수 있었다. 이제 언제까지고 참을 수 있을 것 같지는 않았다. 편지가 왔을 때의 일이 아니다. 편지와 편지 사이, 다음에 올 편지를 기다리고 있을 때의 일이다. 그때까지의 시간이 길면 길수록 그녀의 긴장은 줄어들기는커녕 커졌다. 그것은 한없이 연기된 두 번째 구두 소리라는 유명한 예화와 아주 비슷했다.

이제 언제까지고 견딜 수 있을 것 같지 않았다. "한 번 더 온다면," 하고 그녀는 생각했다. "무슨 엄청난 일이 일어날 것이다. 아무쪼록 이걸 마지막으로 더 이상 오지 않게 되기를."

그녀는 거울에 비친 자신의 모습을 보았다. 아름다움이 손상되어서 초라하지나 않을까 하는 허영심과 자만 때문이 아니었다. 대가를 치른 희생을 눈으로 보고 확인하기 위해서였다. 얼굴은 창백하고 여위어 있다. 둥그스름함을 잃고, 뉴욕에서 살던 시절보다 뺨이 더 홀쭉해졌다. 눈밑에 기미가 생기기 시작하고, 눈동자는 지나치게 반짝이고 있다. 게다가 피곤하고 두려움에 찬 얼굴이다. 갑자기 그렇게 된 것이 아니라 만성적인 것이다. 이런 것은 그녀가 그것 때문에 값을 치른 희생이었다.

그녀는 옷을 갈아입는 것을 마치고 아기에게도 옷을 갈아입힌 뒤에 함께 아래층으로 내려갔다. 오늘같이 이른 아침의 식당은 정말 상쾌했다. 샴페인 색으로 흘러들어오는 햇빛. 산뜻한 사라사 천으로 만든 커튼. 테이블 위에 놓인 화려한 색의 도자기. 커피포트에서 나오는 향기로운 냄새. 식지 않도록 덮어놓은 냅킨에서 새어나오는 구운 토스트의 맛있는 냄새. 테이블 중앙에는 뒤뜰에서 따온 지 한 시간도 채 되지 않은 시어머니 해저드 부인의 꽃. 날염한 옷을 입고 생글생글 웃고 있는 깔끔하고 쾌활한 시어머니 해저드 부인. 가정. 평화.

"나를 이 평화에서 떼어놓지 말아 주세요." 하고 그녀는 마음속으로 호소했다. "이대로 놔두세요. 이런 것 모두를 내게 주세요. 즐기도록 해주세요. 이건 즐기기 위해 있는 것이고, 즐겁게 해주기 위해 기다리고 있는 거잖아요. 내게서 빼앗지 말고 이대로 내 것으로 놔두세요."

그녀는 테이블을 돌아 시어머니가 있는 곳으로 가서 입을 맞추고, 키스를 받기 위해 휴를 내밀었다. 그리고 아기를 두 사람 사이의 높은 의자에 앉히고 자신도 자리에 앉았다.

편지가 눈에 띈 것은 그때였다. 정확히 기다리고 있었던 것이다.

제일 위에 있는 것은 봉투에 넣은 백화점의 광고지였다. 봉투의 한쪽 구석에 인쇄된 글씨를 보고 곧 알 수 있었다. 그러나 그 밑에 또 하나가 있었다. 위에 있는 봉투 밑으로 한 귀퉁이가 살짝 드러나 있었다.

그녀는 모두가 바라보는 것이 무서웠기 때문에 나중에 보기로 했다.

그녀는 손가락으로 오트밀을 떠서 아기의 입에 가져다주고는 자신은 주스를 마셨다. 식사도 맛이 없었다. 신경이 단단히 조여진 것 같았다.

그 편지가 아닐지도 모른다. 무슨 다른 편지일지도 모른다. 재빨리 손을 움직이자 백화점의 광고지가 옆으로 삐져 나왔다.

패트리스 해저드 부인

수신인 이름은 삐뚤삐뚤한 육필로 적혀 있었다. 그녀는 지금까지 이런 편지를 받아 본 적이 없었다. 누가 보낸 것일까? 역시 그 편지가 틀림없겠지. 아니, 틀림없이 그 편지야. 갑자기 명치 부근이 불쾌하게 섬뜩해지는 것을 느꼈다.

그녀는 최면술에 걸린 듯이 그 편지의 구석구석을 검사했다. 3센트짜리 보라색 우표, 그 위에 물결 모양의 소인이 찍혀 있다. 그리고 그 옆에는 둥근 소인. 그것은 어젯밤 12시를 지나 우체통에 넣은 것이다. 어디에서? 그녀는 생각했다. 누가? 어둠 속에서 길거리의 우체통으로 몰래 다가가는 누구인지 분간할 수 없는 사람의 모습과, 서둘러 우체통에 밀어넣는 손과, 뚜껑이 닫힐 때 나는 소리 등. 그녀는 눈앞에 보이는 듯한 느낌이 들었다.

편지를 집어들고 이층의 자기 방으로 가서 문을 닫고 보고 싶었다. 하지만, 봉투를 뜯지 않은 채로 갖고 간다면 일부러 숨기려는 것처럼 보이지나 않을는지. 필요 이상으로 주의를 집중시켜서는 안되지 않을까? 이 방에서 뜯어 보는 것이 안전하다. 이 집에서는 아무도 캐어 묻지 않는다. 읽은 뒤 펼친 채로 그 근처에 두어도 누구 하나 손대지 않는다는 것을 알고 있다.

그녀는 풀로 붙인 부분에 칼을 넣어 재빨리 뜯었다.

어머니는 아기의 식사에 매달려 있었다. 아기 이외에는 눈에 보이지 않는 것이다. 아기가 한 입 먹을 때마다 칭찬의 소리가 나왔다.

그녀는 두 개로 접은 편지를 펼쳤다. 중간에 꽃이 있어서 손이 떨리는 것을 잘 감춰 주었다. 역시 공백뿐이고 글자수는 아주 적었다. 종이 한가운데 접힌 부분에 단 한 줄만이……

너는 거기서 뭘 하고 있는 거지?

가슴이 꼭 조여 드는 느낌이었다. 무의식중에 새어나올 것 같은 터무니없이 빠른 호흡을 억누르려고 했다.

어머니는 휴에게 접시를 보여 주고 있었다. "이제 끝. 아기가 전부 먹은 거야 ! 먹은 게 어디로 갔지?"

그녀는 벌써 편지를 무릎까지 갖고 갔다. 그리고 간신히 봉투를 원래대로 해놓고 두겹 세겹 손바닥에 들어갈 수 있게 될 때까지 접었다.

"한 번 더 오면 무슨 엄청난 일이 생길 거야." 그런데 그 한 번 더라는 것이 지금 온 것이다.

자제력이 차츰 없어지는 느낌이 들었다. 이 타격이 어떤 파국적인 형태로 나타날 것인지 그녀로서는 짐작이 가지 않았다. "어떻게든 이 방에서 나가야만 해." 하고 그녀는 자신에게 경고했다.

"이 테이블에서 떠나지 않으면 안돼. 지금 당장——. 빨리!"

그녀는 벌떡 일어서다가 의자에 걸려 잠시 비틀거렸다. 그리고 나서 몸을 홱 돌려 아무 말도 하지 않고 테이블을 떠났다.

"패트리스, 커피는 안 마시니?"

"금방 내려올게요." 하고 그녀는 애써 감정을 억누른 목소리로 대답하고 방을 나왔다. "잠깐 잊은 것이 있어서요."

그녀는 이층의 자기 방으로 들어가 문을 닫았다.

그것은 댐이 터져 무너지는 것과 비슷했다. 그것이 어떤 형태로 나타날지 스스로도 알 수 없었던 것이다. 눈물일지, 아니면 날카롭고 히스테릭한 웃음일지 생각하고 있었다. 그런데 그 어느쪽도 아니었다. 그것은 분노였다.

그녀는 두 손을 머리 위로 높이 쳐들고 벽을 향해 마구 쳤다. 그리고 나서 다음 벽으로, 또 다음 벽으로, 또 다음 벽으로 마치 출구라도 찾고 있는 사람처럼. 그리고 미친 듯이 절규하고 있는 것 같았다. "도대체 넌 누구야? 어디서 편지를 보내는 거야? 왜 모습을 드러내지 않는 거야? 왜 당당하게 나타나지 않는 거야? 왜 내가 보이는 곳으로 나오지 않지? 왜 내게 승부할 기회를 주지 않는 거야?"

결국 완전히 감정을 드러낸 채 힘없이 험악하게 숨을 내쉬면서 그녀는 두드리던 손을 멈췄다. 그 순간 갑자기 마음이 정해졌다. 승부를 내는 데는 하나의 방법밖에 없다. 그 편지로부터 공격을 빼앗는 데는 단 한 가지 방법밖에 ──── .

그는 재빨리 문을 열었다. 그리고 다시 계단을 내려가기 시작했다. 올라올 때와 마찬가지로 역시 울지는 않았다. 마치 뛰는 듯한 걸음걸이였다. 손에는 아직 편지를 쥐고 있었다. 그녀는 그 편지를 다시 펴서, 걸어가며 구김살을 펴기 시작했다.

그녀는 계단을 내려올 때와 같은 기세로 식당으로 들어갔다.

"──── 우유를 모두 마셨어. 착한 아이니까." 하고 시어머니는 달콤한 목소리로 말하고 있었다.

패트리스는 급히 테이블을 돌아서 시어머니 옆에까지 가자 걸음을 딱 멈췄다.

"저, 어머니에게 보여 드리고 싶은 것이 있어요." 하고 그녀는 말했다. "이걸 봐 주시겠어요?"

그녀는 편지를 어머니 앞에 똑바로 놓고 그대로 기다렸
다.

"잠깐 기다려라. 안경을 껴야 하니까……." 시어머니는
조용히 말하고 식탁의 그릇 사이를 이곳저곳 찾아다녔다.
"그 양반이 있을 때 끼었던 것은 기억하고 있는데 말이다.
둘이서 신문을 봤거든." 시어머니는 반대편의 식탁 쪽을 보
고 있었다.

패트리스는 선 채로 기다렸다. 그녀는 아기를 보고 있었
다. 아기는 자신의 것이라는 듯이 손가락으로 힘껏 스푼을
쥐고 있었다. 그리고 즐거워서 그것을 그녀에게 흔들어 보
여 주었다. 가정. 평화.

갑자기 그녀는 테이블로 손을 펴서 아직 거기 있는 백화
점의 광고지를 집어들어 먼젓번 편지 대신에 그것을 놓았
다.

"있어. 냅킨 밑에 있어. 눈앞에 있었는데." 시어머니는 안
경을 쓰고는 패트리스를 돌아보았다. "그래, 무엇을 보라고
했지?" 그녀는 봉투를 펼쳐 안의 것에 눈길을 주었다.

패트리스는 손가락으로 가리켰다. "이 무늬 말이에요. 어
머, 여기. 맨 처음 거 말이에요. 저——무척 예쁘죠?"

등뒤에서 한 손에 쥐고 있던 그 편지는 슬슬 구겨져 그녀
의 손가락 사이로 빨려들어가 보이지 않게 되었다.

제 29 장

장롱에서 꺼낸 소지품을 가슴 가득히 안고 그녀는 발소리를 죽이며 전등을 어둡게 한 방안을 분주히 오가고 있었다. 아기는 침대에서 자고 있고, 시계는 거의 1시를 가리키고 있었다.

의자 위에는 슈트케이스의 뚜껑이 열린 채로 놓여 있다. 이것조차 자신의 것이 아니다. 그것은 기차를 타고 이곳으로 올 때 처음 사용한 것으로서, 둥글게 다듬어진 귀퉁이에 PH라는 글자가 새겨져 있는, 아직 새것이나 다름없는 슈트케이스이다. 이것을 빌릴 수밖에 없다. 닥치는 대로 꺼내서 그 속에 집어넣는 물건 역시 빌린 것이 아닌가! 지금 입고 있는 이 옷도 빌린 게 아닌가. 이 방에서 정당하게 그녀의 것이라고 한다면 단 두 개밖에 없다. 침대에서 새근새근 잠자고 있는 아기. 그리고 화장대의 종이쪽지 위에 드문드문 놓여 있는 17센트.

대부분은 아기의 물건이었다. 아기에게 필요한 것, 아기를 고생시키지 않게 하기 위한 것뿐이었다. 가족들도 허락해 줄 것이다. 이 정도라면 아까워하지 않을 것이다. '자신과 마찬가지로 아기를 사랑해 주었으니까.' 하고 그녀는 슬픈 마음으로 자신을 위로했다. 너무 우물쭈물하자 이런 생각 어딘가에 자신의 결심을 꺾는 위험이 숨어 있을지도 모른다고 느꼈는지 그녀는 일을 서둘렀다.

자신의 몫으로는 정말 보잘것없는, 꼭 없어서는 안되는 것뿐이었다. 속옷류, 그리고 바꿔 신을 스타킹 한 켤레인가 두 켤레——.

물건 물건……. 물건이 무슨 소용이 있단 말인가? 자신의 세계가 주위에서 산산이 무너져 내리고 있는데. 자신의 세계? 그것은 너의 세계가 아니다. 너로서는 들어갈 권리가 없는 세계가 아닌가?

그녀는 슈트케이스의 뚜껑을 닫고서 적당히 물건이 들어갔는지, 너무 많이 들어가진 않았는지, 너무 적게 들어가진 않았는지 생각지도 않고 초조한 손놀림으로 열쇠를 채웠다. 슈트케이스의 틈으로 하얀 헝겊이 살짝 빠져나와 있었지만 그대로 놔두었다.

침대 밑에 준비해 둔 모자와 코트를 걸쳤다. 어깨 근처에 거울이 있지만 보지 않고 모자를 썼다. 그리고 나서 핸드백을 집어들어 손으로 안을 더듬었다. 열쇠, 이 집의 열쇠를 꺼내어 화장대 위에 놓았다. 다음으로 작은 지갑을 꺼내어 안의 것을 털어냈다. 꾸깃꾸깃하게 접은 지폐가 소리도 없이 떨어지고, 몇 개의 동전이 하나하나 소리를 내며 떨어지더니 그 중의 얼마는 굴러갔다. 그녀는 그것을 하나로 그러모아서 그것도 화장대 위에 놓았다. 그리고 나서 그 17센트를 집어들어 잔돈 지갑에 넣고 핸드백 안에 지갑을 넣은 뒤 핸드백을 팔에 꼈다.

그녀는 아이의 침대 옆으로 다가가서 틀을 내렸다. 그리고 자고 있는 작은 얼굴과 같은 높이가 될 때까지 허리를 구부렸다. 그녀는 아기의 양 눈썹에 가볍게 입맞췄다. "금방 데리러 올게." 하고 그녀는 낮은 목소리로 말했다. "먼저 가방을 현관에 두고 올게. 너와 가방을 두 손으로 안고 계단을 내려갈 수는 없을 것 같구나." 그녀는 일어서서 아기를 바라보며 잠시 망설이고 있었다. "우린 이제부터 기차를 타는 거야. 엄마와 아기와 둘이서. 어디로 갈지는 몰라. 하지만, 상관없어. 기차가 데려다 주는 대로 가는 거야. 도중에 다시 도와주는 사람을 만나게 되겠지."

시계는 이제 1시를 조금 지난 시각을 가리키고 있었다.

그녀는 문을 살짝 열고 슈트케이스를 나르기 시작했다. 그리고 나서 문을 닫고 마치 아주 무거운 것이라도 손에 든 듯이 슈트케이스를 들고 살금살금 계단을 내려가기 시작했다. 그러나 팔이 이렇게 무겁게 느껴지는 것은 슈트케이스 때문만은 아니었다. 납 덩어리 같은 마음의 무게 탓임이 틀림없다.

갑자기 그녀는 걸음을 멈추고 슈트케이스를 계단 위에 놓았다. 누군가가 현관 입구에 소리 없이 서 있었다. 두 사람이다. 시아버지인 해저드 씨와 의사인 파커 씨였다. 지금까지 두 사람은 아무 얘기도 하지 않았는지 그녀는 그들이 있는 소리를 듣치 못했다. 헤어지기 전의 일시적인 슬픈 침묵에 휩싸여 있는 것이 틀림없다.

그녀가 계단의 구부러진 곳에서 들키지 않도록 서 있는 동안에 드디어 두 사람은 헤어졌다.

"그럼, 쉬게, 도널드." 하고 의사는 위로하며 아버지의 어깨에 살짝 손을 얹은 뒤 다시 힘없이 헤어지는 모습이 그녀가 있는 곳에서도 보였다. "조금 자는 편이 나을 것 같군. 이제 환자는 괜찮으니까." 그는 문을 열고 나서 덧붙였다. "하지만, 이제부터 흥분시켜서는 안되네. 어떤 종류라도 긴장은 금물이야. 알겠지, 도널드? 그것이 자네의 의무야. 그런 것이 환자에게 접근하지 못하도록 해야 하네. 이걸 분명히 지켜 줘야 해."

"분명히 지키지." 하고 시아버지인 해저드 씨는 쓸쓸한 목소리로 말했다.

문이 닫히고 시아버지는 그녀가 못박인 듯이 서 있는 계단 쪽으로 올라왔다. 그녀는 슈트케이스를 내려놓은 채 모자와 코트를 벗어 슈트케이스 위에 내던지고 구부러진 곳에서 한두 계단 내려가 시아버지를 맞았다.

아버지는 얼굴을 들어 그녀의 모습을 보았지만 그렇게 놀란 기색은 없었다. 근심에 찬 굳은 표정뿐이었다.

"아, 너, 너, 패트리스?" 하고 시아버지는 침울하게 말했다. "파커가 한 말을 들은 모양이구나."

"누구 얘기예요——어머니?"

"침실에 들어가고 나서 바로 또 그 발작을 일으킨 거야. 파커가 벌써 한 시간 반 이상을 돌봐 주었어. 처음 잠시 동안은 위험한 상태였지만——."

"그런데, 아버님, 왜 저를——."

아버지는 힘없이 계단에 주저앉았다. 그녀도 나란히 앉아서 시아버지의 어깨에 팔을 걸쳤다.

"너까지 허둥대게 할 일이 아니었기 때문이지. 어차피 네가 있다고 해도 어쩔 수 없고——. 하루 종일 아이를 돌보느라고 피곤했을 테니 너도 쉬어야지. 게다가 이게 오늘밤 처음 있었던 일은 아니야. 네 어머니는 전부터 심장이 약했거든. 아이들이 태어나기 훨씬 전부터——."

"몰랐어요. 얘기해 주지 않았거든요——. 점점 나빠지고 있나요?"

"이런 병은 오랜 시간이 걸려도 좀처럼 좋아지지 않는 법이지." 하고 시아버지는 조용히 말했다.

그녀는 후회하는 마음으로 시아버지의 어깨에 머리를 기댔다.

그는 달래듯이 그녀의 손을 가볍게 두드렸다. "어머니는 괜찮다. 알고 있잖니? 너와 나만큼은. 자, 그렇지?"

이 얘기를 듣자 그녀는 무의식중에 몸서리를 쳤다.

"어머니가 충격을 받거나 정신이 어수선해질 때마다 쿠션 역할을 하고 있어." 하고 시아버지는 말했다. "너와 아기가 말이야. 어머니에게는 최고의 약이지. 너희들이 곁에 있는 것만으로도——."

그런데 만일 내일 아침이 되어 어머니가 패트리스를 만나고 싶다고 한다면, 손자의 얼굴이 보고 싶다고 한다면, 그리고 아버지로서는 사실을 얘기해야 한다면——. 그녀는 입을 다물고 발 밑의 계단을 쳐다보고 있었지만, 이상하게 아무것도 눈에 들어오지 않았다. 게다가 만일 5분 늦게 방을 나와서 의사가 돌아가는 것을 보지 못했다고 한다면, 넘칠 정도의 애정을 보여 준 보답으로 자신은 이 집에 죽음을 가져다 주었을지도 모르는 일이다. 자신이 알고 있는 단 한 명의 어머니를 죽였을지도 모른다.

아버지는 그녀가 정신을 차리지 못하는 것을 오해했는지 손끝으로 그녀의 턱을 눌렀다. "그런 식으로 생각하지 않아도 돼. 어머니도 네가 그런 식으로 생각하기를 바라지는 않을 테니까. 그러니까, 패트리스, 네가 어머니의 기분을 알고 있다는 걸 알려서는 안돼. 앞으로도 그건 어머니와 나만의 비밀이라고 생각하도록 해야 돼. 그 편이 어머니에게도 행복하다는 것을 분명히 알고 있을 테니까."

그녀는 깊은 한숨을 쉬었다. 그것은 결의의 표시이고, 피할 수 없는 것에 대한 항복의 표시였다. 그녀는 돌아서서 아버지의 얼굴에 재빨리 입맞추고 머리칼을 두세 번 어루만져 주고 나서 일어섰다.

"저, 방으로 돌아갈게요." 그녀는 조용히 말했다. "내려가시는 길에 거실의 불을 꺼주시겠어요?"

시아버지는 곧 내려갔다. 그녀는 슈트케이스와 코트, 그리고 모자를 집어들고 살짝 자신의 방문을 열었다.

"잘 자거라, 패트리스."

"안녕히 주무세요, 아버님. 내일 아침에 뵙겠어요."

그녀는 짐을 날라놓은 뒤 문을 닫고 어두운 방안에서 잠시 꼼짝 않고 서 있었다. 입으로 새어나오지 않는 기도가 무의식중에 넘치기 시작했다.

"내게 힘을 주세요. 이젠 달아날 수도 없답니다. 이것으로 분명히 알았어요. 싸움은 지금 이 상황에서 해야만 해요. 게다가 전 소리내어 울 수도 없어요."

제 30 장

갑자기 편지가 뚝 끊겼다. 그 뒤로 한 통도 오지 않는 것
이다. 날은 주가 되고, 주는 달이 되었다. 그리고 달도
2개월에 가까워진다. 그런데도 그것뿐 더 이상 오지 않는
것이다.

일격도 가하지 않았는데 싸움은 이긴 것 같았다. 아니, 그
렇지 않다는 것을 그녀는 알고 있었다. 싸움은 교활하고 그
림자 같은 적의 변덕에 의해서 갑자기 중단된 것이다.

그녀는 덧없는 희망에 매달렸다──어떻게든 이해하려
고 하는 희망──. 그러나 그것은 모두 실패로 끝났다.

시어머니가 말했다. "에드너 하딩이 오늘 돌아왔더구나.
1개월 정도 필라델피아의 부모가 있는 곳에 가 있었다는 거
야."

그러나 그것뿐이었다.

빌이 말했다. "오늘 뜻밖에 톰 브라이언트를 만났어요.
누나 마릴린이 늑막염으로 누워 있다고 하더군요. 오늘 비
로소 침대에서 일어났대요."

"어쩐지 요즘 눈에 띄지 않는 것 같더구나."

그러나 그것뿐이었다.

콜필드, 인구 25만 3천 하고 그녀는 생각했다. 서재의 지

도에는 그렇게 나와 있다. 25만 3천의 사람이 갖고 있는 두 개의 손. 한쪽 손은 남의 눈에 띄지 않는 모퉁이에 있는 우체통의 뚜껑을 누르고 있다. 다른 손은 재빨리 우체통에 편지를 밀어넣는다. 그것뿐, 아무런 연락도 없다. 하지만, 수수께끼는 여전히 남아 있다. 왜 그럴까? 누구일까? 아니, 왜 그랬을까? 누구였을까?

그러면서도 마음속으로는 왠지 모르게 역시 현재형 쪽이 어울린다고 생각했다. 다른 형태는 적합하지 않다고 생각했다. 이런 일은 갑자기 시작되었다가 갑자기 멈추는 것은 아니다. 처음부터 일어나지 않든지, 아니면 파멸적인 결말이 날 때까지 계속되든지 둘 중 하나인 것이다.

그러나 그럼에도 불구하고 이제 괜찮을 것이라는 느낌이 조금씩 들기 시작했다. 한번은 무서워서 달아나 버리고 싶은 심정, 그리고 이번에는 예전만큼 대담하지는 않지만 괜찮지 않을까 하는 생각이 쭈뼛쭈뼛 고개를 드는 것이었다.

아침이 되어 눈에 비친 세계는 괴롭고도 감미로운 것이었다. 숨을 죽이고 잠자코 기다리고 있는 듯한——.

제 31 장

아기를 침대에 눕히려는 순간 시어머니가 그녀의 방을 노크했다. 이것은 전혀 뜻밖의 일은 아니었다. 불을 끄기 전에 할머니로서 마지막 키스를 해주는 것이 매일 밤의 행사였다. 그런데 오늘밤은 패트리스와 얘기하고 싶은 모양인데, 어떤 식으로 시작해야 좋을지 모르겠다는 태도였다.

아기에게 입을 맞추고 나서도 시어머니는 우물쭈물하고 있었다. 마음을 정하기 어려운 모양인지 언제까지고 서 있었기 때문에 패트리스는 불을 끌 수 없었다.

잠시 동안 어색한 시간이 계속됐다.

"패트리스!"

"무슨 일이세요, 어머니?"

갑자기 시어머니가 말을 꺼냈다. "빌이 말이야, 오늘밤 컨트리 클럽의 댄스 파티에 너를 데려가고 싶다는구나. 아래층에서 기다리고 있겠다는 거야."

패트리스는 너무 당황해서 잠깐 동안 대답도 하지 않고 물끄러미 시어머니를 바라보았다.

"내게 말이야, 네가 함께 갈 생각이 있는지 물어 봐 달라고 하더구나." 그리고 나서 어머니는 어떻게 해서든 그녀를 설득시키려는 듯이 횡설수설 얘기하기 시작했다. "대개 한 달에 한 번은 거기서 댄스 파티를 한단다. 그리고 빌도 가고, 늘 말이야——. 자아, 어서 옷을 갈아입고 함께 가는 게 좋지 않겠니?" 마지막은 달래는 태도였다.

"하지만, 전 전——." 패트리스는 더듬거리면서 말했다.

"패트리스, 너도 언젠가는 그런 생활을 다시 시작해야만 해. 너를 위한 시간이 너무 없어서 말이야. 요즘 네 안색이 좋지 않아서 우리 모두 걱정하고 있단다. 만일 무슨 걱정스러운 일이라도 있으면——. 내가 말한 대로 하거라."

이것은 분명히 명령이었다. 아니, 시어머니로서는 명령에 가깝게 보이도록 최대한으로 노력하고 있는 것이다. 그리고 시어머니는 패트리스의 옷장을 열고 들여다보았다. "이건 어때?" 그녀는 옷을 하나 꺼내어 자신의 앞에 걸치고 패트리스에게 보여 주었다.

"전 별로——."

"이거라면 잘 어울릴 거야." 침대 위로 옷을 던졌다. "그 클럽은 별로 형식을 차리지 않는단다. 도중에 빌에게 난초나 치자나무를 사 주라고 할 테니까. 그렇게 하면 준비는 완전히 끝나는 거지. 자, 오늘밤은 가서 새로운 기분을 맛보도록 해라. 조금씩 기분이 좋아질 거야." 어머니는 보증한다는 듯이 웃었다. "빌의 춤 솜씨는 아주 훌륭하단다." 그리고 나서 방을 나가며 그녀의 어깨를 가볍게 두드렸다. "내가 한 말을 잘 들어야 정말 좋은 아이야. 그럼, 빌에게는 준비하고 있다고 얘기해 두마."

그리고 곧바로 계단에서 목소리도 가다듬지 않은 채 빌

에게 외치는 소리가 들렸다. "간다는구나. 내가 설득했어. 다정하게 대해 주거라. 그렇지 않으면 내가 난처해지니까."

패트리스가 내려가자 빌은 문 바로 안쪽에 서서 기다리고 있었다.

"이런 차림으로도 괜찮을까요?" 하고 그녀는 불안한 듯이 물었다.

그는 갑자기 수줍은 모양이었다. "저, 난——난 당신이 이렇게 아름다운 줄은 몰랐어요." 하고 그는 머뭇거리면서 말했다.

차가 달리기 시작하고 나서 처음 얼마 동안 두 사람 사이에는 마치 오늘밤 처음 만난 사람들과 같은 어색함이 있었다. 그것은 지극히 사소한 느낌이었지만 분명히 그랬던 것이다. 그는 차의 라디오를 켰다. 댄스 뮤직이 두 사람의 얼굴에 잔물결처럼 밀려 들어왔다. "당신을 댄스의 분위기에 끌어들이기 위해서예요." 하고 그는 말했다.

그는 차를 세우고 밖으로 나가서 난초를 갖고 돌아왔다. "베네주엘라 북쪽에서 가져온 가장 큰 꽃이에요. 사실은 어디에서 왔는지 잘 모르지만 말입니다."

"핀으로 달아 주세요." 그녀는 달 곳을 골랐다. "여기가 좋겠어요." 무슨 이유 때문인지 모르지만 그는 망설였다. 쑥스러운 듯이 몸을 뗄 뿐이었다.

"안돼요. 직접 다세요." 하고 그는 말했는데, 그녀에게는 그 이유가 짐작이 되지 않을 정도로 강한 어조였다. "아니, 내가 달아 주는 편이 낫겠군." 하면서 그는 생각을 고쳐먹은 듯 주저하며 말한다. 조금 늦었다. 이미 늦은 것이다.

"어머나, 겁쟁이."

정말 핀을 쥐고 있는 그의 손이 핸들에 놓여지는 것을 보니 조금 떨고 있었다. 드디어 그 떨림도 멎었다.

그리고 나서 두 사람은 목적지를 향해 차를 달렸다. 전방에 펼쳐진 길은 거의 탁 트인 시골길이었다. 하늘에는 별이 반짝이고 있었다.

"이렇게 많은 별을 나는 본 적이 없어요." 하고 그녀는 깜짝 놀란 듯이 말했다.

"지금까지 별로 하늘을 보지 않았기 때문이겠죠." 하고 그는 조용히 대답했다.

이윽고 파티장에 도착하기 바로 전에 그는 이상하게 상냥해졌다. 그는 차의 속도를 줄이고 그녀 쪽을 돌아보았다.

"오늘밤 당신이 즐겁게 보내도록 해주고 싶어요, 패트리스." 하고 그는 진지하게 말했다. "정말로 즐겁게."

두 사람 사이에 순간 침묵이 찾아왔다. 그러나 곧 다시 차를 재촉했다.

제 32 장

그리고 그 다음의 댄스 파티에서 연주된 곡은 '세 개의 단어'였다. 시간이 지난 뒤에도 그녀는 똑똑히 기억하고 있었다. 다른 것은 어찌되었든 그때의 곡목만은 잊을 수 없었던 것이다. 그때 그녀는 빌과 춤을 추고 있었다. 하긴 파티장에 온 뒤로 죽 그와만 춤을 추었었지만. 그녀는 주위는 쳐다보지도 않고 주의도 기울이지 않았다. 자신들 둘 이외의 것에는 전혀 신경을 쓰지 않았던 것이다.

황홀한 듯이 미소지으면서 그녀는 춤을 추었다. 마음은 아름다운 음악에 박자를 맞춰 자갈 위를 빨리 거침없이 흐르는 작은 시냇물 같았다.

빌과 함께 춤추는 것은 정말 즐거웠다. 춤 솜씨가 뛰어나서 내 발은 전혀 신경쓰지 않아도 되었다. 빌은 내쪽으로 고개를 돌리고 지금 나를 보고 있다. 느낌으로 알 수 있는 것이다. 나도 얼굴을 들어 빌을 볼까? 그러면 빌은 틀림없이 미소를 보내올 것이다. 하지만, 마주 웃지는 말자. 어머, 드디어 미소를 보내왔어. 마주 웃지는 말아야지. 그런 행동을 한다면, 아아 어떻게 될까? 엉겁결에 입에서 튀어나와 버릴지도 모른다. 하지만, 왜 웃어서는 안되는 것일까? 혹시 빌이 그런 감정을 품고 있는 것은 아닐까? 애정을 담아 웃는 듯한 모습이.

뒤쪽에서 빌의 어깨에 손이 걸쳐지는 것이 보였다. 손도 팔도 몸도 보이지 않지만, 손가락이 빌의 어깨에서 그녀 쪽으로 비스듬히 내려오는 것이 보였다.

누군가의 목소리가 말했다. "이번에는 내게 양보해 주시지 않겠습니까?"

갑자기 두 사람은 멈춰섰다. 빌이 멈췄기 때문에 그녀도 멈추지 않을 수 없었다.

빌의 팔이 떨어졌다. 질질 끄는 발소리가 나고 빌이 한 걸음 옆으로 비키자, 그 뒤에 누군가 다른 사람이 서 있는 것이었다. 한 사람의 모습이 사라지자 다른 사람이 나타나는 이중 노출과 비슷했다.

그녀의 눈과 새로운 상대의 눈이 마주쳤다. 상대의 눈이 그녀의 눈을 기다리고 있었기 때문에 말할 필요도 없이 딱 마주친 것이다. 두 사람은 그것뿐 눈을 움직일 수 없었다.

그리고 나서는 단지 공포뿐이었다. 경험하리라고는 생각지 않았던 공포. 번쩍번쩍한 전등 밑의 공포. 댄스 홀에서의 죽음. 그녀는 몸을 반듯하게 세우고 있었다. 그러나 그것이 고작이고, 죽음이라는 모든 느낌이 몸 전체를 감쌌다.

"조지슨이라고 합니다." 하고 그는 빌을 향해서 침착하게 말했다. 입술은 거의 움직이지 않는 느낌이 들었다. 눈은 그녀의 눈에서 떼지 않은 채.

빌은 간신히 소개를 했다. "이쪽은 해저드 부인, 이쪽은 조지슨 씨."

"안녕하십니까?" 하고 그는 그녀에게 말했다.

어찌된 일인지 이 인사말에는 처음 얼굴을 봤을 때보다 더 심한 공포가 숨어 있었다. 그녀는 마음속의 공포로 인해 무언의 비명을 지르고 있었다. 입술이 꼭 붙어서 빌의 이름을 불러 춤 상대를 거절해 달라고 부탁할 수도 없었다.

"괜찮으시겠습니까?" 하고 조지슨이 말하자 빌이 고개를 끄덕이고, 그것으로 인도는 끝났다. 이젠 늦었다.

그리고 나서 잠깐 동안이었지만 고마운 집행유예의 시간이 있었다. 그의 손이 자신을 안는 것을 느꼈다. 그녀는 상대의 어깨에 얼굴을 묻고 다시 춤추기 시작했다. 이제 지탱해 줄 것도 없이 서 있을 필요는 없었다. 이 편이 나았다. 생각할 여유가 있다. 숨을 쉴 여유가 있다.

음악은 계속되고 춤은 계속되었다. 빌의 얼굴은 배경 속으로 사라져 버렸다.

"전에 만난 적이 있죠, 분명히?"

정신을 잃지 않도록. 부디 이대로 쓰러지지 않도록.

상대는 그녀의 대답을 기다리고 있었다.

말을 해서는 안된다. 대답을 해서는 안된다.

"저 남자는 당신의 정체를 알고 있습니까?"

그녀의 다리가 꼬이고 발이 걸려 비틀거렸다.

"이런 짓을 언제까지고 계속하지 말고, 부탁해요, 데리고 나가 줘요——. 어딘가 밖으로——나가지 않으면, 난 아마——."

"방이 너무 덥군요." 하고 그는 예의바르게 말했다.

그녀는 대답하지 않았다. 음악이 끊어지는 듯했다. 자신도 사라지는 듯했다.

"당신은 길을 잘못 들어섰어. 그때 말이야. 내 탓인지도
모르지."

"안돼——." 그녀는 우는 소리로 말했다. "안돼——."

음악이 그쳤다. 두 사람은 멈췄다.

그의 팔이 그녀의 등에서 떠났지만, 손은 손목을 세게 쥐
고 그녀의 몸을 자신의 옆구리에 바싹 대고 있었다.

"밖에 베란다가 있어. 그곳으로 나와. 먼저 가서 기다리
고 있을 테니까. 어때—— 얘기해 볼 수 있지?"

그녀는 자신이 무슨 말을 하고 있는지 알 수 없었다. "그
건 안돼요——. 당신을 모르겠어요——." 고개가 흔들거렸
다. 머리가 끊임없이 흐물흐물 흘러내리는 것 같았다.

"알고 있지. 잘 알고 있지. 나는 당신을 알고, 당신은 나
를 알고 있어." 그리고 나서 이번에는 뼛속까지 얼어붙게
할 듯이 불쾌할 정도로 힘을 주어서 덧붙였다. "우리 두 사
람은 지금 이곳에 있는 어떤 사람들보다도 서로를 잘 알고
있는 것이 틀림없어."

빌이 벽 쪽에서 두 사람에게로 다가왔다.

"아까 말한 곳에서 기다리겠어. 너무 오래 기다리게 하지
마. 나오지 않으면—— 다시 와서 당신을 찾아야 할 테니까."
안색도 달라지지 않았다. "함께 춤을 춰 주셔서 고맙습니다."
하고 그는 빌이 온 것을 보고 말했다.

그는 그녀의 손목을 놓지 않고 마치 생명이 없는 것, 인
형이라도 다루듯이 그것을 빌에게 건네주고 인사를 하고는
가버렸다.

"몇 번 본 적이 있는 남자예요. 아마 혼자 온 모양입니다."
빌은 그것을 귀찮은 존재를 제거하기라도 한 듯이 어깨를
으쓱했다. "자, 춤을 춰요."

"미안해요. 다음번에 춰요."

"기분나쁜 일이라도 있었나요? 안색이 안 좋아 보이는
군요."

"불빛 때문일 거예요. 저, 잠깐 화장을 고치고 올게요. 당
신은 다른 사람과 춤을 추세요."

그는 싱긋 웃었다. "다른 사람과 춤추고 싶지 않아요."

"그럼, 어디 갔다가——오세요. 이 다음번에."

"이 다음에 말이죠?"

그녀는 문을 나와 그곳에서 그를 지켜보왔다. 그는 정면
에서 바 쪽으로 갔다. 그녀는 그가 바로 들어간 뒤 높은 의
자에 앉는 것을 끝까지 지켜보고 나서 자신은 반대쪽으로
갔다.

그녀는 베란다로 통하는 문으로 천천히 걸어가서 만년필
용 잉크처럼 푸른 바깥의 밤을 바라보았다. 베란다에는 작
은 테이블을 둘러싸고 2~3야드씩 간격으로 등의자가 두세
개 늘어서 있었다.

안쪽 의자에서 담배의 빨간 불이 억지로 그녀를 불러들
이는 듯이 높이 솟아올랐다. 그리고 나서 초조한 듯이 비스
듬히 난간 너머로 던져졌다.

그녀는 천천히 그쪽으로 걸어갔다. 이제 영원히 돌아오지
않을 여행이라도 떠나는 듯한 이상한 기분이었다. 발에 뿌
리가 내리고, 발이 스스로의 의지로 그녀를 말리려고 하는

것 같았다.

그녀는 그의 앞에까지 가자 걸음을 멈췄다. 그는 엉덩이를 난간에 얹고 방약무인한 태도로 비스듬히 앉아 있었다. 그리고 또다시 아까의 말을 되풀이했다. "그 남자가 당신의 과거를 알고 있나?"

별이 움직이기 시작했다. 하늘 가득히 희미한 핀의 구멍 같은 것이 되어 이상한 소용돌이를 치면서.

"당신은 나를 버렸잖아요." 하고 그녀는 애써 분노를 누르며 이야기했다. "나를 버렸어요. 5달러를 줘서. 새삼스럽게 이제 와서 무얼 가져갈 생각이죠?"

"오호라, 그럼 우린 전에 만난 적이 있었군. 어쩐지 그런 느낌이 들었지. 의견이 일치해서 좋은데."

"그만두세요. 뭘 원하는 거죠?"

"뭘 원해? 아무것도 원하지 않아. 조금 어리둥절했을 뿐이야. 분명히 정리해 두고 싶은 얘기가 있는데 말이야. 저 남자는 아까 다른 이름으로 당신을 소개했어."

"뭘 원하는 거죠? 이곳에서 뭘 하고 있는 거예요?"

"자, 문제는 바로 그거야." 하고 그는 겉으로는 정중하게, 그러나 사실은 아주 무례한 태도로 말했다. "그럼, 당신은 이곳에서 뭘 하고 있는 거지?"

그녀는 이것으로 세 번 같은 말을 되풀이했다. "뭘 원하는 거죠?"

"예전의 마누라와 애에게 관심을 가지면 안되는 건가? 남편이 없었다면 어린애는 태어나지 못했을 거야."

"당신은 미치광이이고, 게다가——."

“그렇지 않다는 것은 당신도 잘 알고 있잖아. 미치광이였으면 좋겠다고 생각하는 거겠지.” 하고 그는 차갑게 말했다.

그녀는 몸을 홱 돌렸다. 그의 손이 다시 그녀의 손목을 잡고 채찍처럼 착 감겼다. 채찍처럼 깊이 파고들었다.

“아직 가면 안돼. 얘기가 끝나지 않았어.”

그녀는 상대에게 등을 돌리고 서 있었다. “내 쪽에서는 끝났는데요.”

“결정권은 내게 있어.”

그는 손을 놓았지만, 그녀는 그대로 서 있었다. 그가 담배에 불을 붙이는 소리가 들리고 등뒤에서 언뜻 불이 보였다.

드디어 그가 입을 열었다. 내뱉는 연기 때문에 목소리는 탁해 있었다. “아직 당신은 분명히 얘기해 주지 않았잖아. 난 여전히 어리둥절해 있어. 휴 해저드라는 남자가——흠——그래, 당신에게는 얘기하지. 즉, 아내와 결혼했어. 1년 전인 6월 15일 파리에서 말이야. 그쪽에 있는 기록에서 정확한 날짜를 확인하는 데는 상당한 비용이 들었지. 시간도 많이 걸렸고. 그런데 1년 전 6월 15일이라고 한다면 나와 당신은 뉴욕의 작은 셋방에서 지내고 있었을 때야. 방세를 낸 영수증이 있으니까 이건 증명할 수 있어. 그렇다면 당신은 그렇게 멀리 떨어진 장소에 어떻게 같은 시간에 동시에 있을 수 있었지?” 그는 골똘히 생각하듯이 숨을 내쉬었다. “누군가가 날짜를 잘못 알고 있는 거야. 그 남자일까, 아니면 나일까?” 그리고 나서 아주 천천히 말했다. “아니면, 당신일까? 그런 잘못을 한 것이——?”

그 얘기를 듣자 그녀는 움츠러들었다. 몸은 반대편을 향한 채 살그머니 고개만을 그에게로 돌렸다. 그럴 생각이 없는데 최면술에라도 걸려들고 있는 사람처럼. "당신이군요. 그런 것을 보낸 사람이——."

그는 무슨 좋은 일을 하고 인사라도 받듯이 일부러 상냥하게 고개를 끄덕였다. "살짝 당신에게만 묻는 편이 친절할 거라고 생각했지."

그녀는 증오로 인해 얼음같이 차가워진 몸을 떨며 숨을 들이마셨다.

"뉴욕에 있을 때 그 열차사고의 희생자 명단에서 당신의 이름을 발견했어." 하고 그는 말했다. "그래서 곧장 현장으로 달려가 당신의 '신원 확인'을 했지." 하고 그는 지극히 사무적으로 얘기를 계속했다. "어쨌든 그 일에 대해서는 당신에게 크게 감사를 받아야 할 거야."

그는 골똘히 생각에 잠긴 표정으로 담배를 피우고 있었다.

"그때 한두 가지 들은 얘기가 있었어. 그래서 여러 가지로 궁리해 보았지. 그리고 우선 뉴욕으로 돌아갔어——영수증과 여러 가지 것을 모으러——그리고 나서 이곳으로 온 거야. 단순한 호기심 때문에 말이야. 난 정말 머리가 복잡해져 있어." 하고 그는 빈정거리며 말했다. "그리고 나중에 얘기를 들었을 때는 말이지."

그는 기다렸다. 하지만, 그녀는 아무 말도 하지 않았다. 드디어 그도 동정을 느낀 모양이었다. "그래, 나도 알고 있어." 그는 의젓하게 말했다. "지금은 그럴 때도, 그런 장소도 아냐. 옛날 일을 끄집어 내서 얘기하다니. 이곳은 파티장이고 당신은 빨리 돌아가서 즐겁게 놀아야겠지."

그녀는 몸서리를 쳤다.

"당신에게 연락할 곳이 있나요?"

그는 노트를 꺼내고 라이터를 켰다. 그녀는 자신이 말한 것을 쓰려고 하는 게 아닌가 하고 오해했다. 그녀는 얼어붙은 듯이 입술을 다물고 말았다.

"세네카 호텔 382호야." 하고 그는 노트를 보면서 대답했다. 그리고 그는 다시 노트를 덮었다. 그의 손이 두 사람 사이에서 나른한 곡선을 그렸다. 다음에 찾아온 무서운 침묵 속에서 그는 아무렇지도 않은 듯이 말했다. "넘어지지 않도록 의자에 잘 기대어 있어. 아무래도 발 밑이 위험한 것 같아. 모두가 보는 앞에서 당신을 안고 들어가는 것은 별로 멋이 없을 테니까."

그녀는 의자의 등받이에 두 손을 대고 고개를 숙인 채 조용히 서 있었다.

테라스 중앙의 열어젖힌 문에서 비치고 있던 엷은 적갈색의 빛이 조금 가려지더니 그녀를 찾고 있는 빌의 모습이 보였다.

"패트리스, 우리가 춤출 차례가 됐어요."

조지슨은 예의바르게 난간에서 내려섰지만 곧 다시 앉았다.

그녀는 빌 쪽으로 다가가 함께 안으로 들어갔다. 테라스의 푸른 장막이 불안한 걸음걸이를 감춰 주었다. 그리고 그의 팔이 세게 지탱해 주었기 때문에 더 이상 자신을 지탱하지 않아도 되었다.

"당신들은 마치 조각처럼 서 있더군요." 하고 그는 말했다. "저런 사람은 사귀지 않는 편이 나아요."

룸바의 덩굴손 같은 움직임에 따라서 그녀는 그의 어깨에 얼굴을 묻고 그에게 꼭 기대었다.

"정말 사귀지 않는 편이 나은 사람이에요." 하고 그녀는 불쾌한 듯이 말했다.

제 33 장

잔혹할 정도로 운이 나쁠 때에 전화가 걸려왔다. 정확히 시간을 가늠하고 있었던 것이다. 이 집의 벽을 통해서 가족들의 행동을 지켜보고 있었다고 해도 이만큼 좋은 시간을 고를 수는 없었을 것이다. 두 명의 남자는 외출해 있었다. 그녀는 막 아기를 잠재우려던 참이었다. 그녀와 시어머니는 이층의 각각 다른 방에 있었다. 즉, 전화를 받기에는 그녀의 형편이 제일 좋았던 것이다.

누구에게서 걸려왔는지, 어떤 볼일인지 벨소리를 들은 순간부터 그녀는 알 수 있었다. 그리고 또 하루 종일 걸려오지 않을까 하고 생각하고 있었던 것이다. 걸려온다, 반드시 걸려온다 하고 짐작하고 있었던 것이다.

그녀는 발에 뿌리가 내린 듯이 움직일 수가 없었다. 다가가지 않으면 그만둘지도 모른다. 그쪽에서 단념할지도 모른다. 그러나 그렇다고 해도 또다시 전화는 걸려올 것이다.

시어머니가 자신의 방문을 열고 얼굴을 내밀었다.

패트리스는 서둘러 문을 열고 시어머니가 완전히 복도로 나오기 전에 계단까지 갔다.

"볼일이 있는 것 같으면 내가 받으마."

"아뇨, 괜찮아요, 어머니. 마침 아래층으로 내려가려던 참이었어요. 제가 받을게요."

그의 목소리라는 것을 금방 알 수 있었다. 어젯밤까지 2년 이상이나 들은 적이 없는 목소리였지만, 이미 몇 개월이나 들어서 익숙해진 느낌이 들었다. 공포가 기억을 되살린 것이다.

처음에는 보통 전화를 거는 사람처럼 상냥하고도 격식을 차린 태도였다. "해저드 부인이십니까? 패트리스 해저드 부인입니까?"

"그렇습니다."

"알고 있겠지? 난 조지슨이오."

알고 있었다. 그러나 거기에는 대답하지 않았다.

"거기 —— 옆에 다른 사람 없소?"

"그런 질문에는 대답하기 곤란해요. 전화를 끊겠어요."

그로 하여금 평정을 잃게 만드는 것은 무엇으로도 불가능한 것 같았다. "그래서는 안되지, 패트리스." 하고 그는 정중히 말했다. "다시 불러낼 테니까 말이야. 그러면 더 곤란해지겠지. 도대체 누가 그렇게 자주 전화를 걸어오는지 가족들이 이상하게 여길 테니까. 아니면, 결국 다른 사람이 받게 되겠지 ——. 설마 하룻밤 내내 전화기 옆에 붙어 있을 수는 없을 테니까 말이야 ——. 그리고 필요하다면 나는 이름을 밝히고 당신을 바꿔 달라고 할 수도 있어." 이 일을 잘 생각하도록 그는 잠시 틈을 주었다.

"알겠어? 이것이 당신에게는 훨씬 이로워."

그녀는 분노를 죽이고 한숨을 쉬었다.

"전화로는 자세한 얘기를 할 수 없고, 어쨌든 그런 얘기는 하지 않는 편이 났다고 생각해. 지금 맥렐런 잡화점에 와 있어. 당신의 집에서 불과 두세 블록밖에 떨어져 있지 않아. 내 차는 모퉁이를 돌면 바로 있어. 눈에 띄지 않는 곳에. 네거리에서 조금 지나 포메로이 가(街)의 왼쪽이야. 5～10분이면 될 테니까 이쪽으로 오도록 해. 오래 잡아 두지는 않을 테니까."

그녀는 형식만 차리는 상대의 그럴듯한 목소리에 자신이 질 수 없다고 생각했다. "도저히 그럴 수는 없어요."

"할 수 없는 일은 없어. 아기에게 먹일 간유 캡슐을 맥렐런에 가서 사야 한다든가, 소다수가 먹고 싶다든가 하면 되잖아. 당신이 밤에 이 가게에 드나드는 것을 몇 번인가 본 적이 있어."

그는 대답을 기다렸다.

"다시 전화할까? 잠깐 생각할 시간이 필요한 거야?"

그는 다시 기다렸다.

"그건 안돼요." 하고 그녀는 마지못해 대답했다.

그가 이해했다는 것을 알 수 있었다. 그녀가 말한 의미는 긍정이지 부정은 아니었던 것이다.

그녀는 수화기를 놓았다.

그리고 다시 이층으로 올라갔다.

시어머니는 아무것도 묻지 않았다. 이 집에서는 이런 식으로 아무도 남의 일에 참견하지 않는 습관이 있다. 그러나 시어머니의 방문은 열려 있었다. 그렇다고 지나가는 길에 아무 얘기도 하지 않고 자신의 방으로 들어갈 수는 없었다.

이렇게도 금방 꺼림칙한 느낌이 드는 것일까 하고 그녀는 비참한 기분으로 생각했다.

"스티브 조지슨이라는 사람에게서 온 전화예요, 어머니." 하고 그녀는 말했다. "어제 저녁 댄스 파티에서 만났어요. 고맙다는 인사를 하는군요."

"꽤 자상한 사람인 모양이구나." 그렇게 말하고 어머니는 덧붙였다. "그렇다면 착실한 분이겠지, 틀림없이?"

'착실한 사람?' 하고 패트리스는 방으로 들어가 문을 닫고 우울한 기분으로 생각했다.

10분 정도 지나서 그녀는 다시 방을 나왔다. 시어머니의 방문은 닫혀 있었다. 의심받지 않고서도 계단을 내려갈 수 있었다. 그러나 이번에도 역시 그녀는 그럴 수 없었다.

그녀는 문 앞까지 가서 주의를 끌기 위해서 가볍게 노크했다.

"어머니, 저 산책삼아 잡화점에 좀 다녀올게요. 아기의 땀띠약이 떨어졌거든요. 바깥 공기도 좀 마시고 싶고요. 5분 뒤에는 돌아올게요."

"다녀오너라. 아기 걱정은 말고. 네가 돌아올 때까지는 자고 있을 테니."

그녀는 잠깐 동안 그대로 문에 손을 얹고 있었다. '어머니, 절 가지 못하게 말리고· 가지 말라고 하세요.' 라고 말하고 싶었던 것이다.

계단을 내려갔다. 이것은 자신과의 싸움인 것이다. 다른 사람을 대신 내세우는 것은 허락되지 않는다.

어두운 포메로이 가의 차 옆에서 걸음을 멈췄다.

"자, 여기 앉아, 패트리스." 하고 그는 상냥하게 말했다. 그는 앉은 채 문을 열어 주고 가죽 쿠션을 살짝 두드려 주기까지 했다.

그녀는 좌석 끝에 걸터앉았다. 그가 담배를 권하려고 하는 것을 눈짓으로 거절했다.

"다른 사람의 눈에 띄겠어요."

"이쪽을 봐, 나를 말이야. 당신인 줄은 몰라. 길에서 등을 돌리고 있으니까."

"이런 짓을 더 이상 계속할 수는 없어요. 처음이자 마지막으로 말하지만, 내가 어떻게 해주기를 바라죠? 왜 이러는 거예요?"

"좋아, 패트리스. 이 문제는 전혀 불쾌한 일을 일으키지 않을 거야. 아마 마음속으로는 그런 식으로 생각하고 있는 모양이지만 말이야. 나는 전혀 그런——아니, 당신의 얼굴에 나타나 있어. 나는 지금까지와 같은 생활을 바꿔야 한다고 생각하지는 않아——어젯밤까지의 생활을 말이야. 지금까지 알고 있는 것은 당신뿐이었어. 이번에는 당신과 나와 둘만이 되었어. 그것뿐이야 하긴, 당신이 그걸 바랄 경우에는 그렇다는 의미이지만 말이야."

"그걸 얘기하기 위해 일부러 날 불러낸 건 아니겠죠?"

그는 갑자기 화제를 돌렸다. 아니 딴 데로 돌린 듯이 생각되었다. "나는 아무래도 성공할 기미가 안 보여——생각만큼 말이야. 즉, 나 스스로가 만족할 정도의 성공 말이야. 처음부터 이런 생각은 아니었어. 하지만, 살다 보면 이런 일은 자주 있게 돼. 특히 주머니가 비게 되면 될수록 이러지도 저러지도 못하게 되지. 트럼프 도박 말이야. 갈팡질팡하는 거지. 당신도 알고 있을 거야." 그는 아주 처량하게 웃었다. "오랫동안 해온 일이지. 특별히 어제나 오늘의 일은 아니니까. 그래도 당신이 도와준다면── 이번만은."

"돈을 달라는 얘기군요."

그녀는 구역질을 느꼈다. 그리고 고개를 돌렸다.

"당신 같은 사람이 이 세상에── 구치소 밖에── 있으리라고는 생각지도 못했어요."

그는 화도 내지 않고 미소를 지었다. "당신은 지금 이상한 입장에 놓여 있어. 그것이 '나 같은 인간'에게는 매력인 셈이지. 만일 당신이 그런 입장에 놓여 있지 않았다면 그런 인간들이 있는지조차 몰랐겠지."

"내가 지금 당장 그 사람들에게 가서 우리 얘기를 털어놓는다면? 내 시동생은 당신을 끌어내어 반쯤 죽을 정도로 팰 거예요."

"그런 일은 시키지 않는 게 좋아. 여자가 왜 '때려 주는' 일에 그렇게 불확실한 신뢰를 두고 있는지 나로서는 이해할 수 없군. 아마 얻어맞은 것에 익숙해 있지 않은 탓이겠지. 남자에게 있어서는 얻어맞는 것은 대단한 것이 아냐. 30분만 지나면 다시 까맣게 잊게 되니까."

"한번 당해 보는 것이 좋겠군요." 하고 그녀는 중얼거렸다.

그는 손가락을 세 개 펴더니 다른 손의 손가락으로 그 끝을 두드렸다. "방법은 세 가지야. 당신이 집에 가서 가족들에게 털어놓는 것. 또 하나는 내가 가서 말하는 것. 세 번째는 현재대로 놔두는 것. 그 대신 이것은 당신이 도와준다는 의미가 되지. 그러면 모두 없었던 일로 하고 더 이상 문제 삼지 않을 거야. 자, 이 세 개야. 다른 방법은 없어."

그는 참을성 있게, 비난하듯이 가볍게 고개를 흔들었다. "당신은 무엇이든지 지나치게 연극조로—— 생각하는 경향이 있어, 패트리스. 이건 값싼 여자의 도장 같은 거야. 당신은 값싼 여자야. 그것이 나와 당신과의 근본적인 차이점이지. 당신의 입장에서 보면 나는 밥벌레일지도 몰라. 그러나 내게는 품위라는 것이 있어. 당신의 입장에서 보면 내가 당신의 집에 가서 두 손을 크게 벌리고, '이 여자는 댁의 아드님의 아내가 아닙니다.' 하고 큰소리로 외칠 거라고 생각하겠지. 그런데 천만에, 그런 짓은 하지 않아. 그런 사람들에게는 그 방법은 효과가 없어. 오히려 그건 도가 지나쳐. 나로서는 당신 입으로 자백시킬 수밖에 없어. 모두가 보는 앞에서 말이야. 당신도 나를 집에 데리고 갈 수는 없겠지.

당신의 휴와 파리에서 지냈을 때 말이야, 패트리스. 센 강의 어느쪽에 살았어? 왼쪽, 아니면 오른쪽?

미국으로 돌아올 때는 어떤 배를 탔지?

파리에서 어느 날 어디서 휴를 만났는데—— 아, 우리가 전에 만난 적이 있다고 얘기한 사실을 당신은 잊고 있군, 패트리스—— 어떡하지? 오늘과는 전혀 얼굴이 다를 텐데. 같은 사람이라고는 생각할 수 없을 정도겠지. 결국은 당신도 혼이 나서 항복할 거야."

그는 그런 행동을 할 수 있을 것이다. 이번 사건에서 그가 보여 준 것은 냉정 그것이었다. 위험한 양상을 띠고 있다. 문제를 애매모호하게 끝마칠 것 같은 흥분도 충동도 감정도 보이지 않는다. 처음부터 모두 계획되고 줄거리가 짜여지고 그림으로 그려진 것이다. 밑그림은 완성되어 있다. 방침은 정해져 있는 것이다. 하나하나의 단계가. 그 편지조차도. 이제 그 편지의 목적을 알 수 있었다. 한번에 그녀를 죽일 편지는 아니었다. 오랜 기간에 걸친 계획 때문에 중요했던 것이다. 심리전. 신경전. 우선 마음을 혼란스럽게 만들고 최후의 공격을 시작하기 전에 저항력을 상실시키려는 것이었다. 자신의 의지를 굳게 하고, 약점은 없는지 확인하고, 도망갈 길을 남겨놓지 않도록 하기 위해 그 동안 뉴욕으로 조사하러 가기까지 했다.

그는 작은 먼지라도 털어내듯이 핸들 위에 놓여진 손을 조금 움직였다. "이 연극에는 악역이라는 것은 없어. 빅토리아 시대의 장식품 같은 것은 내쫓아 버려야 해. 단지 사무적인 거래만이 있을 뿐이야. 실제로 보험료를 받는 것과 같아." 그는 자못 마음을 터놓고 얘기하는 모습으로 그녀를 돌아보았는데, 지금은 그것이 매력적이기조차 했다. "당신도 사무적으로 얘기하는 편이 낫지 않을까?"

"글쎄요. 당신의 진지에서 전쟁할 수밖에 없을 것 같군요." 그녀는 모멸을 주려고도 하지 않았다. 그런 일을 당한다고 해도 신경쓸 상대가 아니라는 것을 알고 있었기 때문이다.

"너무 딱딱한 선이라든가 악이라든가 백이라든가 흑이라든가 하는 그런 생각만 쫓아내면 이건 사실 아주 간단한 얘기야. 이 차 안에서 우리가 얘기한 15분이라는 시간만큼의 값어치도 없는 것이 될 거야."

"난 돈이 없어요, 조지슨." 항복. 항복.

"당신의 집은 이 도시에서 둘째가라면 서러워할 정도의 큰 부자야. 그건 세상이 다 알아. 어떻게든 손을 쓰면 되잖아. 은행에 구좌를 개설해 달라고 하는 거야. 당신은 어린애가 아냐."

"그렇다고는 해도 그런 일을 선뜻 부탁할 수도 없는 일이고——."

"부탁하는 게 아냐. 방법은 얼마든지 있어. 당신은 여자잖아. 간단해. 여자라는 것은 원래 그런 일에는 선천적으로 능숙하게 돼 있어."

"난 돌아가겠어요." 그녀는 이렇게 말하고 문의 손잡이를 잡았다.

"서로 이해해야겠지?" 그는 문을 열어 주었다. "잠시 있다가 다시 전화하지."

그는 잠깐 말을 끊었다. 말 속에는 정확히 알 수 없지만 협박이 담겨 있었고, 울적하게 얘기하는 그 억양에는 변화조차 보이지 않았다.

"안심해서는 안돼, 패트리스."

그녀는 차에서 나왔다. 거칠게 문을 닫았는데, 그것은 그녀가 그에게 준 혐오를 담은 뺨때리기의 대신이었다.

"안녕, 패트리스." 하고 그는 그녀의 뒷모습을 향해서 상냥하게 말했다.

제 34 장

"**정**말 괜찮았어요." 하고 그녀는 밝게 말했다. "같은 옷감으로 된 벨트가 있고, 이쯤까지 단추가 한 줄로 달려 있어서……."

그녀는 두 명의 남자를 따돌리듯이 일부러 시어머니에게 얘기를 걸었다. 이 화제라면 충분히 핑계가 된다.

"오, 왜 사지 않았니?" 하고 어머니가 물었다.

"그럴 수 없었어요." 하고 그녀는 미련이 남은 듯이 말했다. 그리고 나서 잠시 간격을 두고 덧붙였다. "형편이 나빴거든요——그때는." 그리고 포크를 만지작거렸다. 기분이 나빠졌다.

다른 사람들은 그녀의 표정을, 원하는 것을 손에 넣을 수 없어서 실망한 거라고 생각하고 있는 것이 틀림없었다. 그러나 그렇지 않았다. 자기혐오였던 것이다.

——일부러 노골적으로 부탁할 필요는 없어. 방법은 얼마든지 있어. 상냥함이야. 여자라는 것은 이런 일에는 아주 능숙한 법이니까——.

이것이 그 방법 중 하나인 것이다.

'사람이란 사랑하는 상대에 대해서는 아무런 경계도 하지 않는 법이다.' 라고 그녀는 내뱉는 기분으로 생각했다. 그 사람들이 스스로 자진해서 보여 주는 무경계심을 이용한다 는 것은 얼마나 사악하고 죄많은 일인가? 그것을 지금 자 신은 하고 있는 것이다. 농간, 올가미, 간계, 이런 것들을 생 판 남에게 사용하는 것이다. 이 사람들에게만은 사용해서는 안된다. 자신을 사랑하고 있는 사람들, 경계도 하지 않고 완 전히 신뢰해서 눈을 감고 있는 사람들에게는. 그만두고 싶 어서 그녀의 피부가 근질근질해지는 것 같았다. 비열하고 불결하고 추악했다.

시아버지가 얘기에 끼여들었다. "외상으로 해놓고 배달시 켰으면 됐을 텐데. 네 어머니의 계산 장부에 기입해 두었더 라면 좋았을걸. 어머니는 늘 사니까."

그녀는 눈을 내리떴다. "그런 일은 하고 싶지 않았어요." 하고 그녀는 간단히 대답했다.

"그런 바보 같은——." 시아버지는 말을 하다가 갑자기 그만두었다. 누군가가 테이블 밑에서 살짝 발을 건드린 모 양이었다.

빌이 흘끗 자신을 쳐다보는 것을 그녀는 알았다. 그가 필 요 이상으로 오래 그 시선을 떼지 않고 있는 느낌이 들었다. 그러나 그녀가 그것을 확인하기 전에 그는 파이에 찔러 두 었던 포크를 다시 입으로 가져갔다.

"아기 울음소리가 들리는 것 같아요." 하면서 그녀는 냅 킨을 내던지고 자리에서 일어나 계단 아래까지 가서 귀를 기울였다.

귀를 기울이고 있는데 등뒤의 식당에서 시어머니가 목소

리를 죽이며 얘기하는 소리가 자연히 들렸다. 하나하나 말
을 끊어서 호되게 비난하는 것이었다. "당신, 부끄럽지도
않아요? 당신네 남자들이라는 것은 하나하나 가르쳐 주지
않으면 아무것도 모르시나요? 다른 사람의 기분을 헤아려
주는 마음이 고작 그것밖에 안돼요?"

제 35 장

다음날 아침 시아버지 해저드 씨는 식탁에서 머뭇머뭇거리고 있었다. 그녀는 이층에서 내려올 때부터 그것을 눈치채고 있었다. 평소 같으면 빌과 함께 일찍 물러났을 텐데, 그녀가 커피를 마시고 있는 동안 조용히 신문을 읽고 있었다. 그리고 그 모습에는 자기 만족에 빠진 태도가 은근히 엿보인다고 그녀는 생각했다.

그녀가 일어서자 시아버지도 일어섰다. "모자와 외투를 갖고 차로 오너라, 패트리스. 잠깐 볼일이 있으니까. 함께 시내로 가자." 하고 시아버지는 시어머니를 보며 말했다. 일부러 당혹스런 표정을 지었다.

"하지만, 아기의 밥은 어떡하죠?"

"내가 먹여 주마." 하고 시어머니는 점잖게 말했다.

"그때까지는 돌아올 수 있을 거다. 잠시 너의 몸을 빌리는 것뿐이니까."

이윽고 그녀는 시아버지와 나란히 차를 타고 집을 니섰다.

"가엾게도 빌은 오늘 아침 걸어서 사무실에 간 모양이군요."

"가엾게도라니." 하고 시아버지는 코웃음을 쳤다. "약이 될 게다. 그런 게으름뱅이에게는. 내가 만일 그런 긴 다리를 갖고 있다면 매일 아침 걸어서 출근했을 거야."

"어디로 가시는 거예요?"

"뭐, 걱정하지 않아도 된다. 질문은 모두 사절이야. 조금만 기다리면 알게 될 테니까."

차는 은행 앞에서 멎었다. 아버지는 몸짓으로 내리라고 신호하고는 은행 안으로 들어갔다. 그리고 수위에게 뭐라고 귓속말로 얘기했다. 두 사람은 벤치에 앉아서 기다렸다.

기다렸다고는 해도 아주 짧은 시간이었다. 드디어 수위가 눈에 띌 만큼 공손한 태도로 돌아왔다. 그리고 '지점장실'이라고 쓰인 문 쪽으로 안내했다. 두 사람이 미처 가기도 전에 문이 열리고 뿔테 안경을 쓴 명랑한 얼굴의 조금 땅딸막하게 보이는 남자가 기다리다가 두 사람을 맞았다.

"자, 들어오너라. 내 오랜 친구인 허브 호일록이다." 하고 시아버지인 해저드가 그녀에게 말했다.

두 사람은 아주 편하게 보이는 가죽 의자에 앉았다. 두 남자는 담배를 피웠다.

"허브, 손님을 한 명 데리고 왔어. 내 아들 휴의 처야. 특별히 이런 더러운 은행이 좋다고 생각되지는 않지만 말이야──글쎄, 뭐라고 할까? 일종의 습관인 모양이야."

이런 얘기는 두 사람 사이에서 오랫동안 주고받았던 농담인 모양이고, 지점장은 그 사이에도 어떤 재미있는 농담이 나올지 기대하듯이 고개를 흔들고 있었다. 그리고 패트리스에게 윙크를 보냈다. "그 점에 있어서는 내 의견도 같

아. 싸게 깎아 줄 테니까 사지 않겠나?"

"얼만데?"

"25만 달러라고 말하려던 참이었어." 그 순간도 그는 서식에 필요한 사항을 적고 있었다. 마치 아무것도 물을 필요가 없이 손끝에서 자연스럽게 흘러나오는 듯한 모습이었다.

시아버지인 해저드 씨는 고개를 저었다. "너무 싸. 할 수 없군." 그는 대수롭지 않게 네모난 얇은 푸른색 종이를 뒤집어서 책상 위에 놓았다.

"그 일은 신중히 생각해서 대답해 주게." 하고 지점장은 거드름을 피우며 말했다. 그리고 펜의 자루 쪽을 그녀에게 내밀었다.

"여기에 서명해 주시지요."

"가짜 서명."──하고 그녀는 더 이상 배겨낼 수 없는 기분으로 생각했다. 그녀는 눈을 내리뜬 채 서류를 돌려주었다. 얇은 푸른색 종이가 클립에 끼워지고 담당자에게 건네졌다. 그 대신에 작고 검은 장부가 왔다.

"자, 이걸." 지점장은 테이블 너머 그녀에게로 내밀었다. 그녀는 정신을 차리지 못하고 그것을 펴 보았다. 아직 새것이고 얼룩 하나 없다. 맨 위에 '휴 해저드 부인'이라고 쓰여 있다. 그리고 기입사항은 오늘 날짜로 하나밖에 없었다.

5000.00

제 36 장

그녀는 작고 둥근 깡통을 들고 서 있었다. 그 속에 무엇이 들어 있는지 짐작이 가지 않는다는 태도로 바라보고 있었다. 벌써 꽤 오랫동안 실제로는 보지도 않으면서 그런 식으로 들고 있었던 것이다. 마침내 그 속에 든 것을 세면대에 쏟아부었다. 반 이상이나 들어 있었다.

그녀는 방을 나와 복도를 지나서 어머니의 방 앞에 멈추더니 문을 노크했다.

"잠깐 밖에 다녀올게요, 어머니. 아기가 땀띠약을 욕조 안에 몽땅 쏟아버려서 잊기 전에 사두려고요."

"다녀오너라. 걷는 것도 건강을 위해 좋지. 그래——가는 김에 샴푸도 한 병 사오너라. 거의 다 떨어져 가니까."

그녀는 약간 불쾌한 기분을 느꼈다. 이것은 요즘 자주 느끼는 감정이었다. 사랑해 주는 사람을 속이는 것은 정말 간단하다. 그러나 내가 속이고 있는 상대는 도대체 누구일까——그 사람들일까? 나 자신일까?

그는 아무렇게나 차창 밖으로 팔을 늘어뜨리고 있었다. 문이 열렸다. 그는 일어서려고도 하지 않고 귀찮은 듯이 몸을 비켜서 그녀가 앉을 자리를 만들어 주었다. 게으른 것을 당연하게 여기는 그의 마중 태도는 어떤 노골적인 무례함 보다도 화나게 만드는 모욕이라고 그녀는 생각했다.

"전화를 걸어서 미안해. 그 얘기를 잊어버린 것은 아닌가 하고 생각했지. 그리고 벌써 1주일 이상이 지났기 때문에 말이야."

"잊다뇨?" 하고 그녀는 차갑게 말했다. "그렇게 금방 잊을 수 있는 것이라면 잊고 싶군요."

"요전에 나를 만난 뒤 당신이 스탠다드 트러스트의 고객이 됐다는 걸 알고 있어."

그녀는 대답도 하지 않고 무의식중에 경이의 시선을 던졌다.

"5천 달러지."

그녀는 깜짝 놀라 숨을 들이마셨다.

"은행의 출납 직원이 담배 반 개비도 피우기 전에 몽땅 떠들어 버리더군." 그는 웃었다. "그래서?"

"난 돈을 갖고 오지 않았어요. 아직 그 통장은 사용한 적이 없어요. 내일 아침 수표를 현금으로 바꿔서——."

"수표장은 받았겠지? 그리고 지금 그것을 갖고 있지, 틀림없이——."

그녀는 속이려고 하지도 않고 신기한 눈초리로 그를 바라보았다. "만년필은 단정히 주머니에 꽂혀 있어. 계기판의 불을 조금 켜야겠군. 자, 정리하는 거야. 이런 일은 빠를수록 좋아. 자, 쓸 것을 가르쳐 주지. 수신은 스티브 조지슨. 지참인 지불이 아니야. 500달러."

"500달러요?"

"그런 건 아무래도 상관없어."

그녀는 그가 한 말의 의미를 알 수 없었을 뿐더러, 조심성 없이 상대를 막으려 하지도 않고 그대로 그 장면을 지나쳐 버렸다.

"그것으로 됐어. 다음은 당신의 서명이야. 괜찮다면 날짜도."

그녀는 갑자기 손을 딱 멈췄다. "난 이런 일은 할 수 없어요."

"미안하지만 해줄 수밖에 없어. 다른 방법은 내가 곤란해. 현금을 받을 수 없기 때문이지."

"하지만, 이건 우리 두 사람의 이름이 기록된 채로 은행을 거쳐야 해요. 나는 발행인으로, 당신은 수취인으로."

"매일 은행의 손을 거쳐 가는 수표의 수는 엄청난 거야. 눈에 띌 염려는 없어. 뭣하면 휴에게 빚이 있었는데, 대신 지불한 것으로 하면 돼."

"그런데 굳이 수표를 원하는 건 무슨 이유 때문이죠?" 하고 그녀는 역시 납득이 가지 않는다는 듯이 물었다.

일그러진 미소가 그의 입가에 떠올랐다. "당신 쪽에서 불평을 할 이유는 전혀 없어. 이것이 당신에게는 훨씬 이익이야. 난 일부러 당신에게 최후의 카드를 건네준 거야. 이것을 은행에서 결제하면 당신에게로 돌아가. 그러면 이 사건에서 ──공갈이라고 해도 좋아── 나에게 불리한 물적 증거를 쥐고 있는 셈이지. 만일 고소할 마음이 생긴다면 말이야. 이런 것을 당신은 아직 손에 넣지 못했어. 알았어? 이대로는 결말이 나지 않아. 나는 전부 부인할 수도 있어. 하지만, 일단 이 수표가 은행을 거치게 되면 당신은 움직일 수 없는 증거를 확보하게 되는 거지."

그는 지금까지 본 적이 없을 만큼 날카로운 태도로 말했다. "어때, 정리하지 않겠어? 당신은 일찍 돌아가고 싶겠지. 나도 빨리 이곳을 뜨고 싶어."

그녀는 가르쳐 준 대로 기입한 수표와 펜을 건네주었다.

그는 또다시 히죽 웃었다. 그리고 그녀가 차에서 내리기를 기다리며 엔진을 켰다. 그는 느린 모터 소리 사이로 말했다. "당신의 머리는 그다지 좋지도 않고, 빨리 돌아가지도 않는 것 같군. 이 수표가 은행에서 결제되어 당신에게로 돌아간다면 내게는 불리한 증거가 되고, 게다가 당신의 수중에 있는 거야. 그러나 그렇지 않으면──은행에 제출하지도 않고 지불받지도 않는다면──이건 당신에게 불리한 증거가 되고, 게다가 내 수중에 있는 거야."

차는 광기와 비슷한 황망함 속에 서 있는 그녀를 남기고 조용히 움직이기 시작했다.

제 37 장

차가 갑자기 속력을 내서 달아나는 것은 아닌가 하고 염려하는 듯이 어둠에 뒤덮인 거리를 그녀는 차를 향해서 달리기 시작했다. 그때까지의 두 번은 정말 무거운 걸음을 끌고 다가간 차였는데, 손이 닿자 마치 구원이라도 요청하듯이 두 손으로 문에 꼭 매달렸다. "이젠 참을 수 없어요. 도대체 내게 무슨 짓을 하려는 거예요?"

그는 일부러 익살맞은 표정을 지었다. 눈썹이 올라갔다. "하려고 하다니? 아직 아무것도 하지 않았잖아. 난 당신 옆에 다가가지도 않았어. 이 3주 동안 만나지도 않았고."

"수표는 쓰지 않았더군요."

"저런, 은행의 계산서를 받아 본 모양이군. 그래, 어제가 초하루였으니까. 이 24시간 동안 당신도 아마 안절부절못했겠지. 나도 그 일은 완전히 잊어버리고──."

"거짓말 말아요." 하고 그녀는 증오가 가득 담긴 목소리로 말했다. "흡혈귀 같은 당신이 그런 일을 잊어버릴 리가 있나요? 좀더 유리한 상황에서 나를 괴롭히려고 하는 속셈이 아닌가요? 무슨 일을 꾸미고 있죠? 나를 미치게 해놓고──."

갑자기 그의 태도가 바뀌어 그녀를 홱 잡아당겼다. "들어와 봐." 하고 그는 강한 어조로 말했다. "얘기하고 싶은 것이 있어. 15분만 이 근방을 드라이브하자고."

"당신과 드라이브 같은 건 할 수 없어요. 잘도 그런 얘기를 하는군요."

"이렇게 한곳에 오래 머물러 얘기할 수는 없어. 그것이 훨씬 나빠. 벌써 두 번이나 이런 일을 했으니까. 호수 주위를 한 바퀴 돌면 될 거야. 지금쯤은 아무도 없고, 장애물도 생기지 않을 거야. 옷깃을 올려."

"왜 그 수표를 붙들고 있는 거예요? 무슨 짓을 할 생각이죠?"

"자, 호수에 도착할 때까지 기다리고 있어." 하고 그는 말했다. 그리고 드디어 호수까지 가자 마치 아까 한 얘기의 연속처럼 차갑게 흥분도 하지 않고 대답했다.

"난 돈 500달러 정도는 아무래도 상관없어."

그녀는 당황하기 시작했다. 그의 동기를 예측하기 어려웠기 때문에 한층 더 공포가 커졌다. "돌아가 주세요. 그러면 더 드릴게요. 1,000달러 주겠어요. 어디든 좋으니까 돌아가세요."

"더 이상 당신에게 돈을 받을 생각은 없어. 아무리 받아도 줄 수 있는 것이라면 싫어. 이해 못하겠어? 난 내 권리로서 당연히 내 것이 되는 돈을 갖고 싶은 거야."

그녀의 얼굴이 갑자기 창백해졌다. "모르겠어요, 무슨 소릴 하는지."

"얼굴색을 보면 조금은 짐작을 하고 있는 것 같기도 하군."

그는 주머니에 손을 넣어 무엇인가를 꺼냈다. 봉투, 이미 봉을 하고 우표까지 붙여 놓았다. "수표를 어떻게 했는지 물어 봤지? 이 속에 들어 있어. 자, 수신인이 누구인지 읽어봐. 안돼, 내 손에서 가져가서는 안돼. 꼼짝 말고 거기서 앉은 채로 읽어.

도널드 해저드 씨

해저드 앤드 롤링

엠파이어 빌딩

콜필드

"안돼——." 그녀는 말이 나오지 않았다. 단지 경련을 일으킨 것처럼 고개를 흔들 뿐이었다.

"이걸 사무실로 보낼 거야. 그러면 당신도 가로챌 수 없겠지." 그는 봉투를 주머니에 집어넣었다. "콜필드에서는 마지막으로 편지를 수거하는 시각이 매일 밤 9시야. 당신은 모를지 모르지만, 난 최근에 그것을 조사했어. 포메로이 가에 우체통이 있어. 여기에 차를 세워놓고, 당신과 만났던 곳바로 옆에 말이야. 주위가 어둡고 눈에 띄지 않으니까 그 우체통으로 하지. 하지만, 집배원이 거기 오는 시간은 9시 15분이야. 며칠 밤이나 계속해서 시간을 재서 평균치를 낸 거야."

그는 말을 하려고 하는 그녀를 손으로 계속 막았다. "거기서 만일 집배원이 오기 전에 당신이 온다면 이 봉투는 던져지지 않을 거야. 하지만, 집배원이 올 때까지 오지 않는다면 나는 이 편지를 우체통에 넣겠어. 하루의 유예기간이 있을 거야. 내일밤 9시 15분까지."

"하지만, 나를 그곳으로 불러내서 어떻게 하려는 거죠? 돈은 필요없다고 했고——."

"둘이서 헤이스팅스까지 잠깐 차로 달리면 돼. 이웃 도시야. 그곳의 치안판사가 있는 곳까지 가는 거야. 그러면 당신과 나를 부부로 만들어 줄 거야."

그가 갑자기 차의 속력을 늦췄기 때문에 그녀의 머리가 좌석의 뒤쪽으로 기울어졌다.

"당신의 가족이 좋아하리라고는 난 생각지 않아——." 하고 그는 말하기 시작했다. 그리고 그녀가 겨우 몸을 일으켜서 눈앞이 어두워진 듯이 손등으로 눈을 문지르는 것을 보며 얘기를 계속했다.

"그래, 즐거워하지 않으리라는 것은 알고 있어. 조금 어리둥절하겠지."

"왜 그런 일을 하려고 하죠?" 하고 그녀는 꽉 눌린 듯한 목소리로 말했다.

"거기에는 몇 개의 이유를 들 수 있지. 내 입장에서 보면 지금까지 우리들이 서 있던 지반보다 훨씬 안전해지는 거야. 그렇게 하면 역습을 당할 걱정은 없어져. 육법전서에 의하면 아내는 남편에게 불리한 증언을 할 수 없게 되어 있어. 즉, 돈을 주고 산 값어치 있는 변호사라면 당신이 입을 열기 전에 증인석에서 당신을 쫓아버릴 수가 있지. 그 밖에도 더 실제적인 이유가 있지. 그 노부부는 언제까지고 살아 있을 수는 없어. 할머니의 목숨이라는 것은 한 개의 실로 연결되어 있을 뿐이야. 할아버지도 할머니가 죽으면 얼마 살지 못해. 서로 의지하는 노부부. 그런 타입을 알고 있어. 두 사람이 죽으면 재산은 당신과 빌이 나눠 갖게 돼. 당신 쪽이 많을 거야——일부러 그렇게 놀랄 것은 없어. 그 변호사가 분명히 그렇게 말할 테니까. 그러나 이곳은 자그마한 마을이야. 이런 일은 입으로 전해지지 않더라도 자연히 퍼지게 돼 있어. 나는 기다리면 돼. 뭣하면 2년이든 3년이든 기다릴 거야. 법률에 의하면 남편은 아내의 재산의 3분의 1을 받을 수 있으니까. 4분의 3이라고 한다면——때가 되면 알겠지만 뭐 400만 달러로 치고, 당신의 몫은 300만 달러야. 그것의 또 3분의 1——그렇게 귀를 막으면 안돼, 패트리스. 마리 콜레리의 소설 속 인물 같잖아."

그는 차를 세웠다. "여기서 내리면 되겠지, 패트리스? 조금만 가면 바로 집이야." 그렇게 말하고 그녀가 길 위에 내리는 것을 보면서 조금 웃었다. "똑바로 걸을 수 있을까? 식구들에게 걱정을 끼치고 싶지 않은데. 내가 무리하게 당신을——."

그리고 이것이 그의 마지막 말이었다. "당신 시계가 늦지 않는지 주의해, 패트리스. 미국의 우체국은 시간이 정확하니까."

제 38 장

그의 차의 헤드라이트는 쟁기처럼 전방을 가르며 어둠의 경로를 밀어젖히고 봉사처럼 하얀 흙을 표면에 일구어 내어 길에서 밀어내는 느낌이 들었다. 지나간 뒤에는 검푸른 바퀴자국이 곧장 어둠 속으로 사라졌다.

이런 식으로 말은 없으면서도 서로 상대를 아플 정도로 의식하면서 몇 시간이나 계속 달린 느낌이 들었다. 달리는 그의 차의 헤드라이트의 빛을 받아서 나무들이 아래쪽에서부터 줄기를 따라 드러나기 시작한다고 생각하자마자 곧바로 유령 같은 백광체가 되어 지나갔다. 이윽고 나무가 사라지고 달콤한 향기가 난다. 비로드 같은 어둠이 거기에 맞춰서 변하기도 했다──밭이나 풀밭이라고 그녀는 생각했다. 클로버다. 이 근처 일대는 아름다운 시골이다. 너무나도 아름다웠기 때문에 그 한가운데에서 이런 지옥스런 고통에 들볶이고 있는 인간이 있으리라고 생각할 수 없을 정도였다.

몇 개의 갈림길이 있었지만 차는 옆길로 빗나가지 않았다. 넓은 일직선의 이 길을 언제까지나 계속 달리고 있는 것이었다.

차는 다가가서 똑똑히 읽을 수 있도록 길과 직각으로 세워진 간접 조명을 받는 하얀 표지판을 지나쳤다. 거기에는 '헤이스팅스에 오신 것을 환영합니다'라는 문구와 그 밑에는 '인구——'라고 적혀 있었지만, 숫자가 너무 작아서 읽을 틈도 없이 차는 지나쳐 버렸다.

그녀는 공포에 가까운 기분으로 흘끗 그것을 바라보았다.

그는 직접 확인하지 않고도 아마 그녀가 그것을 보고 있다는 걸 눈치챈 모양이다. "저것으로 주(州)의 경계를 넘은 거야." 하고 그는 냉정하게 말했다. "여행을 하면 세상 물정을 잘 알게 된다는 말은 사실이야." 그녀의 손목시계는 9시 45분을 가리키고 있었다. 여기까지 오는 데 30분밖에 걸리지 않은 것이다.

시내 중심의 네거리를 지나쳤다. 잡화점 한 곳이 아직 열려 있었는데, 오래 전부터 모든 잡화점 진열장의 유일한 상징이었던, 색을 들인 고풍스러운 병 두 개가 지나가는 그들의 눈에 에메랄드와 엷은 보라색으로 비쳤다. 영화관 한 곳, 안에서는 아직 상영중이었지만 밖에는 사람의 그림자도 보이지 않고 입구의 불은 꺼지고 로비는 어두컴컴했다.

차는 나무가 우거져서 나뭇잎의 터널을 이룬 골목길로 구부러졌다. 집들은 모두 넓은 잔디밭 끝에 서 있었기 때문에 밤길에는 잘 보이지 않았다. 담쟁이덩굴로 휘감긴 포치 안에서 새어나오는 어슴푸레한 불빛이 그의 주의를 끄는 것 같았다. 그는 갑자기 차를 보도 쪽으로 바싹 대고 조금 후진해서 그 집의 맞은편에 세웠다.

두 사람은 잠시 그대로 있었다.

드디어 그는 자신 쪽의 문으로 내린 뒤 그녀 쪽으로 돌아와서 문을 열어 주었다.

"들어가지." 그는 단지 그 말만 했다.

그녀는 움직이지 않았다. 대답하지도 않았다.

"함께 가지. 상대방이 기다리고 있을 테니까."

그녀는 대답하지도 않았다. 움직이지도 않았다.

"그렇게 잠자코 앉아 있으면 어쩌자는 거야? 얘기는 끝났잖아, 콜필드에서. 움직여. 뭐라고 말해 봐."

"어떤 얘기를 듣고 싶어요?"

그는 잠시 집행유예라도 주듯이 초조한 태도로 문을 닫았다. "잘 생각해 봐. 난 잠깐 가서 우리가 도착한 것을 알리고 올 테니까."

그녀는 다른 사람의 신상에 일어난 일처럼 멍하니 그를 쳐다보았다. 현관으로 통하는 나무 층계를 올라가는 발소리가 들렸다. 집안에서 벨이 울리는 소리가 그녀가 있는 곳까지 들려왔다. 전혀 이상한 일이 아니다. 주위가 이렇게 조용하기 때문에 머리 위의 나무에서 작은 새가 낮은 소리로 울고 있는 것이 들렸다.

그녀는 이상하게 생각했다. 내가 갑자기 차를 출발시켜 도망가지 않으리라는 것을 어떻게 그는 확신하고 있는 것일까? 그녀는 스스로 대답했다. 그는 알고 있다. 이제 와서 그런 일을 하기에는 너무 늦었다는 것을 그는 알고 있다. 그리고 그 일은 자신도 알고 있다. 그만두려면, 되돌아가려면, 도망치려면 그건 훨씬 전에 했어야 했다. 아주아주 오래 전에. 오늘밤보다 훨씬 전에. 이쪽으로 오는 기차 안에서 차

바퀴 소리가 경고했을 때, 맨 처음 편지가 왔을 때, 맨 처음 전화가 걸려왔을 때, 맨 처음 잡화점으로 걸어갔을 때. 여기까지 왔다면 그와 함께 수갑에 묶인 것처럼 확실히 붙잡혀 있는 것이다.

집안에서 사람의 목소리가 들린다. 여자 목소리다. "아뇨, 천만에요. 아주 좋은 시간이에요. 어서 들어오세요."

열려 있는 문틈으로 불빛이 새어나오고 있다. 그 불빛의 가운데에 서면 누구라도 집안에 들어가지 않고는 견딜 수 없을 것이다. 이제 그가 돌아온다. 나무 계단을 밟는 소리. 그녀는 좌석 끝을 두 손으로 쥐고 가죽 쿠션에 손톱을 파묻었다.

그는 이제 옆에까지 와서 서 있다.

"자. 가지, 패트리스." 그는 아무렇지도 않게 말했다.

그 아무렇지도 않아 보이는 무관심이 무서운 것이다. 연극을 하고 있는 것은 아니다.

그녀는 조용히, 그에게 지지 않을 정도로 조용히 말했지만 그 목소리는 바람에 떠는 전깃줄처럼 가냘프고 약했다.

"난 그런 짓은 할 수 없어요, 조지슨. 무리한 요구는 하지 말아요."

"패트리스, 이 일은 완전히 얘기가 된 거잖아. 그때 이미 얘기는 끝난 거야."

그녀는 두 손으로 얼굴을 감쌌지만 곧 다시 그 손을 치웠다. 그녀는 같은 말만 반복하고 있었다. 떠오르는 말이라고는 그것밖에 없는 것이다. "하지만, 난 그런 짓은 할 수 없어요. 당신은 이해 못하겠어요? 도저히 나로서는 할 수 없는 짓이에요."

"아무것도 문제가 될 것은 없어. 당신은 누구와도 결혼하지 않았어. 현재의 당신도, 물론 진짜 당신도. 뉴욕에서 모두 알아봤어."

"스티브? 어머, 내가 당신을 스티브라고 불렀어요."

"그런 일로 내 마음은 흔들리지 않아." 하고 그는 조롱하듯이 말했다. "그건 내 이름이야. 그렇게 부르도록 되어 있어." 그는 험상궂게 눈을 떴다. "누군가가 붙인 이름이야. 스스로 붙인 이름이 아니란 말이야——패트리스처럼."

"스티브, 난 지금까지 우는 소리를 낸 적이 없어요. 요 몇 달인가를 난 여자답게 가만히 참고 견뎌왔어요. 스티브, 당신의 마음에 조금이라도 인간다움이 있다면 난 거기에 호소해서——."

"지나칠 정도로 인간적이지. 그래서 이렇게 돈을 좋아하는 거야. 당신은 잘못 생각하고 있어. 당신이 아무리 부탁해도 소용없는 것은 나의 인간성 때문이야. 패트리스, 시간 낭비야."

그녀는 좌석 끝으로 다가갔다. 그는 손가락 끝으로 문을 두드리면서 조금 웃었다.

"왜 이 결혼을 두려워하는 거지? 당신이 싫어하는 이유를 끝까지 밝혀내 볼까? 어쩌면 당신을 안심시킬 수 있을지도 모르지. 개인적인 감정 같은 건 아무래도 상관없어. 어차피 당신은 나에 대해서 그런 것을 갖고 있지 않을 테니까. 그리고 내가 당신에 대해서 품고 있는 것은 경멸뿐이야. 당신은 천박하고 어리석고 교활하기 때문이지. 사랑하는 가정의 문 앞에서 당신을 놓아줄 테니까 걱정하지 마. 콜필드에 도착하면 즉시. 이건 모든 의미에서 형식뿐인 결혼이야. 그러나 이 결혼은 당신을 따라다닐 테지. 끝까지 당신을 따라다닐 거야. 어때, 이젠 당신의 빅토리아 시대적인 양심의 가책이 어느 정도 정리되지 않았을까?"

그녀는 얻어맞아서 눈앞이 캄캄해진 듯이 손등으로 눈을 비벼댔다.

그는 문을 열었다.

"상대방이 기다리고 있어. 자, 일어나서 가자고. 점점 더 상황을 어렵게 만들 필요는 없잖아?"

그의 태도는 딱딱해졌다. 그녀가 반항했기 때문에 그것이 그를 짜증나게 한 것이다. 그러나 겉으로는 극단적으로 냉담한 행동을 취했다.

"좋아. 난 당신의 머리를 잡아 끌고 갈 마음은 없어. 그리고 그런 쓸데없는 수고를 할 필요도 없고. 지금 당장 집안으로 들어가서 해저드 저택에 전화를 걸어 모든 것을 털어놓으면 되니까. 그리고 나서 당신이 있는 곳까지 차를 보내달라고 해야겠어. 해저드 저택에서는 무사히 당신을 인수할 수 있을 거야——이제부터 떠맡을 의사가 있다면 말이야." 그는 그녀 쪽으로 몸을 구부렸다. "나를 잘 봐. 거짓말을 하고 있는 것 같아?"

진심이다. 그 뒤에는 아무것도 없다. 거짓 협박은 아니다. 스스로는 실행하고 싶지 않은 위험일지도 모르지만, 입에 발린 말뿐인 위협은 아니다. 그녀는 그의 눈에 어린 차갑고 분노에 떠는 듯한 표정에서 그것을 읽을 수 있었다.

그는 돌아서서 아까보다도 **빠르고** 힘찬 걸음으로 다시 나무 계단을 올라갔다.

"죄송하지만, 잠깐 실례하겠습니다——." 그가 열린 현관 으로 들어가면서 이렇게 말하는 것이 들리고, 나중에는 안 으로 들어갔기 때문에 잘 알아들을 수 없었다.

그녀는 몽유병 환자처럼 거칠게 문을 열어젖뜨리고 차에 서 나갔다. 그리고는 비틀거리며 나무 층계를 올라가 포치 까지 갔다. 주정뱅이처럼 휘청거리다가 스쳤기 때문에 담쟁 이덩굴이 희미한 소리를 냈다. 열린 입구에서 비치는 장방 형의 빛 쪽으로, 그리고 집안으로 들어갔다. 무릎까지 닿는 물속을 허우적거리면서 걷는 것 같았다.

복도에서 중년의 여자가 그녀를 맞았다.

"안녕하세요? 당신이 해저드 부인입니까? 동행은 이쪽 에 있습니다."

그 여자는 그녀를 예스러운 두 개의 미닫이문으로 나누 어진 방으로 데리고 갔다. 그는 그녀에게 등을 돌린 채 벽 에 달린 고풍스러운 전화기 옆에 서 있었다.

"동행이시죠? 자, 언제든 좋을 때에 두 분이 함께 서재로 오세요."

여자가 나가자 패트리스는 문을 끌어당기며, "스티브!" 하고 외쳤다.

그는 돌아서서 그녀를 보았지만 다시 고개를 돌렸다.

"그만둬요——. 어머니를 죽일 작정이세요?" 하고 그녀 는 우는 소리로 애원했다.

"늙으면 언젠가는 모두 죽게 돼 있어."

"벌써 통화했어요?"

"지금 콜필드를 불러 달라고 하는 중이야."

속임수는 아니다. 그의 손가락은 수화기걸이 가까이에 있는 것이 아니라, 아래에 내려져 있다. 정말 전화를 걸려 하고 있는 것이다.

그녀의 목구멍에서 숨이 막히는 듯한 소리가 났다.

그는 다시 돌아보았지만 이번에는 반밖에 돌아보지 않았다. "분명히 결심한 거지?"

그녀는 고개를 끄덕이지 않았다. 단지 조금 눈을 내리떴을 뿐이었다.

"교환!" 하고 그는 말했다. "지금 것은 취소해 주세요. 잘못됐으니까." 그는 수화기를 내려놓았다.

아주 높은 곳에서 아래를 내려다보며 뒤로 물러설 때처럼 그녀는 기분이 나쁘고 현기증이 났다.

그는 미닫이문으로 다가가서 힘껏 잡아당겼다.

"준비가 됐습니다." 하고 그는 거실 너머 서재를 향해 소리를 쳤다.

그는 뒤돌아선 채 무시하듯이 그녀 쪽은 돌아보지도 않고 팔을 구부려 내밀고 팔꿈치를 들었다.

그녀가 옆으로 다가오자 두 사람은 함께 서재 쪽으로 걸어갔다. 팔짱을 끼고. 두 사람을 결혼시키기 위해 치안판사가 기다리고 있는 방으로……

제 39 장

자신이 그를 죽이려고 마음먹고 있다는 것을 스스로 깨
달은 것은 그날 밤 돌아오는 길에서였다. 아무래도 죽
이지 않으면 안된다. 이제 남은 방법은 그것뿐이라는 것을
분명히 안 것이다. "좀더 빨리 실행했어야 했는데." 하고 그
녀는 자신에게 얘기했다. 훨씬 전 그의 차 안에 함께 앉아
있던 그 첫날 밤에. 그렇게 하는 것이 얼마만큼 좋았을는지
는 모르지만. 그러나 이런 일, 오늘밤처럼 궁지에 몰려 공포
와 타락을 맛보는 일은 적어도 피할 수 있었을 것이다. 그
당시에는 그런 생각이 나지 않았다. 죽이는 일까지는 마음
속에 떠오르지도 않았다. 늘 피하는 것, 다른 방법으로 그의
마수에서 벗어나는 일밖에 생각하지 않았던 것이다. 이 방
법——그를 죽이는 것도 안전하지는 않지만.

그러나 자신이 그를 죽이려 하고 있다는 것을 지금은 분
명히 알고 있다. 오늘밤.

판사의 집을 나오고 나서 두 사람은 줄곧 한마디도 하지
않았다. 왜 말하지 않으면 안되는가? 무엇을 말해야 하는
가? 이제 와서 어떤 할 일이 있다는 것인가——? 이 단 하
나 남겨진 방법 이외에 말이다. 이런 것들이 마음속에 떠오

른 것은 헤이스팅스에서 4마일(약 6km) 정도 떨어진 곳에 있는, 아랫 부분을 하얗게 칠한 전신주 앞에서였다. 순간적으로 이미 마음속에 떠올라 있었던 것이다. 그것은 전신주에서 흘러나와 길을 가로질러 놓여진 광전관의 빛을 통과해 가는 물질 같은 것이었다. 그곳에 올 때까지는 계속 무저항, 절망, 체념뿐이었다. 그러나 그곳을 통과하자 냉혹한, 후퇴할 수 없는, 완전히 무르익은 결의가 생겨났다. 나는 이 남자를 죽여야 해. 오늘밤. 이 밤이 끝나기 전에. 아침 햇살이 비치기 전에.

둘 다 말하지 않았다. 그도 말하지 않았다. 왜냐하면 만족하고 있기 때문에. 예정대로 일은 진행되고 있었던 것이다. 그는 한번 가볍게 휘파람을 불었지만, 그것도 그만두고 말았다. 그녀도 말을 하지 않았다. 왜냐하면 파멸해 버렸기 때문에. 모든 의미에 있어서의 파멸. 이런 기분은 지금까지 한 번도 느껴 본 적이 없었다. 어느새 마음의 통증마저 느껴지지 않았다. 싸움은 끝났다. 감각은 마비되어 있었다. 지금보다는 열차 사고 뒤가 훨씬 더 감각이 살아 있었다.

그녀는 계속 눈을 감은 채였다. 장례식에서 돌아오는 여자처럼. 소중히 간직해 두었던 가치 있는 모든 것을 그 장례식에서 묻어 버리고, 지상에 남겨진 모든 것은 이미 볼 가치도 없는 것뿐이라는 듯이.

드디어 그의 얘기 소리가 들렸다. "자, 대단한 것도 아니었지?"

"어디로 도대체——? 이번에는 내게 어떻게 하라고 할 생각인가요?"

"아무것도 하지 않아도 돼. 당신은 지금처럼 사는 거야. 이것은 우리 둘만의 일이야. 그리고 나는 잠시 이 상태를 유지하고 싶어. 알겠어? 가족들에게는 아무것도 얘기하지 마. 내 쪽에서 준비가 끝날 때까지는 말이야. 이건 우리 둘 사이의 비밀이야. 나와 당신과의."

결혼한 것을 공개한다면 유언장을 고쳐 쓰지 않을까를 그가 걱정하고 있는 것이라고 그녀는 생각했다. 게다가 그녀를 가족들에게로 돌려보내고 나서 가족이 이 일을 안다면 유언장을 무효로 하지 않을까 걱정하고 있는 것이다.

사람을 죽이려면 어떻게 해야 하는 것일까? 지금 여기에는 아무것도 없으며 방법도 없다. 주위에는 기복이 없고 도로는 평탄해서 구부러진 곳을 찾을 수 없다. 가령 핸들에 달려들어 차의 조종을 방해한다고 해도 대단한 일은 일어날 것 같지 않았다. 험난한 곳이라든가 위험한 모퉁이가 아니면 안된다. 게다가 차는 천천히 달리고 있기 때문에 속력이 나지 않는다. 진흙 속을 구른다든가 전신주에 부딪혀서 잠시 두 사람을 떨게 할 뿐이겠지.

게다가 비록 그것이 실행 가능한 방법이라고 해도 그녀는 그와 함께 죽고 싶지는 않았다. 그를 죽이고 싶다고 생각하고 있을 뿐이었다. 자신에게는 사랑하는 아기와 사랑하는 남자가 있다. 살고 싶은 것이다. 그녀는 오래 전부터 지금까지 살고 싶다는, 굽힐 줄 모르는 의지를 계속 지녀왔고 아직도 갖고 있다. 무감각해졌지만 몸속에서는 그것이 아직껏 집요하게 타오르고 있는 것이다. 누가 뭐라고 해도 그 불을 끌 수는 없다. 그렇지 않았다면——다른 방법을 생각해 냈을 것이다. 어쩌면 여기까지 오기도 전에.

'오오, 하나님.' 하고 그녀는 마음속으로 외쳤다. 만일 이 곳에——.

그 순간 방법을 깨달았다. 어떻게 하면 좋을지 알았던 것이다. 그녀의 마음을 스치는 단어는 '권총'이었는데, 마음속에 떠오르자마자 그것은 그녀의 기도에 대한 자연의 응답이 되었다.

집의 서재에 있다. 그 방의 어딘가에 있다.

몇 개월 전에 있었던 대수롭지 않은 광경이 머릿속에서 되살아났다. 지금까지 기억 속에 파묻혀 있었던 것이지만, 방금 일어난 일처럼 갑자기 또렷이 되살아난 것이다. 부드럽고 밝은 빛을 비추고 있는 독서용 스탠드. 그 옆에 앉아서 늦게까지 책을 읽고 있던 시아버지. 그녀 외에는 모두 자고 있었다. 시아버지에게 마지막으로 인사한 것은 그녀였다. 시아버지의 이마에 입을 맞췄다.

"제가 문단속을 할까요?"

"아니다. 넌 일찍 자거라. 내가 금방 할 테니까."

"하지만, 잊으시면 안돼요."

"잊지 않아." 그렇게 말하고 시아버지는 언제나처럼 기운이 없는 모습으로 웃었다. "걱정하지 않아도 된다. 여기 있으면 안전하니까. 바로 옆 서랍에 권총이 있거든. 도둑을 경계하기 위해서지. 이건 네 어머니가 생각해 낸 일이야. 아주 오래 전 얘기지만——그 뒤로는 도둑의 그림자도 보이지 않았어."

그녀는 이 연극 같은 얘기를 듣고 웃으면서 말했다. "제가 염려하고 있는 것은 도둑이 아니에요. 한밤중에 갑자기 비라도 와서 어머니가 애지중지하시는 커튼이 젖지 않을까 걱정되어서——."

그때는 웃었다. 그러나 지금의 그녀는 웃지 않았다.

이제 권총이 있는 곳은 확실해졌다. 방아쇠에 손가락을 건다. 잡아당긴다. 그리고 모두 평화로워지는 것이다. 안전해지는 것이다.

차가 멎고 그녀 쪽의 문이 열리는 소리가 들렸다. 눈을 떴다. 가로수 잎으로 된 터널 속에 있었다. 좌우대칭인 나무들의 모양, 양쪽이 경사를 이룬 잔디밭, 그 양쪽에 있는 집들의 희미한 윤곽. 그녀의 집이 있는 거리였다. 그러나 집에서는 한 블록 정도 떨어진 곳이었다. 그는 신중하게 눈에 띄지 않도록 집에서 충분히 거리를 두고 그녀를 내리게 한 것이다.

그는 그녀가 이것을 깨닫고 차에서 내리기를 가만히 기다리고 있었다. 그녀는 기계적으로 시계를 보았다. 아직 11시가 되지 않았다. 그것이 10시경이었던 것이 틀림없으니까 돌아오는 데 40분이 걸린 셈이 된다. 갈 때보다 훨씬 느렸다.

그녀가 시계를 보는 것을 그는 바라보고 있었다. 그리고 빈정거리듯이 미소지었다. "결혼하는 데 시간이 별로 걸리지 않지?"

'죽는 데도 별로 시간이 걸리지 않아요.' 하고 그녀는 마음속으로 조용히 생각했다.

"나를——나를 함께 .데리고 가지 않아도 되겠어요?" 하고 그녀는 작은 소리로 말했다.

"무엇 때문에?" 하고 그는 거만하게 말했다. "오는 걸 바라지 않아. 내가 원하는 건——당신에게 딸려오는 것뿐이야. 자, 당신의 청결한 침대로 돌아가는 거야. 어쨌든 그것만은 신뢰할 수 있지. 당신이 침대에만 있으면 빌도 집에 있다는 사실 말이야."

그녀는 뺨이 화끈해지는 것을 느꼈다. 하지만, 그런 것은 아무래도 좋다. 아무것도 아니다. 단지 중요한 것은 권총이 한 블록 앞에 있고, 그는 여기 있다는 사실뿐이다. 그리고 이 두 가지는 서로 만나지 않으면 안되는 것이다.

"얌전히 지내야 해." 하고 그는 말했다. "내 허락을 받지 않고 이곳을 떠나서는 안돼, 패트리스. 그렇지 않으면 나는 곧장 가서 그 아이의 아버지로서의 권리를 요구할 거야. 법은 이미 내 편이니까. 재빨리 경찰에게 갈 거야."

"저——잠깐 어디서 기다려 주지 않을래요? 난——금방 갔다올 테니까. 돈을 좀 갖고 올게요. 당신도 조금은 필요하겠죠——. 둘이 함께 살 때까지는."

"지참금을 말하는 건가?" 하고 그는 빈정거리며 말했다. "벌써 말이야? 아냐, 사실대로 말하면 돈 같은 것은 필요치 않아. 이 도시의 머저리들 중에서 지독하게 트럼프가 서툰 녀석이 있거든. 어쨌든 이제 내 것이 된 것을 준다고 하는 것은 이상하군. 토막은 싫어. 기다리겠어. 뜻은 고맙지만 말이야."

그녀는 아쉬운 듯이 차에서 내렸다.

"어디로 연락하면 되죠? 볼일이 생길 때는?"

"이 근처에 있어. 이따금 전화를 하도록 하지. 내 행방을 모르더라도 걱정할 필요는 없어."

'아니, 오늘밤이 아니면 안된다. 반드시 오늘밤이어야 한다.' 하고 그녀는 완강하게 자신을 향해 외쳤다. 밤의 어둠이 끝나기 전에, 아침 햇살이 비치기 전에. 우물쭈물하다가는 용기를 잃어버린다. 이 수술은 당장 실행하지 않으면 안된다. 자신에게 있는 미래의 암을 잘라내 버리지 않고서는 견딜 수 없는 것이다.

오늘밤 그가 이 도시의 어디로 가든지 반드시 행선지를 밝혀낸 뒤 그를 찾아내어 목숨을 맡아야 한다. 비록 그 때문에 자신의 목숨을 버리더라도. 비록 100사람의 눈이 자신을 지켜보고 있다고 하더라도.

차 문이 닫혔다. 그는 놀리듯이 살짝 모자를 들었다.

"안녕, 조지슨 부인. 좋은 꿈을 꾸도록. 웨딩 케이크가 없으면 썩은 빵도 괜찮겠지. 어느쪽이든 마찬가지일 테니까."

차는 그녀의 옆을 스쳐 지나갔다. 그녀는 꼼짝하지 않고 눈을 뒤쪽의 번호판에 집중시킨 채 조용히 그것을 기억에 새겨두었다. 점차 작아진다. 빨간 꼬리등이 다음 모퉁이를 돌아 사라졌다. 그러나 그것은 한참 뒤까지도 밤하늘에 매달려 있었다. 환상의 액자처럼 그녀의 눈앞에 어른거리는 느낌이 들었다.

뉴욕 09231

드디어 그것도 몽롱하게 사라져 버렸다.

누군가 조용한 밤길을 자신과 나란히 걷고 있는 사람이 있었다. 하이힐의 또각또각 울리는 소리가 들렸다. 그것은 자신이 내는 소리였다. 나무들이 천천히 뒤쪽으로 움직여 갔다. 그때 테라스를 올라오는 사람이 있었다. 돌을 밟는 소리가 들렸다. 그것은 자신이었다. 누군가 현관문 앞에 서 있는 사람이 있었다. 앞 유리에 비친 검은 그림자가 보였다. 그녀가 움직이자 그것도 따라서 움직였다. 그것도 역시 자신이었다.

그녀는 핸드백을 열고 현관의 열쇠를 찾았다. 자신의 열쇠, 기분좋은 것이다. 자신에게 주어진 열쇠. 정확히 여기 있다. 웬일인지 그녀는 이것을 뜻밖의 일처럼 생각했다. 마치 아무 일도 없었던 것처럼 이런 식으로 돌아와서 자신의 열쇠를 찾아 열쇠 구멍에 넣고, 그리고──집안으로 들어간다는 것이 이상하게 생각되었다. 그런 일을 저지르고 나서도 이렇게 집에 돌아오다니.

'돌아오지 않을 수 없었어.' 하고 그녀는 자신을 향해서 변명했다. 이 집에는 아기가 자고 있다. 지금도 이층에서. 이 집에 돌아올 수밖에 없었다. 달리 갈 곳이 없기 때문에.

오늘밤 외출하기 전에 어쩔 수 없이 거짓말로, 새로 사귄 친구를 방문하는 동안 아기를 봐 달라고 시어머니에게 부탁한 일을 기억해 냈다. 시아버지는 사업과 관련된 모임에 나갔고, 빌도 외출해 있었다.

그녀는 아래층 거실의 불을 켰다. 문을 닫았다. 그리고 나서 크게 숨을 들이쉬면서 힘없이 등을 문에 기대고 잠시 동안 서 있었다. 조용했다. 이 집은 너무 조용했다. 모두 자고 있다. 자신을 완전히 믿고서. 그들의 친절한 마음씨에 대한 보답으로 추문과 살인을 갖고 돌아오리라고는 생각지도 않고.

그녀는 꼼짝도 하지 않고 서 있었다. 너무나도 조용하다. 무엇 때문에, 무엇을 하려고 자신이 돌아온 것인지 생각지도 않고.

모든 것이 무(無)로 돌아갔다. 모든 것이. 가정도 사랑도 아기조차도. 장래의 낙으로 삼고 있었던 사랑도 잃어버렸다. 더럽혀진 것이다. 아기도 잃겠지. 커서 이 일을 알게 된다면 아기도 자신에게 등을 돌릴 것이다.

그 남자가 자신을 이런 비참한 상황으로 밀어넣은 것이다. 단 한 남자가. 한 번으로 만족지 않고 두 번씩이나. 그녀의 생활을 두 번이나 엉망진창으로 만들어 버린 것이다. 샌프란시스코에서 그는 불행하게도 그의 주위에서 방황하던, 아무 악의도 없고 세상 물정에 어두운 열일곱 살의 소녀를 엉망진창으로 만들어 버렸다. 그녀의 보잘것없는 꿈을 짓밟고 그 위에 침을 뱉은 것이다. 그리고 이번에는 패트리스라고 불리는 여자를 엉망으로 만들려 하고 있다.

한 인간의 생활을 누가 이 이상 엉망으로 만들 수 있단 말인가?

순간 그녀의 얼굴은 고통으로 일그러졌다. 손등이 이마로 올라간 채 움직이지 않는다. 드디어 그녀는 자신이 원하는 방향으로 똑바로 얼굴을 돌릴 수 없는 우스꽝스러운 주정뱅이처럼 비틀거리며 서재의 입구 쪽으로 걸어갔다.

그녀는 중앙의 테이블 위에 있는 커다란 독서용 스탠드

를 켰다.

그리고 술병이 놓인 장식장으로 다가가서 브랜디를 조금 따라서 단숨에 마셨다. 목구멍을 넘어갈 때 타는 듯한 느낌이 들었지만 가만히 그것을 참았다.

그래, 사람을 죽이려고 할 때에는 술이라도 마셔야 한다.

그녀는 권총을 찾기 시작했다. 첫번째로 테이블의 서랍을 찾아보았지만 거기에는 없었다. 서류라든가 잡다한 것들만 있을 뿐이었다. 그러나 그날 저녁 시아버지가 방에 있다고 했으니까 틀림없이 어딘가에 있을 것이다. 이 집 사람들은 결코 거짓말을 하지 않는다. 시아버지도 시어머니도, 그리고——그점에 있어서는 빌도. 이것이 그 사람들과 자신과의 커다란 차이점이다. 그러니까 그들은 평화로운 것이다——. 그리고 자신에게는 그 평화가 없는 것이다.

시아버지인 해저드 씨의 책상을 살펴보았다. 서랍과 칸막이 수는 테이블보다 많지만, 그녀는 차례차례로 남기지 않고 찾아보았다. 맨 아래 서랍의 두꺼운 장부를 치웠을 때, 반짝하고 빛나는 것이 있었다. 이것이다. 안쪽 깊숙이에 놓여 있었던 것이다.

그녀는 그것을 꺼냈다. 처음 봤는데도 전혀 무서운 물건처럼 보이지 않았기 때문에 조금 실망했을 정도였다. 너무 작아서 그렇게 대단한 일을 할 수 있을 것 같지도 않았다. 그런 것이 사람의 목숨을 빼앗으리라고는. 반짝반짝한 니켈과 상아. 그리고 홈이 파인 한가운데의 조금 부풀어 오른 곳 속에 사람을 죽이는 힘이 숨겨져 있다고 그녀는 생각했다. 취급 방법을 모르기 때문에 '폭발할 위험은 있지만 방아쇠에 손가락을 걸지만 않으면 괜찮을 거라고 생각하며 손으로 두드려 보기도 하고 잡아당기기도 하면서 열려고 했다. 마침 제대로 손이 닿았는지 갑자기 깜짝 놀랄 만큼 간단히 벗겨지더니 비스듬히 열렸다. 둥글고 검은 탄창은 비어 있었다.

그녀는 서랍 안을 더 찾아보았다. 아까 찾았을 때에는 별로 신경쓰지 않고 서둘러 옆으로 치워 버렸던 작은 마분지 상자를 발견했다. 안에는 캡슐에 담긴 소중한 약을 보관할 때처럼 솜이 채워져 있었다. 그러나 거기 있는 것은 캡슐이 아니라 강철을 씌운 땅딸막한 총알이었다. 다섯 개밖에 없었다.

그녀는 그것을 하나하나 구멍에 넣었다. 하나만 탄창이 빈 채로 남았다.

그녀는 권총을 감췄다.

핸드백에 들어갈 수 있을까를 생각했다. 평평한 쪽을 위로 했더니 멋지게 들어갔다.

그녀는 핸드백을 닫은 뒤 그것을 안고 방을 나와 거실로 들어갔다.

그리고 전화번호부를 꺼내어 '차고'라는 색인의 아랫부분을 살펴보았다.

어쩌면 하룻밤 내내 길에 세워둘지도 모른다. 그러나 그가 그렇게 하리라고는 생각되지 않는다. 그는 자신의 차나 모자, 시계와 같은 것들을 소중하게 여기는 남자이다. 여자 말고는 무엇이나 소중히 여기는 남자이다.

차고는 알파벳순으로 나와 있었기 때문에 그녀는 알파벳

순으로 전화를 걸었다.

"오늘밤에 뉴욕 차를 맡지 않았습니까? 번호는 09231."

세 번째 차고에서 야근하는 사람이 말했다. "아아, 맡았습니다. 방금 전에 왔어요."

"조지슨 씨의 차죠?"

"예, 그래요. 무슨 일이죠? 그런데 무슨 볼일이라도 있습니까?"

"난——그 차에 조금 전까지 타고 있었어요. 그 사람이 집까지 데려다 줬죠. 그런데 방금 잃은 물건이 있다는 걸 알았어요. 어떻게 해서든 그 사람을 붙잡아야 하는데, 부탁해요."

"그런 것은 가르쳐 주지 않게 되어 있습니다."

"하지만, 난 집에 들어갈 수가 없어요. 열쇠를 그 사람이 갖고 있거든요."

"벨을 누르면 되잖아요." 하고 상대는 무뚝뚝한 목소리로 대답했다.

"답답하군요, 당신은." 하고 그녀는 호통을 쳤다. 너무 화가 나서 그런지 그럴듯한 이유가 줄줄 흘러나왔다. "내가 그 사람과 외출한 줄은 아무도 몰라요. 다른 사람에게 공연히 오해를 사고 싶지도 않고요. 따라서 현관의 벨을 누를 수 없는 건 당연하잖아요."

"정말 그렇겠군요." 하고 상대는 놀리듯이 말했는데, 그 목소리에는 상당한 불쾌함이 어려 있었다. "알았습니다." 그리고 두 마디만 덧붙였다. "알아볼 테니까 기다리세요."

상대는 다시 수화기에 나와서 말했다. "그 사람은 이미 오래 전부터 이 차고에 차를 맡겼더군요. 주소는 디케이터 가(街) 110번지예요. 현재도 그곳에 살고 있는지는 모르겠습니다만."

그러나 그녀는 끝까지 듣지 않고 수화기를 내려놓았다.

제 40 장

그녀는 자신의 열쇠를 사용해서 차고의 문을 열었다. 빌이 늘 타고 다니던 소형 로드스터는 없고 대형의 세단이 있었다. 그녀는 후진해서 차고를 나왔다. 그리고는 잠시 차에서 내려 주차장의 문을 닫았다.

아까와 마찬가지로 어쩐지 현실이 아닌 느낌이 들었다. 꿈속의 환상인지 몽유병인지 모르지만 의식은 분명했다. 차고로 통하는 콘크리트 길에서는 누군가 다른 사람의, 그러나 자신의 또각또각하는 발소리가 발 밑에서 들렸다. 그것은 강제적인 인격 분열 같은 것으로, 그녀의 절반이 어리둥절해서 무슨 생각을 할 겨를도 없이 환상의 살인자가 갈라진 틈으로부터 나타나 죽음의 탐색에 나가는 것을 지켜보고 있는 것이었다. 이 몽롱한 물체와 자신의 반쪽이 함께 보조를 맞춰 갈 뿐이다. 따라서 한번 자신을 떠나고 나면 붙잡을 수도, 다시 합칠 수도 없다. 그래서 (아마) 발소리도 다른 사람의 발소리처럼 들리는 것이고, 자신의 움직임도 거울로 보는 것 같겠지.

다시 차에 올라타서 그녀는 후진해서 빠져나와 방향을 바꾼 뒤 출발했다. 난폭하지 않고 아주 침착한 운전자의 조용한 출발 모습이었다. 그녀의 것이 아닌 다른 손이——떨지도 않고 침착한 손——갑자기 생각난 듯이 문의 손잡이를 잡고 분명한 소리가 나도록 문을 꼭 닫았다.

가로등이 그녀를 향해 굴러오는 볼링장의 반짝이는 공처럼 빙글빙글 돌면서 지나갔다. 그러나 어느 것도 명중하지 않고 이쪽 저쪽을 번갈아 빗나갔다. 그녀와 차는 절대로 넘어지지 않는 한가운데의 핀 같았다.

그녀는 생각했다. 내 쪽으로 굴러오는 볼링공은 '운명'임이 틀림없다. 하지만, 상관없다. 맞게 되면 맞아도 좋다.

이윽고 차가 멎었다. 사람을 죽이러 가다니 얼마나 간단한 일인가?

그녀는 잘 알아보지도 않았다. 어떤 집인지 보려고도 하지 않았다. 어떤 집이든 그런 것은 아무래도 좋다. 들어가서 죽이기만 하면 된다.

그녀는 다시 악셀을 밟고 그 문 앞을 지나쳐서 모퉁이를 돌았다. 이곳은 일방통행이기 때문에 차를 지금 온 방향으로 돌려서 길가에 바싹 붙이고 눈에 띄지 않는 곳에 세웠다.

그녀는 차를 내리는 여자들이 대개 그렇듯이 옆에 있던 핸드백을 집어들어 겨드랑이에 꼭 꼈다.

그녀는 시동을 끄고 차를 나왔다. 그리고 모퉁이를 돌아서 본래 온 쪽으로 걸어갔는데, 그것은 밤늦게 귀가를 재촉하는 여자처럼 빠른 걸음이었다. 그런 모습으로 서두르는 여자를 누구든 몇 번은 본 적이 있을 것이다. 자신의 일만 생각하며 점점 더 발걸음을 재촉한다. 왜냐하면 낮보다도 밤에 불러 세워질 위험이 많다는 것을 알고 있기 때문이다.

　정신을 차리고 보니, 그녀는 좁고 기다란 이층 건물 앞의 어두컴컴한 보도에 혼자 서 있었다. 상점의 절반은 주거지가 되어 있는 건물이었다. 일층에는 불을 끈 상점이 죽 늘어서 있고, 이층은 창문이 일렬로 늘어서 있다. 이 중에서 한 창의 문턱에 하얀 우유병이 보였다. 불을 켠 창이 하나 있는데 커튼이 쳐져 있다. 우유병이 있는 창의 방은 아니다.

　상점과 상점 사이에 일부러 눈에 띄지 않게 하려고 조금 들어가서 무수히 많은 작은 유리를 끼운 와플(바둑판 무늬가 있는 과자) 모양의 문이 있었다. 유리문 맞은편 어딘가에 희미한 불이 켜 있어서 그런대로 어둠을 쫓아내고 있었기 때문에 그 유리의 존재를 알 수 있었다.

　문으로 다가가서 열어보니 아무 저항도 없이 열렸다. 자물쇠를 채우지 않고 단지 형식적으로만 닫아두었을 뿐이었다. 안으로 들어가자 녹슨 난방기와 위층으로 올라가는 콘크리트 계단이 있고, 계단 입구 옆에 한 줄로 늘어선 편지함과 버튼이 있었다. 자세히 살펴보니 그의 이름은 세 번째에 있었는데 새 것이 아닌, 전에 세들어 살던 사람이 버리고 간 문패를 그대로 사용하고 있는 것이었다. 전의 이름을 연필로 지우고 그 밑에 자신의 이름을 쓴 것이다. 'S 조지슨' 그다지 뛰어난 글씨는 아니다.

　그는 무엇이든지 별로 뛰어나지 못했다. 단지 예외라고 한다면 남의 생활을 엉망으로 만드는 것뿐. 그 일에 있어서는 실로 뛰어난 재주꾼이었다.

　그녀는 천천히 계단을 올라 복도를 지났다. 날림으로 지은 오두막집 같았다. 전쟁중 주택이 절대적으로 부족할 때

아래층의 상점에 딸린 다락방이나 창고를 주택으로 개조한
것이 틀림없었다.

'살기에는 괜찮은 장소지.' 하고 그녀는 음침하게 생각했
다. '죽기에도 괜찮은 장소야.' 하며 그녀는 양심의 가책이
라는 것도 생각했다.

그의 방문 밑에서 가느다란 빛줄기가 새어나왔다. 그녀가
노크했다. 곧 또다시 처음과 같이 살짝 노크했다. 라디오가
켜 있었다. 문을 사이에 두고 있지만, 그것은 똑똑히 들렸다.

그녀는 기다리는 동안에 한 손을 들어 머리를 매만졌다.
사람을 만나러 가기 전에, 또는 사람이 다가오기 전에 누구
나 머리를 만지는 것처럼——. 흐트러져 있기 때문에. 지금
그녀가 머리를 만지는 것도 그런 이유 때문이었다.

세상에서는 이럴 때에 흔히 두려움을 느낀다고 한다. 억
제할 수 없을 만큼 긴장된다고도 한다. 초조한 감정 때문에
이성을 잃어버린다고도 한다.

세상에서는 그렇게 말한다. 그러나 세상 사람들은 아무것
도 알지 못한다. 그녀는 아무것도 느끼지 않았다. 공포도 흥
분도 분노도. 단지 몸 전체에 무딘 아픔 같은 결의를 느낄
뿐이었다.

듣지 못했든지, 아니면 문을 열려는 마음이 없는 것일 게
다. 손잡이에 손을 대보았더니 이 문도 아래층의 문과 마찬
가지로 자물쇠가 걸려 있지 않아서 그냥 안쪽으로 열렸다.
자물쇠를 걸어 둘 필요가 없는 것이다. 무엇 때문에 다른
사람을 두려워하겠는가? 다른 사람이 그에게서 빼앗아 가
는 것이 아니라, 그가 다른 사람에게서 빼앗아 가는데.

그녀는 방으로 들어가 문을 닫았다. 이 일은 두 사람만의 비밀로 해두고 싶었기 때문이다.

그는 맞으러 나오지도 않았다. 방안에서는 그의 냄새가 났다. 방은 침실 겸 거실로 사용하고 있었는데 그 맞은편 방에 있는 기척은 없지만, 아마 그녀가 온 것을 알고 그쪽 방으로 간 것이 틀림없다. 입구에서 그쪽의 불빛이 보였다.

오늘밤 그녀와 차를 탔을 때 입었던 외투와 모자가 의자에 내던져져 있었다. 외투는 비스듬히 의자에 걸쳐 있고, 그 위에 모자가 얹혀 있었다. 불과 조금 전까지 피우고 있었던 듯한 담배가 유리 재떨이 속에서 집요하게 연기를 내고 있었다. 마시다가 그대로 둔, 당장이라도 다시 마시러 올 것같이 생각되는 위스키 잔이——그가 오늘밤의 계획이 성공한 것을 축하하기 위한 술——테이블 끝에 놓여 있었다. 아직 남아 있는 얼음 덩어리가 갈색 잔 옆으로 보였다.

이 광경을 보고 있노라니 뉴욕의 가구가 딸린 방이 생각났다. 그는 위스키를 엷게 해서 마시는 사람이었다. 강한 것을 좋아하지만, 약하게 해서 마셨다. "늘 누군가가 오기 때문이지." 하고 그는 자주 말했었다.

오늘은 아무도 오지 않는다. 이것이 마지막 위스키가 될 것이다.(독하게 해서 마시면 좋을 텐데 하고 그녀는 생각했다.)

기계에 모래라도 들어간 듯한 소리가 나서 귀에 거슬렸다. 무슨 진통이나 불협화음 같은 것. 그것은 음악소리인 듯 했는데, 지금의 그녀에게는 음악이 음악으로 들리지 않았다. 완전히 긴장해 있는 그녀의 감각을 통과하자, 그것은 물결

모양의 아연판을 가는 대나무로 문지르는 듯한 소리로 바
뀌어 버렸다. 어쩌면 그것은 그녀의 마음속에만 들리고 바
깥 어디에서도 그런 소리는 들리지 않을지도 모른다.

'아냐, 그렇지 않아.' 벽에 바싹 붙어 있는 소형의 휴대용
라디오가 있다. 그녀는 그쪽으로 걸어갔다.

"세 게리더 마니나——." 어딘가 먼 곳에서 노래하고 있
는 느낌이 들었다. 그녀는 그 의미는 알 수 없었다. 알고 있
다면 이것은 연애 장면이 아니라 죽음의 장면이라는 것뿐
이다.

그녀가 병아리의 목을 비틀듯이 가차없이 스위치를 끄자,
날림으로 지은 두 개의 방에 뻥 구멍이 뚫린 듯한 정적이
덮쳤다. 이쪽 방도 저쪽 방도.

이제 누가 이런 짓을 했는지 확인하기 위해 그도 나오겠
지.

그녀는 돌아서서 입구 쪽으로 향했다. 핸드백을 가슴까
지 올렸다. 그리고 가방을 열어 권총을 꺼내어 정확히 손가
락을 끼었다. 동요도 없이 떨지도 않고, 모든 동작이 완전히
태연했다.

그녀는 입구 쪽으로 권총을 겨냥했다.

"스티브!" 하고 불렀는데 그것은 쥐죽은듯이 고요한 가운
데 방에서 방으로 얘기하는 듯한 태도였다. "잠깐 나와 보
세요. 하고 싶은 얘기가 있으니까."

공포도 애정도 증오도 아무것도 없었다.

나오지 않는다. 거울에 비친 모습이라도 본 것일까? 미
리 짐작이라도 한 것일까? 꼬리를 감추고 여자에게서 달아

날 정도로 겁쟁이였던가?

눌려 찌부러진 담배는 여전히 하늘하늘 연기를 올리고 있었다. 얼음은 여전히 네모난 모양으로 형태도 변하지 않고 하이볼 잔에서 살짝 드러나 있었다.

그녀는 입구 쪽으로 갔다.

"스티브!" 하고 그녀는 쉰 목소리로 말했다. "당신의 아내가 왔어요. 당신을 만나러 왔어요."

그는 움직이는 기색도 없고 대답도 없었다.

그녀는 방향타처럼 권총을 돌리면서 입구 쪽으로 걸어갔다. 다음 방은 그 방과 평행으로 되어 있지 않고 직각으로 되어 있었다. 아주 좁은 방으로, 잠자기 위해 단순히 나누어 놓은 공간이라고 해도 좋을 정도였다. 머리 위에는 전구가 달려 있었는데, 하얗게 칠한 천장의 표면에 생긴 밝은 거품 같았다. 쇠로 된 옆에는 스탠드가 있고, 그것은 켜진 채 쓰러져 있었다. 코드가 이상하게 휘어져서 위에서 아래로 늘어뜨려져 있었다.

그녀가 왔을 때, 그는 잠을 잘 준비를 하고 있었던 모양이었다. 셔츠는 침대 끝에 던져져 있었다. 벗어놓은 것은 그것뿐이었다. 그리고 그는 그녀를 피해 침대 맞은편 뒤로 숨으려고 한 것 같았다. 손이 삐죽이 드러나 있었는데——감추는 것을 잊은 것이다——. 그 손은 시트를 잡아당겨 길고 비틀린 주름을 잡고 있다. 그리고 숨을 생각으로 고개를 숙이고 있지만, 구부릴 곳이 부족했기 때문에 침대 가장자리로 머리 끝이 살짝 엿보였다——. 아주 조금뿐이지만.

이제 다른 한쪽 손은 보이지 않았지만, 한 군데 시트 가장자리에 더 주름이 진 곳이 있었고, 그것은 아래쪽의 보이지 않는 부분까지 질질 끌어당겨져서 누군가가 필사적으로 매달려 있는 듯한 모습이었다.

바닥을 보니 침대 맞은편에 한쪽 발의 아랫부분이 길게, 단정치 못한 모습으로 보기 흉하게 뻗어 있는 것이 흘끗 보였다. 다른 한쪽 발은 보이지 않았다. 몸 밑에 있는 것이 틀림없다. "일어서는 게 어때요?" 하고 그녀는 비웃듯이 말했다. "지금까지는 적어도 당신을 증오한다고 생각했어요. 이제는 어떻게 생각하는지도 모르겠어요." 침대를 돌아가자 등이 보였다. 그는 움직이지 않았다.

그녀는 핸드백을 열고 무엇인가 꺼내어 그에게 던졌다. "자, 여기 5달러가 있어요. 당신이 내게 준 돈이에요. 기억하겠죠?" 그것은 그의 어깨뼈 사이에 떨어져 등뼈로 흘러내린 뒤 옆으로 길게 착 달라붙었다. 이상하게도 풀로 붙인 깔끔치 못한 상표와 비슷했다.

"당신은 돈을 좋아했죠." 하고 그녀는 엄숙한 태도로 말했다. "자, 이건 이자예요. 이쪽을 보고 받으세요."

그녀는 스스로도 무엇을 하고 있는지 모르는 사이에 방아쇠를 당겼다. 방금 한 말에 동기가 있어서 권총 쪽이 그녀를 기다리지 않고 저절로 불을 토하기라도 한 것 같았다. 충격에 그녀는 허를 찔렸다. 누군가에게 손목을 세게 얻어맞은 듯하고, 그것이 팔을 타고 어깨까지 올라가는 것을 느꼈다. 그리고 순간 총구에서 내뱉어진 불로 인해 그녀는 눈을 깜박이며 엉겁결에 머리를 뒤로 젖혔다.

그는 꼼짝도 하지 않았다. 5달러짜리 지폐도 떨어지지 않았다. 진동이 점차로 사라질 때처럼 침대 머리 쪽의 파이프로 된 쇠막대기에서 이상하고 낮은, 웅얼거리는 듯한 소리가 들리더니, 회반죽을 칠한 벽에 뻐끔히 검은 구멍이 났다. 그것은 그녀의 눈이 알아차렸을 때 비로소 생긴 것 같았다.

그녀는 마음속으로, "설마 내가—— 설마 내가?" 하고 말하면서 그의 어깨에 손을 얹었다. 그는 힘없이 이쪽을 향해 바닥 위에 쓰러졌다. 그녀가 부축이려 하자 그것을 피하려고 마치 장난을 치고 있는 듯한 모습이었다.

귀찮아하는 것 같기도 하고, 장난을 치는 것 같기도 했다. 그의 태도는 그렇게 보였다. 입가에는 웃는 것처럼 깊은 주름이 잡혀 있었다.

눈은 가만히 그녀에게 집중된 채 예전에 자주 그녀에게 보였던 조롱하는 표정을 지으며 바라보고 있었다. 그것은, "이번에는 어떻게 할 생각이야?" 하고 말하는 것 같았다.

다른 일이 생겼다고는 거의 생각할 수 없었다. 한쪽 눈꼬리 부근에 반창고 대신에 에나멜 가죽을 댄 듯한 작고 거무스름한 상처가 있을 뿐이었다. 마침 스스로 거기에 상처를 냈기 때문에 치료라도 하고 있는 것 같았다. 그리고 주름진 시트에 기댄 머리 쪽에는 이상한 얼룩이 있고, 그 중심에서 바깥쪽으로 갈수록 색이 엷어져 있었다.

모두 끝났다. 이 좁은 방에서 누군가가 비명을 질렀다. 날카로운 목소리가 아니라, 겁에 질린 개가 으르렁거리는 것처럼 목에 걸린 목소리였다. 그것은 그녀의 목소리였다. 그녀 외에 달리 비명을 지를 사람이 이 방에는 없었다. 목청이 찢어지는 것 같았다.

"오오, 하나님!" 그녀는 작게 흐느껴 웃었다. "난 오지 말았어야 했는데——."

그녀는 비틀비틀 그에게서 뒷걸음질쳤다. 그것은 조그맣게 반짝이는 상처, 콜타르를 바른 듯한 오점 때문도 아니며, 놀다 지쳐서 일어나는 것조차 귀찮을 정도로 피곤해 있는 듯한 그의 자는 모습 때문도 아니었다. 그것은 연달아 그녀를 찌르고, 결국에는 그녀의 몸속에 끓어오르는 공포를 안겨 주는 그 눈 때문이었다. 그녀에게 가만히 집중되어 있는 그 눈매. 한발 한발 뒤로 물러나는 그녀를 쫓아오는 것 같은 그 눈매. 그녀는 잠시 옆으로 기대었지만 그래도 그 눈에서 도망칠 수는 없었다. 조금 반대쪽으로 기대어 봤지만 역시 그 눈에서 도망칠 수는 없었다. 언제까지고 경멸하고 거리낌없이 조롱하는 듯한 눈빛이었다. 죽고 나서도 살아 있을 때와 같은 눈으로 그녀를 보고 있는 것이다.

그 눈을 보고 있자니 그의 목소리가 들리는 느낌이 들었다. "어디를 가려고 하지? 왜 그렇게 서두르는 거야? 돌아와!"

그녀는 속으로 외쳤다. "여기서 도망치자——. 여기서 나가자——. 누가 오기 전에——누구에게 틀키기 전에!"

그녀는 몸을 돌려 입구를 지나 간신히 바깥쪽 방으로 나왔다. 거기까지 불과 2~3야드밖에 안되는데 계속 제자리걸음만 하고 있는 것 같아서 무의식중에 손으로 자신을 채찍질하는 것이었다.

겨우 문까지 오자 그녀는 힘없이 몸을 기대었다. 그런데 먼저 몸이 문에 부딪히고 주위가 조용해진 뒤에 뜻밖에 무슨 소리가 났다. 자신이 열 명의 분신이 되어 끝없이 계속 몸을 부딪히고 있는 듯한 소리가 이어지는 것이었다.

나무 문이라면 그런 소리는 나지 않는다. 그런 큰소리는 나지 않는다──. 그녀는 손으로 귀를 꼭 막았다. 자신은 미쳐 가고 있는 것이다.

그 소리는 틈도 두지 않고 계속되었다. 힘차게 열 때까지는 한 걸음도 물러서지 않겠다는 기세로 계속되고 있는 것이었다. 처음부터 화가 난 듯한 상태였지만, 1초라도 늦어지면 그만큼 분노가 점점 심해지기라도 하는 듯이. 그녀는 또다시 날카로운 비명을 질렀지만, 문을 두드리는 소리는 그것조차 삼켜 버린 듯이 계속해서 그녀의 귀를 때렸다. 그 것은 아까 다른 방에서 지른 비명보다도 훨씬 더 현실적인 공포를 담은 비명이었다. 이번 것은 이유를 알 수 없는 공포가 아닌 분명한 공포였다. 훨씬 가까이에서 느껴지는 좀 더 강한 공포. 자신이 사랑하는 것을 잃은 공포. 이 세상에서 가장 큰 두려움이다.

왜냐하면 문을 사이에 두고 있기 때문에 크게 들리지는 않았지만, 문을 통과해 오는 초조한 목소리는 빌의 것이었기 때문이다.

소리가 들리지 않는 동안에는 마음으로 알 수 있었고, 들리자마자 곧 귀로 알 수 있었고, 듣고 나서는 그가 한 말로 알 수 있었던 것이다.

"패트리스, 열어 줘. 이 문을 열어요, 패트리스! 듣고 있어요? 여기 있다는 걸 알고 있어. 문을 열어요. 그렇지 않으면 부술 거야."

순간 자물쇠를 생각해 내는 것이 그녀 쪽은 늦고 그의 쪽은 빨랐다. 그녀가 들어올 때도 자물쇠가 채워져 있지 않았지만, 지금까지 그대로 자물쇠는 걸려 있지 않았던 것이다. 그녀는 절망의 비명을 지르며 몸으로 문을 꼭 눌렀다. 그러나 그것도 소용없이 손잡이가 돌아가고 문과 문지방 사이가 벌어지기 시작했다.

"안돼요!" 하고 그녀는 숨을 몰아쉬며 말했다. "안돼!" 그녀는 떨리는 온몸의 무게를 문에 얹어서 못 열도록 했다.

세게 내뿜는 그의 숨이 얼굴에 닿는 느낌이 들었다.

"패트리스, 무슨 소릴 하는 거야——? 날——들여 보내지 않으면——안돼."

한마디할 때마다 그녀는 계속 문을 눌러대며 발뒤꿈치로 장난스럽게 바닥 위를 비빌 뿐이었다.

두 사람이 서로 미는 힘 때문에 조금 넓어졌다가는 다시 좁아지고 다음에는 전보다 훨씬 넓어진 틈으로 그에게는 그녀의 얼굴이, 그녀에게는 그의 얼굴이 보였다. 아주 가깝게 보이는 그의 눈에는 방안에 있는 시체의 눈보다도 훨씬 강한 비난의 빛이 어려 있었다. '나를 보지 말아요. 나를 보지 말아요.' 하고 그녀는 필사적으로 마음속으로 부탁했다. '오오, 이쪽을 보지 말아요. 도저히 난 견딜 수 없어요.'

한 걸음 한 걸음 뒤로 밀리면서 그의 팔이 들어오고, 어깨가 들어온 뒤에도 그녀는 열심히 온몸을 긴장시킨 채 문에 대고 손에 핏기가 없어질 정도로 힘껏 문을 누르며 끝까지 그가 들어오지 못하게 했다.

드디어 이 비교가 안되는 밀고 당김에 종지부를 찍듯이

그가 한번 밀자 그녀는 나뭇잎이나 넝마 조각처럼 간단히 나가떨어졌다. 그리고 그는 방에 들어와서 그녀의 바로 옆에서 거친 호흡에 가슴을 헐떡이며 서 있는 것이었다.

"안돼요, 빌. 안돼요!" 그녀는 호소하는 원인이 없어진 뒤까지도 기계적으로 계속 중얼거렸다.

"들어와선 안돼요. 날 사랑하고 있다면 밖으로 나가 주세요."

"뭘 하고 있는 거죠?" 하고 그는 곧 말했다. "왜 이런 곳에 온 겁니까?"

"난 당신에게 사랑받고 싶어요." 하고 그녀는 냉정을 잃은 어린애처럼 우는 소리로 말할 뿐이었다. "들어오지 말아요. 난 당신에게 사랑받고 싶었던 거예요."

그는 갑자기 그녀의 어깨에 손을 얹고 세차게 흔들었다. "당신의 모습이 눈에 띄었어요. 뭣 하러 이런 곳에 왔죠? 무엇 때문에 이런 시간에 이곳에 온 거죠." 그는 어깨를 잡은 손을 늦췄다. "뭐야, 이건?" 소동에 마음을 빼앗겨 그녀가 완전히 잊고 있던 권총을 그가 주워들었다. 손에서 미끄러져 떨어졌거나, 아니면 방에서 도망쳐 나올 때 바닥에 내버린 것이 틀림없다.

"이거 당신이 갖고 온 건가요?" 그는 그녀 쪽으로 다가왔다. "패트리스, 대답해 봐요!" 하고 그녀가 처음 듣는 잔혹할 정도로 강경한 어조로 그는 말했다. "뭣 하러 이런 곳에 왔어요?"

그녀의 목소리는 목에 걸려 잠기는 바람에 입까지 나오지 않았다. 드디어 겨우 넘쳐 흘렀다. "저——저 남자를 죽이기 위해." 그녀는 그대로 힘없이 그에게 쓰러졌다. 그의 팔은 그것을 떠받치기 위해 엉겁결에 그녀를 안았다.

그녀의 손은 자비를 구하는 거지의 손처럼 그의 옷깃에서 셔츠로, 그리고 얼굴로 꿈틀거리며 기어올라갔다.

그가 뿌리치자 그녀의 손은 원래의 위치로 떨어졌다.

"그래서 죽였습니까?"

"누군가 다른 사람이 죽였어요. 다른 사람이 ── . 이미 죽어 있었어요, 저쪽 방에서. 죽어 있었어요." 그녀는 몸을 떨면서 얼굴을 그의 가슴에 묻었다. 더 이상 혼자서는 견딜 수 없는 한계가 있는 법이다. 누군가에게 매달리지 않고서는 견딜 수 없다. 비록 당장 거절당할 것을 알고 있더라도, 지탱해 주는 사람을 구하지 않고서는 참을 수 없다.

갑자기 그가 팔을 풀고 그녀를 떼어냈다. 혼자가 되는 것은 무서웠다, 한 순간일지라도. 몇 개월 몇 년을 어떻게 혼자서 참아왔을까?

인생이란 이상한 것이다. 인생은 변덕쟁이이다. 한 남자가 죽었다. 사랑이 순식간에 산산이 부서졌다. 게다가 재떨이에서는 아직도 담배가 연기를 내고 있다. 하이볼 잔 속에는 지금도 얼음이 떠 있었다. 자신이 원하는 것은 사라져 버렸다. 어떻게 되든 상관없는 것은 지금까지도 남아 있는데.

드디어 안쪽 방에서 빌이 모습을 나타내고 입구에 선 채로 그녀를 바라보았다. 그 태도가 아주 이상했다. 너무 오래도록 쳐다보았고 너무 조용했다. 무엇이 싫은지 그녀로서는 잘 알 수 없었지만, 그런 식으로 주목당하는 것은 싫었다.

다른 사람이라면 아무래도 좋다. 하지만, 빌만은.

드디어 그는 아직 손에 들고 있는 권총을 코 가까이에 갖다댔다.

그가 기분나쁘게 고개를 끄덕이는 것이 그녀에게도 보였다.

"아뇨, 아뇨, 내가 그러지 않았어요. 아아, 부탁이니까 제발 내가 말한 것을 믿어──."

"발사되었군." 하고 그는 조용히 말했다.

그의 눈에는 슬픈 표정이 떠올라 있었다. 그것은 그녀를 향해서, '왜 진작 내게 얘기해 주지 않은 거야? 왜 모두 털어놓고 어깨의 짐을 나눠지자고 하지 않았어? 그러면 나도 이해할 수 있었을 텐데.' 하고 말하는 것 같았다. 그렇게 말하지는 않았지만, 눈이 그렇게 말하고 있는 느낌이 들었던 것이다.

"아뇨, 내가 죽인 게 아니에요. 권총은 쐈지만 맞지 않았어요."

"그래요, 알았어요." 하고 그는 조용히 말했는데, 그 말은 믿지는 않지만 상대방을 위로하기 위해 건성으로 얼버무리는, 그러면서도 조금은 진절머리가 난 듯한 태도였다.

불쑥 그는 외투 주머니에 권총을 집어넣었다. 이제 이런 것은 아무래도 좋다. 이미 끝난 하찮은 일이다. 지금은 훨씬 더 중대한 일이 있다는 태도였다. 그는 외투의 단추를 차근차근 끼우고 성큼성큼 그녀 쪽으로 다가왔다. 그 동작에는 지금까지 그런 적이 없을 만큼 부드러우면서도 단호함이 깃들어 있었다.

강한 힘이 저항하기 어려운 기세로.

그는 다시 그녀의 어깨에 손을 얹었다. '일생 동안 줄곧 원해 왔던 저 편안한 도피처. 이제 가까스로 그걸 얻게 되었지만 소용이 없다.' 그러나 이번에는 몸을 부축해 주기 위해서가 아니라 서둘러 문 쪽으로 보내기 위해서였다. "여기서 나가는 거야. 빨리." 하고 그는 강하게 명령했다. "가능한 한 빨리 집 밖으로 나가."

그는 그녀를 보호하듯이 팔을 돌려 안아서 데리고 나갔다. "자, 여기서 들키면 곤란해요. 이런 곳에 오다니 머리가 어떻게 된 게 틀림없군."

"그래요." 하고 그녀는 흐느껴 울면서 말했다. "지금도 그래요."

그녀는 문으로 다가서지 않으려고 이번에는 조금 저항했다. 그리고 갑자기 그의 손에서 빠져나와 그와 얼굴을 마주하고 섰다. 그녀의 손은 그가 잡으려고 할 때마다 그 팔을 뿌리쳤다.

"아뇨, 잠깐만. 당신에게 먼저 들려주고 싶은 얘기가 있어요. 당신이 알고 있어야만 할 얘기가. 난 당신을 끌어들이지 않으려고 했는데, 당신이 왔기 때문에 이젠 어쩔 수 없어요. 난 이런 지경까지 떨어져 버렸지만, 더 이상 계속하고 싶지는 않아요."

그리고 나서 그녀는 덧붙였다. "지금까지와 같은 생활은."

그는 손을 펴서 화가 난 듯이 그녀를 흔들었다. 어떻게 해서든 제정신으로 돌리려는 듯이. "지금은 그럴 때가 아녜요! 모르겠어요? 옆방에는 사람이 죽어 있어요. 이런 곳에 있다가 들키면 어떻게 되는지 알기나 해요? 언제 누가 얼굴을 내밀지 모르는 방에 ──."

"정말 바보로군요." 하고 그녀는 슬프게 말했다. "모르는 것은 당신이에요. 이제 모두 소용없어요. 당신은 그걸 모르겠어요? 난 이미 들켰어요." 그리고 그녀는 알아들을 수 없을 정도의 목소리로 말했다. "내게 있어서 단 한 사람, 들키고 싶지 않은 사람에게. 이제 이렇게 됐는데 도망가 숨을 필요가 있을까요?" 그녀는 힘없이 손등으로 눈을 문질렀다. "누가 와도 상관없어요. 아무도 오지 않으면 오게 하는 게 좋겠죠."

"자기 자신만 생각하지 말고," 하고 그는 격하게 말했다. "어머니를 생각해 봐요. 나는 당신이 어머니를 사랑한다고 믿고 있어요. 당신에게 있어서 어떻게 되든 상관없는 사람은 없다고 생각해요. 만일 어머니가 이런 일을 알게 된다면 어떻게 될지 짐작해 봤나요? 어떻게 할 작정입니까? 어머니를 죽일 생각이세요?"

"전에도 누군가가 그런 얘기를 한 적이 있어요." 하고 그녀는 말했다. "누구였는지, 어디에서였는지 기억은 나지 않지만."

그는 살짝 문을 열고 밖을 내다보았다. 그리고 나서 문을 닫고 그녀가 있는 곳으로 되돌아왔다. "누가 있는 기척은 없는데. 왜 권총 소리를 듣지 못했을까? 아마 양쪽 집에 사람이 없는 모양이지."

그녀는 꼼짝도 하지 않았다. "아뇨, 지금 당장 이 자리가 아니면 안돼요. 훨씬 전에 당신에게만은 털어놓았어야 했어

요. 난 이곳에서 한 발자국도 움직이지 않을 거예요. 저 문
으로는 절대 나가지 않을——."

그는 입술을 꽉 깨물었다. "계속 말을 듣지 않는다면 안
아서라도 여기서 데리고 나갈 겁니다. 내가 한 말을 듣지
못한 겁니까, 아니면 분별력이 없는 겁니까?"

"빌, 나, 나는 당신에게서 보호를 받을 자격이 없어요. 나
는——."

갑자기 그는 손으로 그녀의 입을 눌렀다. 그리고 그녀를
안아올렸다. 그녀는 입을 다물린 채 어쩔 수 없이 잠자코
그를 올려다보았다.

그 눈도 금방 내리감겼다. 저항하려고도 하지 않았다.

그는 그녀를 안은 채 문을 나와 복도를 지나서 불과 조금
전까지 그녀가 지금과는 다른 기분으로 올라온 계단을 천
천히 내려갔다. 그리고 거기에 이어진 출구까지 오자 그녀
를 내려놓았다.

"잠깐 여기 있어요. 밖을 살피고 올 테니까." 그녀가 얌전
해졌기 때문에 저항은 끝난 것으로 그는 알았다.

그는 고개를 움츠렸다. "아무도 없어요. 분명히 차는 모
퉁이에 세워두고 왔죠?" 그가 어떻게 그런 것을 알고 있는
지 생각해 볼 틈도 없었다. "내게 딱 붙어서 걸어요. 차까지
데려다 줄 테니까."

그녀는 두 팔을 구부려 매달리듯이 해서 그의 팔을 잡았
다. 그리고 두 사람은 살짝 문에서 나와 그림자가 가장 짙
은 건물을 따라 걷기 시작했다.

아주 먼 것 같은 느낌이 들었다. 아무에게도 들키지 않았

다. 아니, 더욱 운이 좋은 것은 사람의 그림자조차 보이지 않았다는 사실이다. 단 한 번 고양이 한 마리가 지하실의 작은 창에서 튀어나왔다. 깜짝 놀란 그녀는 더욱 세게 그에게 매달렸지만 소리를 내지는 않았다. 두 사람은 조금 움찔했지만 다시 계속 걸었다.

모퉁이를 돌자, 차는 골목에서 차체 하나 정도의 거리를 두고 떨어져 서 있었다.

종종걸음으로 비스듬히 길을 건너 차에 닿자 그는 문을 열고 그녀를 안아서 실었다. 그리고 두 사람 사이에서 다시 문이 닫히고 그는 차 밖에 나와 있었다.

"자, 이게 열쇠입니다. 집으로 돌아가요──."

"아네요." 하고 그녀는 작은 목소리로 강경하게 말했다. "아뇨! 당신과 함께가 아니면 돌아가지 않겠어요. 당신은 어디로 갈 생각이죠? 이제부터 무엇을 할 작정인가요?"

"모르겠어요? 이 사건에서 당신을 돕겠다는 겁니다. 그래서 이제 그 방으로 돌아갈 거예요. 어쩔 수 없어. 당신과 관계 있는 것이 그 방에 남아 있는지 확인해야 되니. 그것은 당신을 돕기 위한 거예요. 패트리스, 그 남자는 당신에게 무슨 짓을 하려고 했죠? 이유는 아무래도 좋아. 지금은 그런 것을 묻고 있을 시간이 없으니까. 무슨 짓을 하려고 했는지 그것만 알면 좋을 텐데."

"돈이에요." 하고 그녀는 짤막하게 그 말만 했다.

차 문의 가장자리를 쥐고 있던 그의 손에 불끈 힘이 들어가는 것이 보였다. 마치 문을 납작하게 만들려 한다고 생각될 정도였다. "어떤 방법으로 돈을 건네줬어요? 현금, 아니면 수표?"

"수표예요." 하고 그녀는 멈칫멈칫 말했다. "딱 한 번. 한 달 전에."

그의 묻는 태도가 한층 엄숙해졌다. "수표는 되돌아왔을 때 찢어버렸겠죠, 물론——?"

"돌아오지 않았어요. 그 남자는 일부러 현금으로 받지 않은 거예요. 지금도 어딘가에 갖고 있을 거예요."

그가 긴장한 채 천천히 숨을 들이마시는 것을 보고 지금까지 자신이 얘기한 것 중에서 이 일에 가장 큰 공포를 느끼고 있다는 것을 그녀는 알 수 있었다. "그거 큰일이군." 하고 그는 작은 소리로 말했다. "어떻게 해서든 꼭 되찾아야 할 텐데. 비록 하룻밤이 걸리더라도." 그는 다시 고개를 떨어뜨리고 그녀 쪽으로 몸을 내밀었다. "그밖에는? 편지 같은 것은?"

"아뇨. 지금까지 편지를 쓴 적은 한 번도 없어요. 옆에 5달러짜리 지폐를 놔두고 왔지만, 그런 건 필요없어요."

"그것도 갖고 나오는 게 좋을 것 같군. 그밖에는 아무것도? 자, 패트리스, 잘 생각해 봐요."

"잠깐만요. 그 댄스 파티가 열리던 날 저녁——내 전화번호를——자그마한 검은 수첩에 적었던 것 같아요." 그녀는 망설였다. "그리고 다른 곳에도 하나 있어요."

"뭡니까? 주저하지 말고 얘기해 봐요."

"빌——오늘밤 난 그 남자에게서 억지로 결혼을 강요당했어요. 헤이스팅스에서."

그는 이번에는 두 손을 들어 망치로 두드리듯이 문 가장

자리를 두드렸다. "잘하는군. 그 녀석이——." 그는 미워서 못 견디겠다는 듯이 중얼거렸지만, 도중에 그만두었다. "당신은 자신의 이름으로 서명했나요?"

"성을. 어쩔 수 없었어요. 그것이 목적이었거든요. 치안판사가 증명서를 보내 주기로 했어요. 이곳의 그 남자 앞으로. 하루나 이틀 안에."

"그렇다면 어떻게 하기에는 아직 여유가 있군. 내일이라도 헤이스팅스로 가서 취소하기로 하죠. 돈은 이따금 기적을 일으키기도 하니까."

갑자기 그는 마음을 정한 모습이었다. "돌아가요, 패트리스." 하고 그는 명령했다. "집으로 돌아가요, 패트리스."

그녀는 불안해서 그의 팔에 매달렸다. "당신은 이제부터 어떻게 할 거죠?"

"그 방으로 돌아갈 겁니다. 어쩔 수 없어요."

그녀는 말렸다. "안돼요! 빌, 누가 올지도 모르잖아요. 그 방에 있다가 들키기라도 하면 어떡해요, 빌?" 그녀는 애원하며 말했다. "나를 위해서——제발 돌아가지 말아요."

"이해하지 못하겠어요, 패트리스? 이 사건에서 당신의 이름이 나오면 안돼요. 그 방에는 한 남자가 죽어 있어요. 당신과 그 남자를 연관시킬 만한 것을 발견하도록 내버려 둘 수는 없어요. 당신은 그 남자를 모르는 것으로 해야 돼요. 물론 만난 적도 없고. 어떻게 해서든 찾아내야 해—— 그 수표와 수첩을. 어떻게 해서든 남의 눈에 띄지 않도록 해야 돼. 다시 말해서, 시체를 그곳에서 내와 어딘가 먼 곳으로 갖고 갈 수 있으면 좋지만. 그러면 당장 신원이 밝혀지지는 않을 테니까 말입니다. 어쩌면 영원히 모를지도 모르지. 원래 이 고장 사람이 아니었으니까, 그 남자가 갑자기 모습을 감추더라도 조사할 사람은 없을 겁니다. 왔나 하고 생각되었다가는 다시 가버리는 철새 같은 사람이라고 생각할 테니까. 그러나 그 방에서 발견되면 곧 신원이 밝혀질 테고, 다른 것도 고구마 덩굴처럼 연달아 딸려나올 거예요."

영구차 대신 사용할 수 있는지 가늠하기라도 하듯 그가 차의 길이를 흘끗 살폈다.

"내가 도울게요, 빌." 하고 그녀는 갑자기 마음을 정한 태도로 말했다. "돕고 싶어요——. 당신이 하라고 하는 것은 무엇이든지 하겠어요." 그가 의심스러운 눈으로 바라보았다. "돕도록 해주세요, 빌. 도움이 될지는 모르지만——. 이런 문제를 일으킨 속죄의 뜻으로——."

"좋아요. 어쨌든 차가 없으면 아무것도 할 수 없으니까. 반드시 차는 필요해요." 그는 차에 올라탔다. "잠시 핸들을 빌려 줘요. 시험해 보고 싶은 것이 있으니까."

그는 1~2야드 정도 차를 몰더니 다시 세웠다. 차는 앞부분만이 모퉁이의 건물 앞으로 튀어나오고, 나머지는 아직 건물의 그늘에 가려져 있었다. 운전자석이 모퉁이의 상점과 정확히 평행이 되어 있었다.

"이대로 앉아서 저쪽을 보고 있어요." 하고 그는 가르쳐 주었다. "여기서 저 입구가 보입니까?"

"아뇨. 하지만, 대강은 보여요."

"그럼, 됐어요. 난 저 입구에 서서 담배에 불을 붙일 겁니다. 그걸 보는 즉시 차를 그 앞에 갖다대도록 해요. 만일 다른 것이 보이면, 무슨 나쁜 일이 생기면 여기 있어서는 안 돼요. 한눈 팔지 말고 당장 이곳을 떠나 집으로 가는 겁니다."

"싫어요." 하고 그녀는 마음속으로 완강히 거부했다. "그런 건 싫어요. 당신을 남겨놓고 나만 혼자 도망치다니."

그는 다시 차에서 나와 그녀 쪽으로 얼굴을 마주하고 섰다. 그리고 몸은 가만히 둔 채 고개를 조금 돌려서 먼저 이쪽, 다음으로 반대쪽과 어깨너머로 주위를 조심스레 둘러보았다.

"좋아." 하고 그는 드디어 말했다. "지금 같으면 괜찮아. 갈 수 있을 것 같아."

그는 위로하듯이 잠깐 그녀의 손등을 어루만졌다.

"벌벌 떨면 안돼요, 패트리스. 잘될 겁니다. 이런 일에는 전혀 풋내기지만 말이에요."

"잘되겠죠." 하고 그녀는 완전히 겁에 질려서 빌의 말을 되풀이했다.

그녀는 그가 차에서 떨어져 걸어가는 것을 물끄러미 지켜보고 있었다.

평상시와 같은 걸음걸이였다. 그것이 그나마 그녀에게 위안이 되었다. 살금살금 걷다가 꽁무니를 빼지는 않았다. '이럴 때에 왜 그런 것이 자신에게 있어서 문제가 될까?' 하고 이상하게 생각했다. 그러나 그것 때문에 그가, 아니 두 사람이 하려는 일이 조금도 무서운 일이 아니라는 느낌이 들었다.

그는 그 남자가 죽어 있는 건물 안으로 모습을 감췄다.

제 41 장

그가 집안에 있었던 시간은 영원이라고 생각될 정도였다. 그녀는 지금까지 시간이 이렇게 느리게 가는 줄은 몰랐었다.

아까 놀라게 한 고양이가 다시 돌아왔다. 그녀는 그 고양이가 원래의 장소로 천천히 조심스럽게 돌아가는 것을 바라보고 있었다. 도로에 있는 동안은 그 모습이 보였지만, 이윽고 건물 쪽으로 다가가자 짙은 어둠에 휩쓸려 버렸다.

너는 쥐를 죽일 수 있다. 그리고 사람들에게 칭찬을 받겠지 하고 그녀는 마음속으로 부러운 생각을 하고 있었다. 게다가 네가 죽인 그 쥐에게 달려들어 물기만 하지 피까지 핥으려고 하지는 않겠지.

무엇인가가 번쩍하고 빛나다가 곧 사라졌다.

성냥불이 그렇게 똑똑히 보인다는 사실에 그녀는 깜짝 놀랐다. 생각지도 못했다. 작은 빛이었지만 순간적으로 아주 또렷했다. 마치 반짝이는 노랑나비가 날개를 힘껏 편 채 검은 비로드 천에 핀으로 꽂힌 듯하다고 생각한 순간 곧 사라져 버린 것과 같았다.

그녀는 곧 시동을 켜고 모퉁이를 돈 뒤 천천히 차를 그가

있는 곳으로 몰았다. 조용한 엔진 소리와 타이어 소리뿐이
었다.

　그녀가 도착하기 전에 그는 몸을 돌려서 다시 집안으로
들어가 버렸다. 그녀를 부르기 위해 피운 담배는 이미 던져
버렸다.

　그가 날라온 것을 어디에 넣을 생각인지 그녀는 알 수 없
었다. 앞좌석일까? 뒷좌석일까? 그녀는 손을 펴서 그가 탈
뒷문을 열고 그대로 기다렸다.

　그리고는 고개를 움직일 수 없기라도 한 것처럼 딱딱하
게 몸을 긴장시키고 앞 유리 너머로 똑바로 정면을 바라보
았다.

　건물 문이 열리는 소리가 들렸지만 역시 고개를 돌릴 수
없었다. 어떻게든 고개를 돌리려고 힘을 주었지만 격심한
공포 때문에 경직 상태에 빠져서 도저히 그쪽으로 얼굴을
돌릴 수가 없었다.

　모래를 뿌린 보도에 천천히 무거운 것을 멘 발소리가 들
리고——그의 발소리이다——그것과 함께 더 조용한, 질질
끄는 소리가 나고 구두가 한 켤레 축 늘어져서 질질 끌려왔
다.

　불쑥 그가 작은 소리로 말했다.(거의 귓가에 대고 말하는
느낌이 들었다.) "앞문이에요, 앞문."

　그녀는 고개를 돌릴 수 없었다. 그러나 손만은 간신히 움
직일 수가 있었다. 손을 펴서 보지도 않고 문을 열었다. 약
통이 끓어 넘칠 때에 나는 소리가 자신의 목구멍에서 새어
나왔다.

　바로 옆에 누군가가 앉았다. 앉으면 그렇게 되듯이 가죽 의자가 털썩 소리를 냈다. 그는 그녀의 옆구리에 손을 대고 이쪽 저쪽을 찔렀다.

　근육 경직이 풀렸는지 그녀는 획하니 고개를 돌렸다.

　그 남자의 얼굴과 마주쳤다. 빌이 아니다. 빌의 얼굴이 아니다. 어둠 속에서 조롱하듯이 눈을 크게 뜨고 있다. 그녀가 고개를 돌리는 순간 저절로 상대의 머리가 그녀 쪽으로 기울어져 완전히 두 사람은 얼굴과 얼굴을 마주 대하게 되었다. 죽은 뒤에도 그는 집요하게 그녀를 따라다니고 있는 것이다.

　목을 조인 듯한 비명이 그녀의 숨통에서 쥐어짜듯이 나왔다.

　"안돼, 소리를 내면." 시체 맞은편에서 빌이 말했다. "당신은 뒷좌석으로 가요. 내가 핸들을 잡을 테니까. 이건 내 옆에 놔두는 게 낫겠어."

　그의 목소리를 듣자 그녀의 마음은 안정되었다. "난 소리를 지를 생각은 없었어요." 하고 그녀는 잘 알아듣기 어려운 정도의 작은 목소리로 말했다. 그녀는 차에서 나와 뒷좌석으로 갔다. 이 얼마 안되는 두 장소 사이를 걷는 데도 차에 손을 얹고 몸을 지탱하고 있었다. 스스로는 어떻게 자리를 옮겨야 하는지도 모르고 있었지만 정확히 자리를 옮기고 있었다.

　보고 있지는 않았지만 빌은 그녀의 모습을 알고 있는 모양이었다.

　"집으로 돌아가는 게 나을 거라고 아까 얘기했잖아요."

하고 그는 조용히 말했다.

"괜찮아요, 난. 자, 가요." 하고 그녀는 말했는데 그것은 닳아빠진 레코드를 가는 바늘로 긁는 듯한 금속성 목소리였다.

문이 닫히고 차는 움직이기 시작했다.

한 손으로밖에는 핸들을 잡을 수 없기 때문에 잠시 동안 빌은 차를 천천히 몰았다. 옆좌석의 남자에게 손을 뻗어서 모자의 테두리를 홱 끌어내리는 것이 보였다.

돌아보지는 않았지만, 뒷좌석에 그녀가 있는 것을 의식하고 힘을 북돋아주기 위해 말을 걸었다.

"내 목소리가 들려요?"

"예."

"떨지 마세요. 아무것도 생각하지 마요. 지금까지는 모두 잘됐어요. 수표도 수첩도 모두 찾았어요. 성공하든지 실패하든지 둘 중 하나겠지. 자, 그런 식으로 생각해요. 그것밖에 방법이 없으니까. 그렇게 각오하는 것이 내게도 도움이 돼요. 저, 당신이 긴장하고 있으면 왠지 나도 긴장이 된단 말예요. 당신의 기분이 금방 내게 전달되기 때문에요."

"난, 괜찮아요." 하고 울음 섞인 목소리로 기계적으로 대답했다. "이젠 마음이 진정됐어요. 편안해졌어요. 자, 빨리 차를 몰아요."

그 뒤 두 사람은 말을 하지 않았다. 이런 드라이브에서 무슨 말을 할 수 있을까?

그녀는 오랫동안 눈을 딴 데로 돌리고 있었다. 가능한 한 오랫동안 창 밖을 보고 있었다. 그 동안 피곤했기 때문에 쉬기 위해서 잠시 차의 천장을 쳐다보거나 바로 눈 밑의 바닥을 바라보았다. 그러나 두 개의 머리가(그녀는 알고 있었다) 같은 진동에 박자를 맞춰서 틀림없이 가볍게 흔들리고 있을 정면만은 피했다.

그녀는 빌에게 들은 대로 하려고 애썼다. 그 일은 생각하지 않도록 했다. "지금 댄스 파티에서 돌아오는 중이야." 하고 그녀는 스스로에게 얘기했다. "빌과 함께 컨트리 클럽에 갔다가 돌아오고 있는 중이야. 그것뿐이야. 나는 금장식이 달린 검은 옷을 입고 있어. 그래, 금장식이 달린 검은 드레스를 입고 있는 거야. 우린 가벼운 말다툼을 했어——그래서 나는 뒷좌석에, 빌은 혼자서 앞좌석에 앉아 있는 거야."

이마에 식은땀이 조금 배어나왔다. 그녀는 그것을 닦았다. "빌은 지금 나와 함께 영화를 보고 돌아오는 중이야." 하고 그녀는 스스로에게 얘기했다. "우리가 본 영화는——본 것은——본 것은——." 또다시 상상력을 발휘해 봤지만 이번에는 장애가 생겼다. 아무리 애써도 영화 제목이 생각나지 않는 것이다. "본 것은——본 것은——본 것은——."

불쑥 그녀는 소리내어 말했다. "뭐였죠, 방금 둘이서 본 영화의 제목이?"

"음." 하고 그는 즉시 대답했다. "그거 좋은데. 좋은 생각이에요. 제목을 가르쳐 주죠. 그것만 생각하도록 하세요." 그도 영화제목을 생각해 내는 데 조금 시간이 걸렸다. "마크 스티븐스 주연의 '지금 그 아이에게 키스하고 있는 것은 누구일까?'" 하고 그는 급히 말했다. 그 영화라면 함께 본 적이 있다. 천 년쯤 전에.(아니, 요전 목요일에.) "처음부터 시작해서 죽 얘기해 봐요. 막히면 내가 가르쳐 줄 테니까."

그녀는 괴로운 듯이 숨을 쉬고 있었다. 이마에서는 그 사이에도 계속 땀이 배어 나오고 있었다. "그는 노래를 만들었어요. 그리고 함께 자란 배다른 누이동생을 데리고——그래요 버라이어티 쇼에 갔었죠. 그런데 무대에서 자신이 만든 노래를 부르는 걸 듣고——."

차가 방향을 바꾸자 앞좌석의 두 개의 머리가 함께 흔들리고 한쪽이 다른 한쪽의 어깨에 바싹 기대어 왔다.

그녀는 당황해서 눈을 꼭 감았다. "언제였더라——주제가가 나온 것이?" 그녀는 잠시 우물거렸다. "그게 첫번째 노래였던가? 그 두 사람이 다리 위에서 노래를 들었죠?"

정지신호가 들어와 그가 차를 세우자 택시 한 대가 스칠 듯이 옆에 와서 멎었다. "그렇지 않아요. 그건——." 빌은 택시 쪽을 보았다. "그건——." 그는 다시 택시 쪽을 보았다. 아무 관계도 없는 일을 생각하는 것 같기도 하고 멍하니 바깥을 보고 있는 것 같기도 했다. "그것은, '안녕 누나'였어요. 케이크워즈의 곡이지. 잊었어요? 주제가는 맨 나중에야 겨우 나오잖아요. 주인공은 그때까지 좋은 가사가 떠오르지 않았어요. 기억 안나요?"

신호가 빨강에서 파랑으로 바뀌었다. 택시는 그들 차보다 먼저 출발해서 달리기 시작했다. 그녀는 손등을 입에 대고 꽉 입술을 깨물었다. "이대로 가만히 있을 수 없어." 하고 그녀는 한숨을 쉬었다. "도저히 가만히 있을 수 없어." 빌을 향해서 외치고 싶었다. "아아, 문을 열어요! 밖으로 나갈 거예요. 난 이제 참을 수 없어요. 할 수 있다고 생각했지만 불가능해요——. 어떻게 되든 상관없어요. 그냥 여기서 나갈 거예요. 지금 당장!"

이유 없는 공포. 사람들은 이것을 그렇게 부르고 있다.

그녀는 입술을 더욱 세게 깨물었다. 그러자 미친 사람처럼 말이 솟구쳐 나오려는 것을 간신히 억누를 수 있었다.

그는 차를 전보다 빨리 몰고 있었다. 하지만, 의심을 불러일으키게 하거나, 왠지 모르게 다른 사람들의 시선을 끌게 할 만큼 빠르지는 않았다. 벌써 교외로 나와 꽤나 낮아진 열차의 철로와 평행인 큰길을 달리고 있었다. 여기서는 누구라도 속력을 내기는 하지만.

첫번째 난관을 통과했다는 것을 그녀가 깨닫는 데는 조금 시간이 걸렸다. 이미 콜필드 시를 벗어난 것이다. 적어도 사람이 붐비는 중심가는 벗어났다는 사실. 아무 일도 일어나지 않았다. 귀찮은 사건도 없었다. 다른 차와 옥신각신하지도 않았다. 교통위반으로 경찰이 다가와 차 안을 들여다본 일도 없었다. 그녀가 두려워하고 있던 이런 일은 실제로는 일어나지 않았다. 전혀 사고가 없는 드라이브였다. 이 정도의 위험은 무릅쓰면서 둘만이 차에 타고 있을 때와 조금도 다르지 않았다——밖에서 본 바로는. 그러나 안에서 보면——.

그녀는 마음속으로는 힘이 빠지고 갑자기 늙어 버린 느낌이 들었다. 심장에 영원히 지워지지 않을 주름이 생긴 기분이었다.

"오늘밤 죽은 것은 이 남자만이 아니야." 하고 그녀는 생각했다. "나도 죽은 거야. 여기까지 오는 동안 이 차 안에서.

그렇다면 이런 일을 해도 아무 소용없어. 살아서 그 방에 있으면서 비난과 벌을 받는 편이 그런대로 나았을지도 몰라."

그들은 이미 널찍한 시골로 나와 있었다. 시내의 변두리에서 조금 멀리 떨어져 있는 종이 상자 공장과 폐쇄된 양조장의 굴뚝 등도 어느 사이엔가 지나쳐 버렸다. 유료도로가 뻗어 있는 제방은 아주 완만한 오르막길이었는데, 넓은 철로가 마음 탓인지 꽤나 낮아진 듯이 생각되었다. 시내에서부터 이어져 온, 깨끗이 깎아지른 콘크리트 제방은 여기까지 오면 끝나고, 대신에 아주 급하고 잡초와 관목이 달라붙어 있는 경사면이 나타난다.

이렇다 할 이유도 없는 것 같은데 그는 갑자기 차를 세웠다. 바깥쪽의 차바퀴가 도로를 벗어나 철도 쪽으로 기울어져 있었다. 차바퀴가 두 개 들어가는 것이 고작인 공간에서 그것은 사실 불안전한 자세였다. 차 문 바로 밑에서부터 아래쪽의 경사가 시작되고 있었다.

"왜 이런 곳에서 멈추는 거예요?" 하고 그녀는 작은 목소리로 말했다.

그는 손가락으로 가리켰다. "들어 봐요. 들리죠?" 그것은 호두를 까는 것 같은 소리였다. 무수히 많은 호두가 구르면서 깨지는 듯한 소리였다.

"이걸 시내 밖으로 운반하고 싶었어요." 하고 그는 말했다. 그리고 차에서 나와 경사면을 내려가고 있었기 때문에 그녀의 눈에는 상반신밖에 보이지 않았다. 그는 선 채로 아래를 살펴보고 있었는데, 드디어 무엇인가를 주워서——던지는 것이 보였다. 그리고 나서 고개를 돌리고 잠시 귀를 기울이는 것이었다.

드디어 다시 그녀 쪽으로 기어올라와서 몸을 지탱하기 위해 두 발에 힘을 주었다.

"느린 화물열차예요. 안쪽의 철로, 즉 이 바로 밑의 철로를 달리고 있어요. 화물차 지붕의 등이 움직이는 것이 보이죠? 무척 길군——. 빈 차일 것 같긴 한데——마치 기어가는 것처럼 아주 천천히 달리고 있어요. 돌을 던져 보니까 지붕에 맞는 소리가 들리더군요."

이미 그녀도 추측할 수 있었기 때문에 살갗이 근질근질해 오는 것을 느꼈다.

그는 앞좌석의 시체 앞에 웅크리고 앉아 주머니를 뒤졌다. 그리고 외투 안주머니에서 무엇인가를 꺼냈다. 상표인 듯했다.

"화물차는 빠른 객차처럼 우선적으로 가지는 못해요. 바로 저쪽에 있는 큰길과 교차하는 건널목에서는 서지 않을까 생각하는데. 기억하시죠, 그 건널목? 지금쯤 기관차가 거기까지는 가 있을 텐데——."

그녀는 끔찍한 느낌을 억지로 눌렀다. 그 방의 입구에서 만났을 때보다도 더 기분이 나빠졌지만, 한번 더 결심을 했다. "내가 뭐 도울 일이 없을까요——?" 그렇게 말하고 자신도 차에서 내리려고 했다.

"안돼요." 하고 그는 말했다. "당신은 차 안에 있으면서 도로를 살펴보세요." 경사가 아주 급하니까 어느 지점까지만 내려가서——거기서 던져 버릴 겁니다. 저 아래쪽은 깎아지른 듯이 되어 있으니까 곧장 아래로 떨어지겠죠."

그는 이번에는 앞좌석의 문을 힘껏 열었다.

"길은 어때요?" 하고 그는 물었다.

그녀는 처음으로 뒤쪽을 살펴보았다. 그리고 나서 이번에는 앞쪽을. 전방은 오르막길이어서 오히려 앞이 잘 보였다. "아무도 없어요. 어디에서도 움직이고 있는 불빛은 보이지 않아요."

그는 웅크리고 앉아서 팔을 움직거리더니 드디어 두 개의 머리와 두 개의 어깨와 함께 일어났다. 그리고는 앞좌석이 비게 되었다.

그녀는 눈을 딴 데로 돌려 도로 쪽을 보았다. 최대한으로 기운을 내서 지켜보고 있었던 것이다.

"이제부터 이 차의 앞좌석에는 도저히 탈 수 없어." 하고 그녀는 문득 그렇게 생각했다. "모두 이상하게 여길지 모르지만, 난 도저히 그런 마음이 생기지 않을 거야. 오늘밤 저기에 어떤 것이 놓여 있었는지 늘 생각날 것이 틀림없어."

빌은 경사면을 내려가는데 몹시 애를 먹고 있었다. 2인분의 힘을 들여 미끄러지지 않도록 발을 디뎌야 했고, 무게도 2배였기 때문이다. 한번은 두 사람이 발을 헛디뎌 조금 비틀거리는 것을 보고 심장이 목까지 튀어오를 정도로 깜짝 놀란 적도 있었다. 마치 두 사람과 자신의 심장 사이에 도르래와 추가 연결되어 있는 듯이.

곧바로 그는 몸의 균형을 되찾았다.

이윽고 상반신밖에 보이지 않게 되었다. 그가 무엇인가를 내려놓듯이 몸을 앞으로 구부리더니, 잠시 뒤에 일어설 때는 혼자였다. 그녀에게 보인 것은 그의 모습뿐이었다.

그는 그대로 서서 기다리고 있었다.

그것은 도박이고 무모한 계획이었다. 맨 끝의 승무원 칸이 언제 지나갈지 모른다——. 그러면 그들의 짐을 날라다 주는 열차는 끝나는 것이다. 아래쪽에는 철로만 있을 뿐이니 날이 새기가 무섭게 내던져진 시체는 발견될 것이다.

그러나 그의 계산은 틀리지 않았다. 호두를 깨는 듯한 소리가 약해지더니 점차 사라져 갔다. 쿵쿵거리는 희미한 소리. 앞쪽에서 시작되어 두 사람 앞을 지나 뒤쪽으로 전달되어 갔다. 그리고 나서 한 번 더. 그리고는 정적.

그가 다시 움직이기 시작했다.

그녀는 두 손으로 귀를 막았지만 이미 늦었다. 그것보다 소리 쪽이 빨랐다.

불쾌하고 멍한 소리였다. 무거운 자루를 떨어뜨린 듯한 소리였다. 그러나 자루라면 그렇게 세게 떨어뜨렸을 경우 터져 나갔을 것이다. 이것은 터지지 않았다.

그녀는 무릎 사이에 얼굴을 묻고 두 손으로 눈을 가렸다.

다시 얼굴을 들었을 때 빌은 옆에 서 있었다. 침착해 있지만, 당장이라도 기분이 나빠질 것 같은 표정이었다.

"무사히 실었어요." 그는 말했다. "통로 같았어요. 지붕과 지붕 사이에 떨어졌죠. 어두웠지만 잘 보이더군요. 그런데 내 모자가 날아가 버렸어요."

그녀는 설규하고 싶었다. '싫어요! 얘기하지 말아요! 내게는 알리지 말아요! 이제 싫을 정도로 알고 있으니까.' 그러나 말하지 않았다. 게다가 그때는 이미 일이 끝나 있었으니까.

그는 차에 올라타서 기차가 다시 움직이기 시작하는 것을 기다리지 않고 핸들을 잡았다.

"저건 다시 계속 달릴 겁니다. 그럴 수밖에 없어요. 이제 역을 출발해서 다음 역으로 가는 도중이니까. 하룻밤 내내 저곳에 멈춰 있을 수는 없거든요."

그는 차를 길 가장자리까지 후진시킨 뒤 U자형으로 빙글 돌아 콜필드 쪽으로 향했다. 차도 사람도 오지 않았다. 지나가는 것은 아무것도 없었다. 다른 날 밤에도 이 길이 이렇게 사람의 그림자조차 보이지 않는 곳이리라고는 생각할 수 없었다.

그는 헤드라이트의 빛을 똑바로 앞으로 비췄다.

"이쪽으로 와서 나란히 앉지 않겠어요? 하고 그는 조용히 말했다.

"싫어요." 그녀는 숨이 막힐 듯한 목소리로 말했다. "도저히 난 그럴 수 없어요. 거기 앉다니."

그는 이해한다는 얼굴로 쳐다보았다. "그냥 당신을 혼자 외롭게 두고 싶지 않았기 때문이에요." 하고 그는 동정 어린 목소리로 말했다.

"어디에 앉든 난 이제 어차피 외톨이예요." 하고 그녀는 중얼거렸다. "그리고 당신도 마찬가지예요. 우린 둘 다 외톨이예요. 비록 둘이 함께 있더라도."

제 42 장

ㅂ 레이크 소리가 들리고 차의 움직임이 멎는 것을 느꼈다. 그는 앞좌석에서 나와 뒷좌석에 있는 그녀의 옆으로 왔다. 두 사람은 오랫동안 그대로 가만히 있었다. 그녀는 이 밤으로부터, 오늘밤 일어난 모든 일로부터 숨기라도 하듯이 그의 셔츠에 얼굴을 묻었다.

그는 한 손을 그녀의 머리 뒤에 대고 가만히 앉았다.

처음 잠시 동안 두 사람은 움직이지도 않고, 말하지도 않았다.

"자, 모두 털어놓아야만 한다." 하고 생각하며 그녀는 몸을 떨었다. 지금이 아니면 시간이 없다. 하지만, 어떻게 그런 얘기를 할 수 있담.

마침내 그녀는 얼굴을 들고 눈을 떴다. 그는 차를 그들의 집 모퉁이에 세워두었다.(그의 집이다. 자신의 집이라고 어떻게 말할 수 있는가? 오늘밤 그런 사건이 일어났는데 어떻게 뻔뻔스럽게 이 집에 들어갈 수 있단 말인가?) 그는 차를 현관 바로 앞이 아닌, 집이 보이지 않는 모퉁이에 세워두었다. 모든 것을 자백할 기회를 자신에게 주려는 것이다. 그게 틀림없다.

그는 담배를 꺼내어 자신의 입에 물고 불을 붙여서 그녀 쪽으로 내밀었다. 그녀는 고개를 저었다. 그러자 그는 창 밖으로 그것을 던져 버렸다. 그녀의 얼굴로 내뿜어지는 그의 입김에서는 향긋한 담배 냄새가 났다. '두번 다시 이렇게 가까이 있게 되지는 않을 거야.' 라고 그녀는 생각했다. 이제부터 털어놓아야 할 것을 모두 얘기한다면 절대로.

"빌." 하고 그녀는 속삭였다.

너무도 약해서 마치 변명이라도 하는 것 같은 태도였다. 이런 나약한 목소리로는 도저히 끝까지 계속 얘기할 수 없다. 게다가 이제부터는 혹독한 말뿐이기 때문에.

"왜요, 패트리스?" 하고 그는 조용히 말했다.

"날 패트리스라고 부르지 말아요." 그녀는 필사적인 기세로 그를 돌아다보며 목소리가 흩어지지 않도록 애썼다. "빌, 꼭 얘기하고 싶은 것이 있어요. 어디서부터 얘기를 시작해야 할지, 어떤 식으로 얘기해야 좋을지 ──. 하지만, 이것만은 꼭 얘기하고 싶어요. 비록 이제까지 내가 말한 것을 마음에 새겨두지 않았다고 하더라도."

"좋아요, 좋아, 패트리스." 그는 위로하듯이 말했다. "좋아요, 패트리스." 마치 안달이 난 어린 아이를 달래듯이. 그의 손은 부드럽게 그녀의 머리를 쓸어내리고 있었다. 몇 번이나 몇 번이나.

그녀는 육체적인 고통이라도 느낀 듯이 신음했다. "안돼요 ──. 이렇게 하지 말아요 ──. 하지 말아요 ── 하지 말아요."

"난 알고 있어요." 하고 그는 안심시키며 말했다. "당신이 그렇게 괴로워하고 절망하면서 털어놓으려고 하는 것이 뭔지 난 알고 있어요. 당신이 패트리스가 아니라는 것. 당신이 휴의 아내가 아니라는 것. 그 얘기죠?"

그녀는 놀라서 그의 눈을 찾았다. 그는 차의 앞 유리를 통해 아주 먼 곳을 바라보고 있었다. 어쩐지 마음은 거기에 없는 표정이었다.

"처음부터 알고 있었어요. 당신이 오고 나서 얼마 되지 않아서. 이해할 수 있을 것 같았습니다."

그의 얼굴이 부드럽게 그녀의 얼굴로 다가오더니 살며시 애무하듯 잠시 동안 그대로 있었다.

"그러니까 그렇게 괴로워할 필요는 없어요, 패트리스. 그런 것으로 마음 아파할 필요도 없고. 아무것도 새삼스럽게 얘기할 것도 없어요."

그녀는 힘이 다한 듯이 흐느껴 울었다. 자신의 실패에 몸을 조금 떨었다. "내 죄를 씻을 마지막 기회마저 당신은 빼앗아 버리는군요." 하고 그녀는 절망적으로 말했다. "그것조차."

"죄를 씻다니, 그런 얘기는 하지 않아도 돼, 패트리스."

"당신이 아무리 나를 패트리스라고 불러도 그건 거짓말이에요. 난 도저히 당신과 함께 당신 집으로 돌아갈 수 없어요. 두번 다시 돌아가지 않을 거예요. 벌써 늦은걸요——2년이나 늦은걸요. 2년이나——. 하지만, 당신에게만은 모두 얘기하게 해 주세요. 아아, 모두 얘기하도록…… . 패트리스 해저드는 당신의 형과 함께 올 때 열차사고로 죽었어요. 난 그때 한 남자로부터 버림을 받았어요. 그 남자의 이름은——.”

또다시 조지슨의 방에 있을 때처럼 그는 그녀의 입술에 손가락을 갖다댔다. 그러나 그때처럼 거칠지는 않았다.

“난 알고 싶지 않아요. 듣고 싶지도 않고. 이해하지 못하겠어요, 패트리스?” 그렇게 말하고 그는 손을 뗐지만, 이제 그녀는 입을 열려고 하지 않았다. 잠자코 있기를 그가 바라고 있고, 그 편이 그녀로서도 편했기 때문이다. “내 기분을 이해하지 못하는 모양이군.” 그는 잠시 이쪽 저쪽을 둘러보았다. 마치 그녀를 이해시킬 방법이 없는지 찾으려고 애쓰는 듯이. 가까이에 없는 어떤 방법을. 드디어 다시 그녀 쪽을 돌아보며 마음속에서부터 내뱉는 듯한 작은 소리로 말했다.

“어떤 차이가 있죠? 가령 전혀 다른 패트리스가, 당신이 아닌 패트리스가 어딘가 다른 곳에, 다른 시간에 내가 모르는 여자가 있었다고 하더라도. 패트리스가 두 사람 있었다면? 세상에는 천 명의 메리가 있어요. 천 명의 제인도 있고. 하지만, 메리를 사랑하고 있는 남자는 자신의 메리만을 사랑하고 있는 겁니다. 그 남자에게 있어서는 이 넓은 세상에 다른 메리는 없어요. 내 경우도 그래요. 어느 날 패트리스라는 여자가 내 생활 속으로 들어왔어요. 그리고 그 사람은 내게 있어서 이 세상에서 단 하나의 패트리스인 겁니다. 난 이름을 사랑한 게 아녜요. 그 여자를 사랑한 거지. 도대체 내가 어떤 사랑을 갖고 있다고 생각하나요? 내가 언제 목사에게서 받은 이름이면 되고, 자신이 스스로 붙인 이름은 안된다고 했습니까?”

"하지만, 그 이름은 훔친 거예요. 죽은 사람에게서 빼앗은 이름이란 말이에요. 게다가 그전에 다른 남자의 팔에 안겨 잤으면서, 이제는 이렇게 아이까지 데리고 당신의 집에 들어와서——."

"아니, 당신은 그런 짓을 하지 않았어요." 하고 그는 상냥하게, 그러나 완강하게 부정했다. "당신은 아직 몰라요. 알려고도 하지 않고. 그건 당신이, 그리고 당신을 사랑하는 남자가 아니었기 때문이에요. 당신이 그런 짓을 했을 리가 없어요. 하긴, 당신이라는 사람은 없었으니까요. 나를 만나기 전까지는. 당신의 생활은 그때부터 시작된 겁니다. 나의 눈이 처음 당신을 봤을 때, 내 사랑이 처음으로 싹텄을 때 비로소 당신은 이 세상에 존재한 거예요. 그때까지 당신은 없었어요. 내 사랑이 당신을 낳고, 내 사랑이 끝날 때 당신의 존재도 끝나는 거지. 그렇게 될 수밖에 없어요. 당신이야말로 내 사랑이니까. 그때까지는 아무것도 아닙니다. 공허함뿐이지. 사랑이란 그런 거예요. 사랑을 시작하기 이전으로 돌아갈 수는 없어요."

게다가 내가 사랑하고 있는 사람은 당신이에요. 내 자신이 탄생시킨 지금의 당신이란 말입니다. 지금 이 차 안에서 안고 있는 당신. 지금 이렇게 입맞추고 있는 당신……. 지금 이렇게……지금.

출생증명서의 이름이 아녜요. 파리의 결혼 허가서에 있는 이름도 아니고. 기차 아래로 팽개쳐져 철로 가까운 어딘가에 묻힌 뼈가 아니란 말예요.

내 사랑의 이름은 내게 있어서는 패트리스예요. 다른 이름은 알지도 못하고 알고 싶지도 않아."

그는 그녀를 끌어당겼다. 이번에는 거칠게 흔들었기 때문에 그녀는 정신이 멍해지는 것을 느꼈다. 그리고 두 사람의 입술이 합쳐졌다. 입맞춤 사이에서 그는 말했다.

"당신은, 패트리스, 이제부터 영원히 패트리스야. 패트리스 이외에 그 누구도 아냐. 내가 그렇게 이름을 붙여 주겠어. 나를 위해 그 이름을 따라 줘요, 언제까지고."

그리고 두 사람은 오랫동안 누워 있었다. 하나가 되어서, 완전한 하나가 되어서. 사랑에 의해서, 피와 힘에 의해 하나가 되어서.

드디어 그녀가 중얼거리듯 말했다. "그럼, 당신은 알고 있었으면서——."

"금방은 아니었어요. 갑자기 깨달은 건 아니었으니까. 인생이라는 것은 그런 식으로 진행되는 게 아니거든. 조금씩 천천히 앞으로 나아가는 거지. 맨 처음 이상하다고 생각한 것은 당신이 오고 나서 1~2주가 지났을 때였을 겁니다. 언제 확실히 그렇게 생각했는지는 모르겠어요. 만년필을 산 날 같긴 하지만."

"그날 내가 꽤나 미웠겠군요."

"당신이 밉게 생각되지는 않았어요. 오히려 내가 미웠지. 그런 비열한 방법을 써서……. (하지만, 도저히 그런 방법을 쓰지 않을 수 없었어요!) 거기서 내가 얻은 것이 뭐라고 생각해요? 공포뿐이었죠. 두려운 것은 당신이 아니고 나 자신이었어요. 당신이 그 일로 인해 안절부절못하는 걸 보고 나는 당신을 잃는 건 아닌가 하고 불안했던 겁니다. 난 내가 당신에 대해 폭로하지 않으리라는 것을 잘 알고 있었죠. 당신을 잃는 것이 걱정되었기 때문에 도저히 그런 짓을 할 수 없었어요. '나는 알고 있어, 모두 알고 있어.' 하고 몇 번이나 말하고 싶었는지 몰라요. 하지만 당신이 달아나 버리고 당신을 잃을까 봐 난 아무 말도 하지 못했던 거예요. 그 비밀이 당신을 덮쳐누른 것이 아니라, 짓눌린 것은 오히려 나였어요."

"그럼, 처음에는? 처음부터 아무 말도 하지 않은 건 무엇 때문이죠? 당신도 처음부터 너그럽게 봐 줄 생각은 없었을 테지요?"

"그래, 맞아요. 내가 처음 느낀 것은 분노였어요, 적의였죠. 아마 당신도 예상하고 있었겠지만. 그러나 분명치 않은 점이 한 가지 있었고, 너무 많은 사람의 생활이 거기에 관련되어 있었어요. 나로서는 그런 위험한 곡예를 어머니 앞에서 할 수는 없었죠. 휴를 잃은 바로 뒤였기 때문에 그런 것은 어머니를 죽이는 것과 마찬가지였으니까. 게다가 의혹의 씨를 뿌리는 것 역시 똑같이 나쁜 결과를 초래하게 되어 어머니의 행복을 파괴해 버린다는 것을 나는 알고 있었죠. 그리고 또 목적은 무엇인지, 어떤 속셈인지 그것도 확인하고 싶었고. 당신을 마음대로 행동하게 놔두자고 생각한 겁니다. 그래서 하고 싶은 대로 하도록 내버려뒀죠. 그런데 전혀 다른 속셈이 없는 것처럼 보였어요. 당신은 역시 당신이었던 겁니다. 날마다 당신을 지켜보는 것이 조금씩 괴로워지더군요. 날마다 당신을 보면서 당신을 생각하고 호의를 갖는 것이 오히려 쉬워졌어요. 드디어 유언장을 고쳐 쓰던

날 밤에——."

"내가 무슨 짓을 하고 있었는지 알고 있었군요? 그런데 말리지도 않고——."

"현실적인 위험은 없었어요. 유언장에는 분명히 패트리스 해저드라는 이름이 적혀 있었으니까. 필요하면 언제든지 파기할 수 있었지요. 아니, 그것보다는 엄밀하게 적용시킬 수 있었다고 하는 편이 나을까? 당신과 패트리스 해저드는 동일 인물이 아니라는 것. 따라서 유언에 나타나 있는 인물이 당신이 아니라는 것을 증명하는 것은 간단하니까. 법률이라는 것은 사랑하고 있는 남자와는 다르기 때문이오. 이름을 중요시하거든. 변호사에게 넌지시 물어 본 적도 있어요. 물론 내 생각을 밖으로 드러내지 않고 말예요. 그리고 변호사의 얘기를 듣고는 안심했지. 그런데 그런 사건도 다른 속셈이 있었기 때문이 아니며, 이렇다 할 동기조차 없다는 것을 알게 됐어요. 즉, 마음속에 있는 것이 돈이 아니라는 것을 깨달은 거죠. 패트리스, 내가 그 얘기를 하려고 마음먹고 당신의 방에 갔었던 날 밤 당신의 얼굴에 나타난 공포와 거짓 없는 혐오는 어떤 뛰어난 여배우로서도, 어떤 예술의 힘으로도 표현할 수 없는 것이었어요. 새파라진 얼굴로 안절부절못하며, 기회만 있으면 당장이라도 집을 나갈 것처럼 주위를 살피더군요. 내가 손을 대보았더니 마치 얼음처럼 차가웠어요. 연기는 끝나고 진심이 드러나기 시작하는 순간이었던 거지.

그것으로 내게는 모든 것이 해결되었어요. 그날 밤 이후로 당신이 정말 원하고 있는 것을, 왜 그런 일을 했는지를 알 수 있었어요. 그것은 평화이고 안전이었지. 일단 진상을 알고 난 뒤로는 그것이 하루에 백 번도 더 당신의 얼굴에 나타나더군요. 몇 번이나 봤는지 몰라요. 아기를 보러 갈 때에 당신이, '내 방으로 올라가겠어요.' 하고 말할 때 '내 방'이라고 하는 그 말투에서나, 창에 드리워진 커튼의 주름을 펴면서 그걸 바라보고 있는 당신의 눈동자에서도 나는 발견할 수 있었어요. '이건 내 거야. 난 이 집 사람이야.' 하고 말하는 소리가 내 귀에 들릴 정도였으니까. 그리고 그런 당신을 볼 때마다 내 마음은 영향을 받았죠. 한층 더 당신을 사랑하게 된 거지. 그리고 모든 것을 정당하게 영원히 당신 것으로 만들어 주고 싶었어요. 누구든 어떤 일로든 어떤 힘도 절대로 당신에게서 그것을 빼앗아 가지 못하도록——."

그가 더욱 목소리를 낮췄기 때문에 그녀로서는 짐작해서 그 말을 들을 뿐이었다.

"내 곁에 두고 싶었소. 아내로서. 그리고 지금도 그렇게 생각하고 있어요. 오늘밤은 지금까지보다 백 배나 더 강해요. 자, 대답해 봐요. 허락해 주겠지?"

그녀의 눈앞에서 그의 얼굴이 물처럼 흔들렸다.

"나를 집에 데려다 줘요, 빌." 하고 그녀는 흐트러진 목소리로 행복한 듯이 말했다. "패트리스를 함께 당신의 집으로 데리고 가주세요, 빌."

제 43 장

그가 차의 브레이크를 걸고 그녀가 고개를 돌리는 순간 그녀의 녹초가 된 감각은 불, 집이 불타고 있다는 무서운 인상을 받았다. 그러나 다시 정신을 차리고 그에게 기대어 잘 살펴보았더니, 그것은 이른 아침 어둠의 장막 속에서 타오르듯이 천천히 밝아오는 불빛이었다. 움직이지도 않고 흔들리지도 않았다. 그 빛은 이층과 일층의 창을 타고 넘어 점차로 약해지면서 잔디밭을 가로질러 뒷길로, 그리고 나서 차도까지 퍼져 나가고 있었다. 그것은 방안에 켜놓은 움직이지 않는 불빛 때문이었다. 무슨 일이 생겨서 방마다 불을 켜놓은 것이다.

그가 팔꿈치로 찌르며 잠자코 손가락으로 가리켰다. 그들이 차를 갖다댄 곳의 바로 앞에 이미 차 한 대가 주차해 있고, 그 뒤쪽의 금속 표찰에는 불길한 '의사용'이라는 글씨가 보였다. 헤드라이트의 윤곽 속에서 위협하듯이 그것만은 똑똑히 떠올라 있는 것이다. 해골과 십자로 엮은 뼈처럼 선명하게. 공포를 불러일으키듯이.

'파커 박사'라는 말이 그녀의 머리를 스쳤다.

그는 문을 열자마자 차에서 뛰어내렸다. 그녀도 곧 뒤따랐다.

"이런 일이 있는 줄도 모르고 우린 여기에서 얘기에 빠져 있었어." 하고 그가 외치는 것이 그녀에게 들렸다.

두 사람은 돌이 깔린 길을 뛰어갔다. 다리가 긴 그에게 뒤떨어지면서도 그녀는 열심히 뒤를 쫓아갔다. 열쇠를 사용할 틈도 없었다. 그가 열쇠를 꺼내어 열쇠 구멍에 넣으려고 하는 순간 열쇠구멍은 손이 닿지 않는 곳으로 당겨지고, 머리색과 거의 비슷할 정도로 얼굴이 잿빛으로 변한, 낡은 꽃무늬 가운을 걸친 채 두려움에 떨고 있는 조시 아주머니의 모습이 나타났다.

두 사람은 환자가 누구인지 묻지 않았다. 물을 필요도 없었던 것이다.

"11시 반부터였어요." 하고 조시는 쓸데없는 것은 생략하고 말했다. "주인님이 밤부터 계속 간호하고 있어요."

두 사람이 들어가자 아주머니는 문을 닫았다.

"전화라도 해주었더라면." 하고 그녀는 책망하듯이 말했다. "어디에 있는지 한마디라도 얘기해 주었더라면." 그리고 나서 패트리스에게보다는 빌을 향해서 말했다. "이제 날이 샜어요. 파티는 틀림없이 즐거웠겠죠? 딱 한마디만 하죠. 지금까지 도련님이 참석한 많은 파티 중에서 이런 심각한 희생을 치른 파티는 없었을 거예요. 아마 앞으로도."

패트리스는 위축되어 속으로 외쳤다. 조시가 말한 대로야. 즐거운 파티가 아니었어. 그래, 그렇고말고——. 아아, 그리고 어쩌면 커다란 희생을 치르게 될지도 몰라.

이층의 복도에서 파커 박사가 두 사람에게 인사했다. 간호사와 함께였다. 의사는 어머니의 방에 있을 것이라고 두 사람은 생각하고 있었던 것이다.

"어머니는 주무시나요?" 하고 패트리스는 의사의 모습을 보고 안심하기보다는 오히려 겁을 먹고 얼른 물었다.

"벌써 30분이나 타이 윈스로프 씨와 둘이서 얘기하고 있소. 어머니가 그렇게 해달라고 했거든. 상태가 조금 나쁜 환자라면 그런 일은 허락하지 않지. 하지만, 더 나쁜 환자라면 허락할 수밖에 없소. 대신에 10분마다 맥박과 호흡을 재고 있소."

"그렇게 나쁜가요?" 하고 그녀는 깜짝 놀라서 작은 소리로 물었다. 공포로 일그러진 빌의 표정을 보며, 그녀는 그렇게 묻고 있는 동안에도 그에 대한 동정을 느꼈다.

"지금 당장 위험한 건 아니오." 하고 파커 의사는 대답했다. "하지만, 한두 시간이 지나면 어떻게 될지 장담할 수 없소." 그리고 나서 두 사람을 정면으로 보며 말했다. "이번에는 심각해요. 지금까지보다 훨씬."

이번에는 목숨을 잃게 된다. 패트리스는 그것을 분명히 깨달았다.

그녀는 비틀거리며 토막토막난 오열이 입에서 새어나왔다. 의사와 빌이 그녀를 병실 옆의 복도에 놓인 의자로 데리고 가서 앉혔다.

"울면 안돼요." 하고 의사는 말했다. 그 태도에는 타인과 같은 점이 있었다.──아마 직업적이기도 하고 인품이기도 하겠지만──"아직 지금 단계에서 그럴 필요는 없어요."

"전 몹시 지쳐 있어요." 하고 그녀는 이렇다 할 의미도 없는 변명을 했다.

의사의 대답에서 그녀는 알아차릴 수 있을 것 같았다. 그러면 좀더 빨리 돌아오는 게 좋지 않았겠느냐 하고.

간호사가 모자를 벗기고 위로하듯이 머리칼을 어루만져 주었다.

"아기는 괜찮은가요?" 하고 그녀는 조금 침착하게 물었다.

거기에 대답한 사람은 조시 아주머니였다. "아기를 제가 알아서 돌보고 있어요." 하고 그녀는 조금 쌀쌀맞게 대답했다. 그때의 패트리스에게는 그다지 호의를 갖고 대할 수 없는 모양이었다.

문이 열리고 안경을 벗으면서 타이 윈스로프가 나왔다.

"아직 돌아오지 않았나?" 그렇게 그는 말을 꺼내다가 두 사람의 모습을 발견하고는 애기를 계속했다. "어머니가 만나고 싶어하시네."

둘 다 함께 일어섰다.

"자네는 아니야." 하고 그는 빌을 향해서 손으로 말리면서 말했다. "패트리스만이야. 아무도 방에 들어오지 말고 패트리스만 보고 싶다고 했네. 벌써 몇 번이나 그 말만 되풀이했는지 몰라."

파커가 몸짓으로 그녀를 일으켜 세웠다. "우선 내가 맥을 짚어 보겠소."

기다리고 있는 동안 빌이 이 일을 어떻게 받아들일지 생각해 보고 그를 바라보았다. 그는 빙긋이 웃고 있었다. "알고 있어요." 하고 그는 중얼거렸다. "어머니는 나한테는 늘

그러시니까. 그게 좋아요. 정말 좋아."

파커가 나왔다.

"오래 걸리면 안돼요." 하고 그는 윈스로프 쪽을 곁눈질하며 못마땅한 얼굴로 말했다. "당신이 끝나면 어머니가 잠시 휴식하는 것을 모두 보러 가기로 하겠소."

그녀는 방으로 들어갔다. 누군가가 뒤에서 문을 닫았다.

"패트리스." 하고 조용한 목소리가 말했다.

그녀는 침대로 다가갔다.

얼굴은 스탠드의 영향으로 조금 그늘져 있었다.

"차양을 조금 열어다오. 나는 아직 관에 들어가 있는 건 아니니까."

패트리스를 올려다보는 시어머니의 눈은 처음 역에서 만났을 때와 똑같았다. 상냥한 눈매였다. 눈 가장자리가 미소짓고 있었다. 신뢰로 가득 찬 눈이었다.

"전 이런 일은 꿈에도——." 그녀는 말했다. "별 생각 없이 먼 곳까지 드라이브했어요——. 너무 좋은 밤이라서."

어머니는 잡아달라는 듯이 가냘픈 두 손을 내밀었다. 패트리스는 무릎을 꿇고 그 손에 입을 맞췄다.

"전 어머니를 사랑하고 있어요. 그것만은 사실이에요. 아아, 그것만은 사실이에요! 꼭 믿어 주세요. 나의 어머니, 당신은 제 어머니예요."

"새삼스럽게 그런 말을 할 필요는 없다. 나는 이미 알고 있으니까. 나도 너를 사랑하고 있다. 그리고 네가 나를 사랑하고 있다는 것도 전부터 알고 있었다. 너는 내 며느리야. 잘 기억해 두어야 한다. 너는 내 며느리라고 내가 말한 것을."

그리고 나서 아주 부드럽게 어머니는 말했다. "너를 인정한다. 너를 내 며느리로 인정한다."

그녀는 패트리스의 손을 위로하듯이 어루만졌다.

"빌과 결혼하거라. 내가 너희 두 사람을 축복해 주마. 여기에 ——." 어머니는 자신의 어깨 근처를 힘겹게 몸짓으로 가리켰다. "베개 밑에. 타이에게 부탁해서 너를 위해 넣어 두게 한 거다."

패트리스는 손을 넣어 봉투를 꺼냈다. 수신인이 없는 봉투를 꺼냈다.

"이걸 잘 간수해야 한다." 하고 시어머니인 해저드 부인은 가장자리를 살며시 손으로 쓸면서 말했다.

"아무에게도 보여 주면 안돼. 너만이 수신인이니까. 열어 보아서도 안돼 ——내가 여기서 없어질 때까지. 만일의 경우를 위해서야. 아주 곤란한 일이 생겼을 때 이것을 생각해 내고 ——열어보거라."

어머니는 깊은 한숨을 쉬었다. 이렇게 짧은 얘기를 하는데도 피곤해서 견딜 수 없다는 표정이었다.

"키스해 다오. 이제 시간도 늦었으니까. 너무 늦었어. 내 몸 전체로 그걸 느낄 수 있어. 어떻게 늦었는지 넌 모르겠지만 말이야. 패트리스, 난 느낌으로 알 수 있단다."

패트리스는 몸을 구부려 어머니의 입술에 자신의 입술을 댔다.

"안녕, 내 며느리." 하고 어머니는 속삭이듯이 말했다.

"푹 쉬세요."

　"안녕." 하고 어머니는 부드럽게 변함없이 집요하게 말했다. 그 얼굴에는 희미하지만 자랑스러운 미소가 떠올라 있었다. 자신은 모든 것을 잘 알고 있다고 말하고 싶은 미소였다.

제 44 장

날이 밝고 나서도 한참 동안 홀로 창가에 서서 잠들 수 없는 밤을 지새웠다. 가만히 앉아서 바라보고 기다리고 희망하고 절망하면서. 별이 사라지고 새벽 빛이 보기 싫은 창백한 얼굴처럼 동쪽에서 조금씩 자신 쪽으로 다가오는 것을 보면서. 그녀는 날이 새지 않기를 바랐다. 왜냐하면 적어도 어둠은 그녀의 슬픔을 외투처럼 감싸 주기 때문이었다. 그러나 차츰 밝아오는 빛 때문에 그 어둠도 없어지고 드디어 조금씩 사라지더니, 결국에는 어둠의 한 조각도 남지 않게 되었다.

푸른 빛을 띤 창에 조각한 상처럼 꼼짝도 하지 않고 서서 유리창에 이마를 대고 있었다. 유리에 닿은 부분이 조금 하얗게 변해 있었다. 눈은 무(無)를 보고 있다. 왜냐하면 창밖에는 무(無)밖에 없기 때문이다.

겨우 사랑을 찾았다고 생각했는데, 그것은 단지 그를 잃기 위한 것이었다. 단지 그에게서 떠나기 위한 것이었다. 왜 나는 내가 그를 사랑하고 있다는 것을 오늘밤 늦게서야 깨달은 것일까? 왜 나는 그것을 알아야만 했을까? 그런대로 모르고 끝낼 수는 없었을까?

날이 새도 간장을 깨무는 듯한 슬픔은 없었다. 주위에 누워 있는 것은 차갑게 무너져 무(無)로 돌아온 재뿐이었다. 천상(天上)의 팔레트에서 묻혀 와 가볍게 칠한 수채화처럼 분홍과 파랑과 노랑으로 색칠하려 해도 그것은 쓸데없는 일이었다. 그것은 죽어 있는 것이었다. 그리고 그녀는 관 옆에 앉아 있는 것이었다.

두번 다시 용서받을 수 없는 과오에도 속죄라든가 사면이 있어서 회개하여 끝날 일이라면 그녀도 이 기나긴, 잠들 수 없는 하룻밤에 의해서 그것을 구할 수 있었을 것이다. 그러나 역시 그런 일은 없는 것이 아닐까?

그녀에게 기회는 상실되고 희망은 말라 버리고, 이미 어떻게 해도 속죄를 할 수 없게 되어 있었다.

그녀는 천천히 뒤를 돌아보았다. 아기가 잠에서 깨어 웃고 있지만, 오늘밤은 아기에게 웃어 줄 미소도 떠오르지 않았다. 웃을 수가 없었다. 지금 그녀의 입가에 그런 것이 떠오른다면 정말 이상한 일일 것이다.

아기를 오래 보고 있을 기분이 아니었기 때문에 그녀는 고개를 돌렸다. 아기들은 엄마를 보고 울지만, 엄마가 아기를 보고 울어서는 안된다.

창밖을 내다보니 평소와 똑같은 잔디에 평소처럼 남자가 수도 호스를 질질 끌면서 나왔다. 호스를 완전히 펴서 그대로 두고, 왔던 곳으로 되돌아가 수도 꼭지를 틀었다. 그가 돌아와서 호스를 집어들기 전에 호스 끝이 놓여 있는 곳의 잔디가 움직이기 시작했다. 호스 끝이 지면에 평평하게 놓여 있었기 때문에 물이 실제로 뿜어져 나오는 것은 보이지 않지만, 잔디가 진주색의 잔물결처럼 옆으로 휘어지는 것을 보고 그 속에서 무엇인가가 움직이고 있다는 것을 알 수 있었다.

드디어 상대는 창가에 기대어 있는 그녀의 모습을 보고, 그전에 그랬던 것처럼 손을 들어 그녀에게 흔들었다. 그것은 그녀이기 때문이 아니라 그쪽의 세계가 순조롭고, 게다가 기분좋은 아침이기 때문에 자신의 기분을 표시하기 위해 누군가에게 손을 흔들고 싶었던 것이리라.

그녀는 창에서 고개를 뺐다. 그 남자의 대수롭지 않은 인사를 피하기 위해서가 아니라 문에서 노크소리가 들렸기 때문이다. 누군가가 문밖에서 노크하고 있다.

그녀는 어색하게 의자에서 일어서서 문을 열었다.

거기에는 초라해 보이는 노인이 조용히 쓸쓸한 모습으로 서 있었다. 힘없이 축 늘어진 채 빌의 아버지가 서 있는 것이었다. 그녀를 며느리로 잘못 생각하고 있는, 인연도 연고도 없는 사람이.

"방금 죽었다." 하고 그는 풀죽어서 말했다. "너의 어머니가 죽었어. 누구한테 가서 얘기하면 좋을지 몰라서——그래서 네 방으로 온 거다." 넋이 빠져 거기 서 있는 것 외에는 아무것도 할 수 없을 것 같은 모습이었다.

그녀도 마찬가지로 꼼짝도 하지 않고 서 있었다. 그녀 역시 그 이외에는 아무것도 할 수 없었던 것이다. 힘이 되어주려고 한다면 그것밖에 방법이 없었다.

제 45 장

시어머니가 돌아가셨을 때 나뭇잎은 말라 있었다. 계절도 마지막을 향해 가고 있었다. 낡은 생명은 죽어 가고 있거나 이미 죽어 버렸다. 그들은 지금 그것을 땅에 묻고 돌아오는 길이다.

'얼마나 이상한 일인가.' 하고 그녀는 생각했다. "새로운 것으로 옮겨가기 전에는 반드시 죽음이라는 것이 찾아온다. 늘 앞서 어떤 종류의 죽음이 찾아온다. 내 경우도 그렇지만."

나뭇잎은 선명한 빛깔로 생명을 끝마쳐 가고 있었다. 영구차가 점잖은 속력으로 전원 풍경 속을 달려서 집으로 향하는 동안, 검은 베일을 통해서 진홍색과 오렌지색, 그리고 노란색과 흔들리는 나무색이 어렴풋이 엷어져 타오르는 듯한 낙조 속에서도 그다지 자극이 강한 색채로 다가오지는 않았다.

그녀는 빌과 아버지 사이에 앉아 있었다.

"이제 난 한 집안의 주부가 된 거야." 하고 그녀는 생각했다. "나는 이 집에 남은 단 한 명의 여자야. 그래서 이렇게 쑥스럽게 두 사람 사이에 앉아 있는 거야."

그리고 자신을 향해서조차 그것을 어떻게 말로 나타내야

좋을지 몰랐지만, 자신이 일원이기도 한 이 나라와 사회는 원래 여성이 각 가정의 중심이고 각 가족의 우두머리인 것을 그녀는 본능적으로 알고 있었던 것이다. 스스로 자진해서 그렇게 된 것이 아니고, 외부에서 그렇게 보이는 것도 아니었다. 가정이라는 것이 실제로 존재하는 벽 안에 한정되어 있다. 그녀는 이제 가장의 지위에 앉은 것이다. 예전에는 열리려고도 하지 않는 문 앞에 우두커니 서 있었던 적이 있는 그 초라한 젊은 여자가.

이 사람이라면 결혼해서 아내가 되어도 좋다. 이 사람이라면 자식으로서 애정을 갖고 시중을 들어 드리고 그 외로움을 위로해 드리고 힘닿는 대로 노쇠함을 지탱해 주고 싶다. 그녀의 마음에는 배반도 없으며 거짓도 없었다. 그런 것은 이미 끝났고 과거의 것이 되었던 것이다.

그녀는 한손으로 시아버지인 해저드 씨의 손을 부드럽게 쥐고 있었다. 그리고 다른 한 손은 빌의 튼튼한 팔에 걸치고 있었다. '당신은 나의 것, 당신은 내 사람이에요.' 라고 하듯이.

차가 멎었다. 빌이 먼저 내려서 그녀가 내리는 걸 도와주었다. 두 사람이 양쪽에서 아버지를 부축해 낯익은 테라스로, 낯익은 현관으로 천천히 모시고 갔다.

빌이 현관의 고리쇠를 두드리자 조시 아주머니 대신에 온 가정부가 새로 온 사람답게 힘차게 문을 열어 주었다. 조시 아주머니는 물론 가족의 일원으로 장례식에 참석하고 다른 차로 지금 돌아오고 있는 중이다.

가정부는 잠자코 공손하게 문을 닫고 일동은 집안으로

들어갔다.

그들의 모습을 먼저 본 것은 패트리스 그녀였다. 그들은 서재에 있었다.

팔을 떠받치듯이 허리에 두른 빌과 시아버지는 앞장서서 열려 있는 문 앞을 모르고 그냥 지나쳐 버렸다. 그녀는 필요한 지시를 하기 위해 뒤에 남아 있었던 것이다.

"말씀대로 하겠습니다, 해저드 부인." 하고 새로온 가정부가 고분고분하게 말했다.

말씀대로 하겠습니다, 해저드 부인. 이 말을 들은 것은 처음이었다. 조시 아주머니는 늘 그녀를 패트 양이라고 불렀다. 그러나 이제부터는 평생 당연히 이렇게 불릴 것이다. 그녀의 마음은 이 말을 혀 위에서 굴리고 맛보고 있었다. 말씀대로 하겠습니다, 해저드 부인. 자유, 안전, 자그마한 흔들림도 없는 생활. 여행의 끝.

그녀는 문 앞을 지나다가 거기서 그들의 모습을 보았다.

그들은 서재에 앉아서 문 쪽으로 고개를 돌리고 있었다. 두 명의 남자. 고개를 드는 그 태도——. 이런 시간에 이런 장소에 이렇게 방문하게 된 것을 미안하게 생각하는 눈치도 아니며, 걱정하는 기색도 엿보이지 않는다. 그녀와 마주친 그들의 표정은, "언제든 좋을 때에." 하고 말하지도 않았다. "우린 여태껏 기다리고 있었어. 바로 들어오겠지." 라고 말하고 있는 것이다.

공포가 기다란 손가락을 펴서 심장을 눌렀다. 그녀는 멈춰섰다. "저분들은 누구죠?" 하고 그녀는 새로 온 가정부에게 소리를 죽여서 물었다. "저 방에서 뭘하고 있는 거예요?"

"아, 참 잊고 있었군요. 저분들은 20분쯤 전에 오셨습니다. 주인 어른을 만나고 싶다고 하셨어요. 그래서 제가 장례식 얘기를 하고 다음에 다시 오시는 것이 낫지 않겠느냐고 말씀드렸습니다. 그런데 무슨 일이 있어도 오늘 꼭 만나야 한다고 하시더군요. 그래서 어쩔 수 없이 기다리도록 했습니다."

그녀는 열린 문 앞을 지났다. "아버님은 지금 다른 사람을 만날 기분이 아네요. 당신이 가서 저분들에게——."

"아뇨, 주인 어른이 아닙니다. 만나고 싶어하는 분은 젊은 주인입니다."

그녀는 그때 모든 것을 깨달았다. 두 사람의 얼굴, 그녀가 입구에 서 있었던 1~2초 동안 흘끗 그녀를 쳐다보는 기분 나쁜 눈매 등이 이미 모든 것을 얘기하고 있었다. 보통 사람은 그런 눈매로 사람을 보지 않는다. 그런 눈매를 지닌 사람들은 대개 법의 대표이다. 법률에 의해서 사람을 조사하고 샅샅이 신원을 들춰 내고 심문하는 권력을 부여받고 있는 사람이다.

공포의 손가락은 이미 차가운 손이 되어 그녀의 심장을 쥐고 비틀고 으스러뜨렸다.

'형사. 벌써 온 건가? 이렇게 빨리, 잔혹스럽고 치명적으로. 일도 있는데 하필이면 오늘 같은 날을 골라서.'

어떤 책인가에 쓰여 있는 얘기는 사실이었다. '경찰은 정확하다'고.

그녀는 몸을 홱 돌려 빌과 시아버지를 따라가려고 급히

계단을 올라갔다. 두 사람은 여전히 바싹 붙어 천천히 힘을 들여 계단을 오르고 있었다.

등뒤로 어수선한 발소리가 들리자 빌은 의심스러운 듯이 돌아보았다. 시아버지인 해저드 씨는 돌아보지 않았다. 시아버지에게 있어서 다른 사람의 발소리는 이미 관심 밖의 일인 것이다. 그가 듣고 싶어하는 단 한 사람의 발소리는 이제 영원히 울리지 않을 것이기 때문이다.

그녀는 시아버지 뒤에서 잠시 빌에게 신호했다. 이것은 둘만의 일이라는 것을 나타내기 위해 손가락을 재빨리 조금 구부린 것이다. 그리고 나서 태연한 목소리를 내려고 애쓰면서 말했다. "빌, 아버님을 방에 모셔다 드린 뒤에 잠깐 만나고 싶은데요. 와주실 수 있죠?"

그가 그녀의 방에 들어섰을 때 그녀는 브랜디를 다 마시고 입술에서 잔을 막 떼려던 참이었다. 그는 이상한 얼굴을 하고 그녀를 보았다.

"무슨 일이오? 거기서 추웠소?"

"예. 하지만, 거기가 아니에요. 집이에요. 방금."

"떨고 있는 것 같은데."

"문을 닫으세요." 그가 문을 닫자 그녀는, "아버님은 잠드셨어요?" 하고 말했다.

"곧바로 잠드셨소. 조시 아주머니가 진정제를 너무 많이 드렸거든."

그녀는 뼈를 산산히 부서뜨리기라도 하려는 듯이 두 손을 세게 꼭 쥐었다. "경찰이 왔어요, 빌. 요전날 밤의 일로. 벌써 왔어요."

되물을 필요는 없었다. 그녀가 '요전날 밤'이라고 말한 의미를 그는 곧 알 수 있었다. 두 사람에게 있어서 요전날 밤이라고 한다면 하나밖에 없다. 이제부터 앞으로도 하나밖에 없을 것이다. 밤이 거듭됨에 따라서 혹시 '그날 밤'이 될지도 모른다. 바뀐다고 한다면 그것뿐이다.

"어떻게 알았지? 상대방이 그렇게 말했나요?"

"말하지 않아도 알 수 있어요." 그녀는 벗길 듯한 기세로 그의 옷소매에 매달렸다. "우린 어떡하면 좋죠?"

"우린 아무것도 하지 않았어요." 하고 그는 의미심장하게 말했다. "내가 해결하겠어요, 무슨 일이든간에."

"누구세요?" 그녀는 몸을 떨며 그에게 몸을 꼭 밀착시켰다. 신경의 긴장 때문에 이빨이 딱딱 소리를 내고 있었다. "누구세요?" 하고 그가 큰소리로 물었다.

"조시입니다." 하는 소리가 문 맞은편에서 들렸다.

"잠깐 떨어져요." 하고 빌은 낮은 목소리로 말하고 나서, "들어와요, 조시 아주머니." 하고 문을 향해 말했다.

조시는 얼굴을 살피며 말했다. "아래층에 계시는 분들 말예요. 해저드 씨를 만나고 싶다는데, 이제 더 이상 기다릴 수 없다고 하는군요."

순간 자그마한 희망이 그녀의 두려운 마음에 침입해 들어왔다. "주인님이 내려오시지 않으면 자신들이 올라오겠다고 해요."

"무슨 용건인지 얘기하던가요?" 하고 그는 조시 아주머니에 물었다.

"두 번이나 물어 보았어요. 그런데 그때마다 같은 말만 하더군요. 해저드 씨를 만나고 싶다고요. 아주 이상한 대답이었어요. 뻔뻔스럽기 짝이 없어요."

"알았어요." 하고 그는 쌀쌀맞게 말했다. "분명히 당신의 전갈은 들었어요."

조시는 문을 닫았다.

그는 목뒤를 어루만지며 잠시 마음이 결정되지 않은 모습으로 서 있었다. 드디어 마지못해 마음을 정한 듯 어깨를 펴고 소맷부리를 홱 끌어내린 뒤 문 쪽으로 고개를 돌렸다. "그럼, 한 가지를 정리해야겠군."

그녀는 달려갔다. "나도 함께 가요."

"안돼." 그는 자신의 팔을 붙잡은 그녀의 손을 잡아 거칠게 뿌리쳤다. "간단히 끝날 거요. 당신은 여기 있어. 그리고 이 문제에 나서면 안돼요. 알았지? 어떤 일이 생겨도 나서면 안돼."

이런 태도로 지금까지 말한 적은 한 번도 없었다. "당신은 날 당신의 남편이 될 사람으로 생각하나?" 하고 그는 물었다.

"네." 하고 그녀는 중얼거리듯이 말했다. "그 얘기라면 벌써 말했잖아요."

"그럼, 이건 명령이오. 처음이자 마지막으로. 이 사건에서 우리는 각각 다른 얘기를 할 수 없어. 얘기라면 하나, 내 얘기뿐이오. 당신은 모르고 있는 얘기요. 따라서 당신이 있어도 도움이 되지 않아. 방해가 될 뿐이야."

그녀는 그의 손을 잡고 하나님의 가호를 빌듯이 입술을 댔다. "그 사람들에게 어떤 얘기를 할 거죠?"

"사실을." 그녀를 바라보는 그의 표정이 조금 이상했다. "어떤 얘기를 할 거라고 생각해요? 거짓말을 할 이유는 없어. 나 혼자 관계되어 있는 한은."

그는 문을 닫고 가버렸다.

제 46 장

두 손으로 난간을 잡고 매달리듯이 내려간다. 한 손씩 앞으로 뻗으면서. 발은 더욱더 살금살금 그 손을 따라간다. 언제나 한 걸음씩 늦춰서. 그의 명령대로 알려고도 하지 않고 들으려고도 하지 않은 채로 이층에 남아 있는 일이 얼마나 불가능한지, 자신에게 그런 것을 기대하는 것이 얼마나 무모한 일인지를 그녀는 깨달았다. 이런 식으로 사건의 밖에 있을 수는 없다. 수동적으로 빌의 말에 따를 수는 없다. 이것은 다른 사람의 일을 캐는 것이 아니다. 이렇게 자신과 밀접한 관계가 있는 일에는 탐색이라는 말은 쓰지 않는다. 알 권리가 있는 것이다.

한손 한손을 차례로 뻗어 난간을 잡고 몸을 웅크린 채 그 손의 뒤에서 기어간다. 앉은뱅이가 계단을 내려가듯이.

4분의 1쯤 내려가자 한 사람 한 사람의 목소리를 구분해서 들을 수 있게 되었다. 반쯤 내려가자 목소리는 말이 되었다. 그녀는 그곳에서 더 이상 내려가지 않았다.

큰 목소리는 아니었다. 호통을 치거나 화를 내거나 하는 소리는 아니었다. 예의바르게 조용히 서로 이야기하고 있었다. 어떤 얘기일까? 그것이 오히려 그녀에게 공포를 일으켰다.

빌이 말한 것을 그들이 되풀이해서 말하고 있었다.

"해리 카터라는 인물은 알고 있었군요, 해저드 씨?"

빌의 목소리는 들리지 않았다. 그 문제라면 한번 긍정한 것으로 충분하다고 생각하고 있는 모양이었다.

"그럼, 당신과 그 카터라는 남자와의 관계를——얘기해 주시겠습니까?"

여기에 대답하는 빌의 목소리에는 조금 빈정거리는 기색이 엿보였다. 그녀는 자신을 향해서 그런 식으로 얘기하는 것을 들은 적이 없었지만, 그의 목소리에 귀에 익지 않은 억양이 있는 것을 확인하고 그것을 빈정거림이라고 생각했다. "당신들은 이미 알고 있겠죠? 그렇지 않았다면 여기까지 올 리가 없으니까. 그런데 그걸 굳이 내 입으로 말해야 합니까?"

"당신의 얘기를 듣고 싶습니다, 해저드 씨."

"좋습니다. 그럼, 말씀드리죠. 카터라는 남자는 사립탐정입니다. 알고 계신 대로 말입니다. 나는 그 남자를 고용했습니다. 이것도 알고 계신 바와 같습니다. 내가 비용을 지불하고 조지슨이라는 남자를 감시하도록 부탁한 겁니다. 이것도 물론 알고 계시겠죠?"

"좋습니다. 거기까지는 우리도 알고 있습니다, 해저드 씨. 그런데 우리도 모르고, 카터 자신도 모르기 때문에 우리에게 얘기해 줄 수 없는 사실이 있습니다. 그것은 조지슨에 대한 당신의 관심은 어떤 내용의 것이었는지, 왜 감시하게 됐느냐 하는 것입니다."

여기서 또 한 명의 형사가 얘기를 이어받았다. "그걸 얘기해 주시겠습니까, 해저드 씨? 왜 그 남자를 감시하도록 했죠? 그런 일을 한 이유는 무엇입니까?"

못박힌 듯이 계단에 서 있는 그녀의 심장이 뒤집히고 납작하게 된 느낌이 들었다.

"오오." 하는 소리가 기분나쁘게 가슴속에서 울려퍼졌다. "드디어 내 이름이 나오게 됐어!"

"우리 집안의 문제입니다." 하고 빌은 확고한 어조로 말했다.

"알았습니다. 얘기해 주시지 않겠다는 거군요."

"그렇게 말하지는 않았습니다."

"하지만, 역시 얘기하고 싶지 않은 거겠죠."

"내 말을 앞질러가고 있군요."

"그건 당신이 아무 말도 해주지 않기 때문입니다."

"당신들이 이 일을 꼭 알아야 할 필요가 있습니까?"

"그렇지 않다면 오지도 않았을 겁니다. 당신이 고용한 카터라는 남자가 조지슨이 죽은 것을 알려 주었습니다."

"알았습니다." 빌이 깊이 숨을 들이마시는 소리가 그녀에게까지 들렸다. 그리고 그녀도 그것과 동시에 깊은 한숨을 내쉬었다. 같은 하나의 공포를 감춘 두 개의 한숨.

"조지슨은 도박사입니다." 하고 빌이 말했다.

"그건 알고 있습니다."

"악당이고 사기꾼이고, 나쁜 짓이라면 뭐든지 하는 인간입니다."

"그건 알고 있습니다."

"이제부터 하는 얘기는 여러분도 모르는 것입니다. 글쎄
요——그리고 나서 4년이나 됐을까——어쨌든 3년은 됐을
겁니다. 제 형인 휴는 다트머스 대학 4학년이었습니다. 그
해 가족과 함께 크리스마스를 보내기 위해 그쪽에서 출발
했습니다. 뉴욕까지는 왔는데, 그 뒤는 모습이 보이지 않는
겁니다. 타야 할 다음날의 기차를 타지 않은 거죠. 그리고
장거리 전화를 걸어서는 귀찮은 일이 생겼다고 하더군요.
뜻하지 않게 감금을 당했다는 겁니다. 전날 밤 그 조지슨이
라는 남자와 그 친구들의——물론 한 패거리들이죠——꾐
에 빠져서 트럼프 도박으로 몇천 달러인지 모르지만 빼앗
기게 됐다는 거였습니다. 그런 돈을 형이 갖고 있을 리가
없기 때문에 형을 감금하고 돈을 내놓으라고 억지를 부린
거죠. 형의 약점을 이용한 겁니다. 대단한 사기 행각이었죠.
형은 그런 불량배와는 다른 착실한 신사들과 교제해 왔기
때문에 어떻게 해야 좋을지 스스로도 몰랐던 겁니다. 녀석
들은 우선 형에게 술을 먹이고 여러 곳을 끌고 다니다가 추
잡한 코러스 걸을 안겨 주고 자신들은 하룻밤 내내 사전 준
비를 했던 겁니다——하지만, 어머니는 환자이고 가문의
명예라는 것도 있기 때문에 경찰에 부탁할 수는 없었습니
다. 대단한 추문이 될 것이 틀림없으니까요——그래서 아
버지가 직접 뉴욕으로 가서(나도 당연히 함께 갔는데) 사건
을 원만히 해결해 주었던 겁니다. 반액 정도로 얘기를 매듭
지었죠. 그리고 억지로 형에게 쓰도록 한 차용증서를 되찾
고 형을 집으로 데리고 돌아왔습니다.

대강 이런 얘기입니다. 별로 희한한 얘기는 아니죠. 어디

서도 흔히 있는 일입니다. 그러나 당연한 일이면서도 내게
는 그 조지슨이라는 남자가 그렇게 금방 잊혀지지 않았습
니다. 그래서 그 녀석이 몇 주일 전 콜필드에 나타나 여러
곳을 기웃거리고 있는 것을 알았을 때, 그것이 단순한 우연
의 일치인지는 모르겠지만 방심해서는 안될 것이라고 생각
했습니다. 그래서 뉴욕의 사립탐정 사무실에 부탁해서 카터
를 파견해 달라고 하고 조지슨이 무슨 일을 꾸미고 있는지
알아봐 달라고 한 겁니다.

　얘기는 이것뿐입니다. 이것으로 당신들의 질문에 대한 대
답이 되겠습니까? 만족하십니까?"

　형사들은 만족한다고 말하지 않았다. 그녀는 그것을 깨달
았다. 가만히 귀를 기울이고 있었지만, 그들은 만족한다고
는 말하지 않았다.

　"조지슨은 당신이나 당신의 가족에게 어떤 방법으로든지
접근하려고 하진 않았습니까? 귀찮게 따라다니진 않았습니
까?"

　"가까이 접근하지는 않았습니다."

　('그것은 거짓말이 아니야.' 하고 그녀는 생각했다. 늘 자
신이 갔으니까.)

　"그 사람이 그런 짓을 했다면 당신들의 귀에도 들어갔겠
죠." 하고 빌이 분명히 말했다. "당신들이 물으러 오기를 기
다리지 않았을 겁니다. 내 쪽에서 당신들을 찾아갔을 테니
까요."

　순간 전혀 파국적인 낌새도 없는 상황에서 지극히 부자
연스러운 일이 일어났다. 형사 중 한 사람이 이렇게 말하는

것이 갑자기 그녀의 귀에 들렸던 것이다. "모자를 갖고 오시겠습니까, 해저드 씨?"

"모자는 현관에 걸려 있습니다." 하고 그는 침착하게 말했다. "가는 길에 갖고 가죠."

모두가 나온다. 어둠 속에서 유령으로부터 도망치는 소녀처럼 어린애 같은 울음소리를 내면서 그녀는 계단을 뛰어 올라와 자신의 방으로 돌아왔다.

"이런 일이——! 이런 일이——! 이런 일이——!" 그녀는 같은 말을 미치광이처럼 되풀이하고 있었다.

빌을 체포하려 한다. 죄를 뒤집어 씌우려 하고 있다. 경찰서로 데리고 가려 하고 있다.

제 47 장

어수선한 마음으로 그녀는 화장대 앞에 몸을 던졌다. 마치 술주정뱅이처럼 머리가 흔들흔들거렸다. 머리칼이 흐트러져 한쪽 눈을 덮었다.

"이런 일이——! 이런 일이——!" 하고 그녀는 계속해서 그 말만 되풀이했다. "설마 이런 일이——전혀 터무니없는 소리야——."

경찰에서는 빌을 돌려보내 주지 않겠지——. 두번 다시 돌아오지 못할 것이 틀림없다——. 빌은 돌아오지 못할 것이다——. 내게로 돌아오지 못할 것이다——.

"오오, 하나님, 도와주세요!"

그 순간 옛날 이야기 속에서처럼 모든 일이 순조롭게 해결되고 선은 선, 악은 악, 그리고 마법의 주문 덕택에 언제나 행복하게 끝나는 옛날 이야기 속에서처럼 거기에——그녀의 눈 밑에——.

거기에 단정히 사람을 기다리는 듯한 얼굴로 누워 있다. 빨리 꺼내 달라고 말하지 않을 뿐. 봉을 한 하얗고 기다란 봉투가. 죽은 사람이 준 편지가.

그 속에 감춰진 목소리가 종이를 통해서 희미하게, 저 멀리에서부터 그녀를 향해 속삭이는 느낌이 들었다. "아주 곤란한 일이 생겼을 때, 그리고 내가 이미 이 세상에 없을 때에 이것을 열어보거라. 정말로 어려운 일을 당했을 때, 그리고 너 혼자만 있을 때……. 안녕, 내 며느리. 내 며느리, 안녕……."

'도널드 세지윅 해저드의 아내인 나 그레이스 파멘티어 해저드는 죽음의 병상에 누워 내 서명을 확인하고 필요하다면 법적으로 구성된 관리들 앞에 증인으로 서게 될 나의 변호사이자 내 생전의 상담자인 타일러스 윈스로프의 입회하에 나의 완전한 자유 의지에 의해 다음의 진술을 하고, 이것이 진실인 것을 단언하는 바이다.

즉, 9월 24일 저녁 대략 10시 반쯤 나의 헌신적인 친구이자 가정부인 조세핀 워커 및 손자와 함께 집에 있을 때 나는 이웃 주(州)의 헤이스팅스에서 걸려온 장거리 전화를 받았다. 전화의 주인공은 사립탐정으로서, 나의 가족 및 나에 의해 고용된 해리 카터라는 인물이었다. 그의 보고에 의하면 몇 분 전, 죽은 내 아들인 휴의 아내이며 나의 사랑하는 며느리인 패트리스가 스티븐 조지슨이라고 하는 남자에 의해 그녀의 의지와는 상관없이 헤이스팅스로 끌려가서 협박에 의해 결혼식을 올리게 되었다고 했다. 그리고 카터가 전화를 걸고 있는 동안에 두 사람은 함께 콜필드로 돌아오기 위해 출발했다는 것이었다.

이 보고를 받고 카터에게서 앞서 말한 스티븐 조지슨이라는 인물의 주소를 알아낸 뒤 나는 옷을 갈아입고 조세핀 워커를 불러서, 지금 외출하려고 하는데 그렇게 오래 걸리지는 않을 것이라고 전했다. 그녀는 나의 외출을 막으려 했고, 또 그 목적과 장소를 알려 달라고 했지만 나는 그것을 거절했다. 그리고 내가 돌아오면 바로 집에 들어올 수 있도록 현관문 가까이서 기다리라고 해놓고 그날 저녁이나, 또는 그 이후 어떤 때라도 그 시각에 내가 집을 나간 것을 절대로 입 밖에 내지 못하게 명령했다. 나는 성경에 손을 얹고 맹세를 시켰는데, 그녀의 신앙심과 젊었을 때의 교육을 잘 알고 있었으므로 어떠한 일이 일어나더라도 나중에 다른 사람에게 발설하지 않을 것을 믿었다.

나는 외출하기에 앞서 우리 집 서재에 있던 권총을 꺼냈다. 그리고 총알을 장진했다. 또한, 가능한 한 다른 사람들의 눈에 띄지 않도록 장남이 죽었을 때 착용했던 두꺼운 베일을 걸쳤다.

나는 혼자 현관을 걸어나온 뒤 처음 본 택시를 탔다. 그리고 스티븐 조지슨이 사는 곳으로 가서 그를 찾았다. 내가 그곳에 갔을 때는 아직 돌아오지 않았기 때문에 나는 그의 집 입구에서 조금 멀지 않은 곳에 택시를 세우고 그 안에서 기다렸는데, 드디어 그가 돌아와서 집으로 들어가는 모습을 확인했다. 그가 들어가자마자 나는 곧바로 그 뒤를 쫓아가 그에 의해 방으로 안내되었다. 내가 얼굴을 보여주기 위해 베일을 올리자 예전에 만난 적이 없음에도 불구하고 그는 내가 누구인지를 알고 있는 듯했다.

나는 이미 보고받은 대로 그가 죽은 내 장남의 아내와 강제로 결혼을 한 것이 사실인지를 물었다.

그는 그 자리에서 그것을 인정하고 장소와 시간을 말해 주었다.

우리 두 사람 사이에서 나눈 대화는 그것뿐이었다. 그 이상의 얘기는 나누지 않았다. 얘기를 나눌 필요를 느끼지 못했다.

나는 그 자리에서 권총을 꺼내어 정확히 겨누고 눈앞에 서 있는 그를 향해서 쏘았다.

내가 쏜 것은 한 발뿐이었다. 만일 필요하다면 나는 그를 죽이기 위해서 몇 발이라도 쏘았을 것이다. 그를 죽이는 것이 나의 유일한 목적이었기 때문이다. 그가 몸을 움직이는지 기다렸다가 꼼짝도 하지 않고 넘어진 채로 누워 있는 것을 보고 비로소 나는 더 이상 쏘지 않고 그 방을 나왔다.

나는 올 때와 마찬가지로 택시를 타고 집으로 돌아왔다. 그런데 얼마 지나지 않아 나는 흥분과 긴장 때문에 병세가 심해졌다. 그리고 지금 내게 죽음이 임박했다는 것을 깨닫고, 내가 한 일을 완전히 인식하고 죽기 전에 이 진술을 쓴다. 잘못해서 다른 사람이 죄를 뒤집어쓸 경우, 이것을 적법하게 구성된 사람들 앞에 제출하고 사건의 처리를 부탁하기 위해서이다. 단, 이것은 그 같은 경우에만 한하고 다른 경우에는 이것을 허락치 않는다.

(서명) 그레이스 파멘티어 해저드

(입회인 및 증인) 변호사 타일러스 윈스로프'

그녀는 아래층의 현관까지 이 서류를 들고 달려갔지만 이미 늦었다. 비틀거리며 거기 도착해서 당황한 마음으로 문에 매달렸을 때는 현관에 사람의 그림자는 없었다. 형사들은 떠나고 빌도 그들과 함께 가버린 뒤였다.

그녀는 현관에 가만히 서 있었다. 텅 빈 현관에, 공허한 마음을 안고서.

제 48 장

그리고 드디어 마침내 그가 돌아왔다.

그의 모습이 너무나도 현실적이었기 때문에, 이상한 말이긴 하지만 너무나도 사진처럼 현실적이었기 때문에 그녀는 자신의 눈으로 그를 보고 있다는 사실이 믿을 수 없을 정도였다. 외투의 오늬 무늬의 올조차도 특별히 그녀의 검열을 기다리기 위해 확대경이라도 댄 것처럼 똑똑히 보였다. 초췌한 얼굴, 마구 자라난 수염의 희미한 그늘 등, 그의 모든 것이 예전의 그보다도 훨씬 친근하게 느껴지는 것이었다. 아마 정신 집중의 반대 과정에 의한 피로의 결과일 것이다. 아니면, 긴장한 채로 너무 오래 그를 보고 있었기 때문에 동공이 넓어져서 이상하게 똑똑히 보이는 것일지도 모른다.

아무튼 거기에 그가 있다.

그는 길에서 구부러져 집 쪽으로 걸어 들어왔다. 한 걸음 더 나아가 그의 눈은 창을 올려다보며 이층에 있는 그녀의 모습을 찾았다.

"빌!" 하고 그녀는 유리창 너머로 말하고, 그 소리 없는 말을 대신해서 축복이라도 내리려는 듯이 두 손을 평평하게 창의 유리에 댔다.

"패트리스!" 하고 그도 아래에서 말했다. 그 목소리는 들리지 않고 입술이 움직이는 것조차 보이지 않았지만, 그가 그렇게 말하는 것을 알 수 있었다. 그녀의 이름. 단지 그것뿐이었지만 그것으로 충분했다.

갑자기 불에 덴 듯한 세찬 기세로 그녀는 방을 뛰어나갔다. 열린 커튼이 원래의 자리로 돌아가고, 열린 문이 다시 닫혔다고 생각하자 그녀의 모습은 벌써 거기에 없었다. 아기가 의심스러운 듯이 천천히 고개를 돌리고 그 뒤를 쫓아왔지만 날아가는 그녀의 모습을 잡을 수는 없었다.

계단의 구부러진 곳까지 오자, 그녀는 걸음을 멈추고 더이상 움직일 수 없게 되기라도 한 듯이 그대로 그를 기다렸다. 자신에게로 다가오는 그를 가만히 기다리고 있는 것이었다.

그는 평소에 외출했다 돌아왔을 때처럼 모자를 벗고 그녀가 서 있는 곳으로 올라왔다. 그리고 그녀는 그녀의 머리가 혼자 있는 것이 싫증이 난 듯이 그의 어깨에 기대어 그대로 가만히 움직이지 않는다.

처음에 두 사람은 아무 말도 하지 않았다. 얼굴을 바싹 대고 몸을 기대어 서 있을 뿐이었다. 꼭 해야 할 말은 없었다. 아니면——두 사람이 함께 있는 것만으로 충분했을지도 모른다.

"돌아왔어요, 패트리스." 마침내 그가 말한 것은 이것뿐이었다.

그녀는 조금 몸을 떨며 더욱 바싹 달라붙었다. "빌, 앞으로 경찰은 어떻게——?"

"아무것도 아니었소. 모두 끝난 거요. 이제 해결됐었소. 적어도 나에 관한 한은. 시체를 확인하기 위해서 간 것뿐이니까. 함께 가서 그 남자의 시체를 확인했어. 그것뿐이었소."

"빌, 난 이걸 뜯었어요. 어머니가——."

그녀는 봉투를 건네주었다. 그는 그것을 읽었다.

"다른 사람에게 보여 주었소?"

"아뇨."

"보여 주면 안돼." 그는 그것을 한번 죽 찢어 주머니 속에 집어넣었다.

"하지만, 만일——?"

"필요없어. 그 남자의 도박꾼들이 지금쯤 이미 지명 수배됐을 거요. 경찰의 애기로는 그날 밤 그 일이 있기 전에 그 방에서 대규모의 트럼프 도박판이 벌어졌다는 증거를 발견했다고 하더군."

"내가 봤을 때는 그런 흔적은 없었어요."

그는 의미 있는 시선을 그녀에게 던졌다. "경찰에서 찾아냈어요. 그 방에 가서."

그녀는 눈을 크게 뜨고 잠시 그를 보았다.

"경찰은 그것으로 만족하고 있어요. 그러면 우리도 그렇게 해야 하지 않겠소, 패트리스?" 그는 힘없이 한숨을 쉬었다. "난 녹초가 됐어. 일주일 내내 서 있었던 것 같은 기분이야. 언제까지고 자고 싶어."

"언제까지나는 싫어요, 빌. 언제까지나는. 하긴, 어차피 난 기다려야 하지만. 그렇지만 너무 오래 기다려서——."

그의 입술이 그녀의 얼굴을 덮쳤다. 그는 정신없이 그녀에게 키스했다.

"내 방문까지 함께 가 줘요, 패트리스. 방에 들어가기 전에 아기를 보고 싶으니까."

그는 힘없이 그녀의 허리에 팔을 둘렀다.

"이제부터는 우리 아기가 될 테니까 말이오." 하고 그는 부드럽게 말했다.

제 49 장

'윌리엄 해저드 씨와 고 휴 해저드 씨의 미망인 패트리스 해저드 부인과의 결혼식이 어제 우리 시의 세인트 바솔로뮤 감리교회에서 프랜시스 올굿 목사에 의해 조용히 행해졌다. 참석자는 없었다. 결혼식이 끝나고 해저드 부부는 곧바로 캐나디언 로키로 신혼여행을 떠났다'──콜필드 조석간 신문.

제 50 장

유언장의 발표가 끝나자——그것은 1개월쯤 뒤 그들이 신혼여행에서 돌아온 다음 월요일의 일이었다——윈스로프는 사람들이 방에서 나간 뒤 두 사람만 잠시 남도록 했다. 그는 다른 입회인이 나가자 문을 닫았다. 그리고 벽쪽으로 가서 금고를 열고 한 통의 편지를 꺼냈다. 그리고 책상 앞에 앉았다.

"빌, 그리고 패트리스. 이건 당신들 두 사람이 수신인이오."

그들은 어리둥절해서 서로 마주보았다.

"유산은 아니오. 따라서 당신들 두 사람 이외에는 관계없는 것이지. 말할 필요도 없는 일이라고 생각하지만, 어머님이 주신 것이오. 돌아가시기 한 시간 전에 운명하시는 자리에서 구술한 것이라오."

"하지만, 이미——." 하고 빌이 말했다.

윈스로프는 손을 들고 가로막았다. "유언장은 두 통이었소. 이건 두 번째 것이지. 두 통 다 그날 밤, 아니 아침 일찍이라고 하는 편이 낫겠지——오랜 시간에 걸쳐서 내가 받아적은 것이오. 첫번째 것은 그날 밤 어머니가 당신에게 직

접 건네주었소. 그리고 이것은 내게 맡기셨지. 오늘까지 내
게 보관하라고 했기 때문에 그렇게 한 것이오. 나에 대한
지시는 다음과 같소. 이것은 당신들 두 사람이 공동 수신인
이오. 한 사람이 없을 때 한 사람에게만 건네줘서는 안돼요.
건네받은 뒤 한 사람이 없을 때 한 사람만이 개봉해서도 안
되고. 그리고 마지막으로 이것은 당신들이 결혼한 경우에만
건네주도록 했소. 만일 어머니가 바라시던 대로——어머니
가 바라시는 것이 무엇인지 당신들도 알고 있겠지——당신
들이 결혼하지 않았다면 이것은 개봉하지 않은 채 내 손에
의해서 없애버리도록 되어 있었던 것이오. 요컨대 이것은
당신들 둘 중 어느 한쪽이 수신인이 아니오. 결혼에 의해서
묶여진 두 사람에게 주는 어머니의 마지막 선물이지.

단, 당신들이 읽고 싶지 않으면 반드시 읽을 필요는 없소.
개봉하지 않은 채 없애버려도 상관없소. 하지만, 뭐가 적혀
있든지 그것은 입 밖에 내지 않기로 맹세해야 하오. 당연히
난 알고 있지만 말이오. 침대 옆에서 어머니의 말을 받아적
고 변호사로서 입회해 어머니의 서명을 확인했기 때문이지.
따라서 읽든 읽지 않든, 그것은 당신들 스스로 결정해야 하
오. 그리고 읽기로 했다면 읽고 난 뒤 역시 없애버려야 해
요."

그는 잠시 말을 끊었다.

"어때, 받을 거요, 아니면 내 손으로 없애버리는 편이 낫
겠소?"

"받겠어요, 물론." 하고 패트리스가 속삭이듯이 말했다.

"받겠습니다." 하고 빌도 말했다.

윈스로프는 봉투를 세로로 해서 두 사람 쪽으로 내밀었다. "당신은 이쪽 끝을 잡고, 당신은 이쪽을." 그가 자신의 손을 뺐기 때문에 봉투는 두 사람의 손에 남았다.

"어머니는 이것에 의해서 당신들이 한층 더 행복해지기를 바라고 계셨는데, 나도 그렇게 됐으면 좋겠다고 생각하오. 그래서 어머니가 이 편지를 남긴 것이오. 이것을 건네줄 때 당신들에게 축복해 주라고 어머니에게 부탁받았소. 자, 당신들에게 하나님의 축복이 내리기를. 이것으로 내 의무는 끝났소."

그날 밤 두 사람은 자신들의 방에 둘만이 남게 될 때까지 몇 시간을 기다렸다. 드디어 그는 실내복으로 갈아입고 그녀가 잠옷 위에 신부들이 흔히 입는 실크 가운을 걸쳐 입는 것을 보고는 봉투를 윗도리 주머니에서 꺼내며 말했다.

"어때, 읽을까? 당신은 어떻게 생각해?"

"잘 모르겠어요. 하지만, 어머니의 편지잖아요. 읽고 싶어요. 그래서 난 시간이 지나기를 손꼽아 기다리고 있었어요."

"당신이 읽고 싶어할 줄 알았지. 이쪽으로 와서 함께 읽읍시다."

그는 안락의자에 앉아 한쪽 어깨너머로 스탠드의 갓을 바로잡았다. 그녀는 팔걸이 의자에 앉아 그의 어깨에 손을 얹었다.

그의 손가락 밑에서 풀로 붙인 부분이 얇게 찢어지고 봉투가 열렸다.

얼굴을 맞댄 채로 잠자코 눈도 떼지 않고 두 사람은 읽었다.

'나의 사랑하는 아이들아,

이것이 너희들의 손에 닿을 때는 이미 너희들은 결혼했겠지.(왜냐하면 결혼하지 않았다면 받지 못했을 테니까. 이 일에 대해서는 윈스로프 씨가 얘기해 주었겠지만.) 너희들은 행복하겠지. 아무쪼록 그 행복은 내가 준 것이기를 바란다. 그리고 또 좀더 행복을 주고 싶다. 그리고 너희들의 남아도는 행복을 조금만 내게 떼어 주기를 바란다. 비록 내가 이미 너희들과 함께 없더라도. 너희들이 나를 생각할 때마다 사소한 그림자라도 너희들의 마음을 스치게 하고 싶지는 않다. 나를 나쁘게 기억하게 되는 것은 참을 수 없다.

물론 그것은 내가 한 짓이 아니었다. 그 남자의 목숨을 빼앗은 것은 내가 아니다. 아마 너희들도 이미 짐작하고 있을 것이라고 생각한다. 나를 잘 알고 있는 너희들로서는 내가 그런 짓을 할 수 있는 사람이 아니라는 것을 분명히 알고 있겠지.

그 남자가 패트리스의 행복을 위태롭게 하려고 무슨 계획을 꾸미고 있다는 것은 나도 알고 있었다. 그래서 우리는 카터 씨에게 조사를 시켰던 것이다. 하지만, 나는 실제로 그 남자를 감시할 수는 없었다. 만난 적도 없었고.

어젯밤 나는 집안에 혼자 있었다.(윈스로프 씨에게 이것을 적어 달라고 한 시각에서 보면 역시 어젯밤인 셈이지. 너희들이 이걸 읽을 때는 훨씬 전의 일이겠지만.) 나와 함께가 아니면 외출한 적이 없는 아버지마저 회사의 중요한 회의로 외출하게 되었다. 아버지가 있으면 그만큼 빨리 파업이 해결된다는 것을 알고 있기 때문에 마음내켜 하지 않는 아버지에게 내가 간곡히 부탁을 한 것이다. 그래서 결국 조시와 아기와 나 이렇게 셋만 남게 되었다.

10시 반쯤 카터 씨에게서 전화가 걸려왔는데, 나쁜 소식이 있다고 하더구나. 즉, 헤이스팅스에서 둘이서 결혼식을 올렸다는 거였다. 내가 전화를 받은 곳은 아래층이었다. 그 얘기에 충격을 받아 나는 발작을 일으키고 말았지. 조시를 놀라게 하지 않고 혼자서 이층의 내 방으로 올라가려고 했다. 하지만, 계단을 거의 다 올라오자 완전히 힘이 빠져 더 이상 움직일 수 없게 되었다. 그래서 나는 그 자리에 가만히 누워 있었다.

그런 식으로 어쩔 수 없이 누워 있는데 현관문이 열리는 소리가 들리고 아래층에서 빌의 발소리가 나더구나. 나는 빌의 주의를 끌려고 했지만, 큰소리가 나오지도 않았고, 또 그 소리는 전달되지도 않았다. 빌이 서재로 들어가 잠시 거기 있다가 이윽고 다시 나오는 소리가 들렸다. 나중에 생각난 일이지만, 빌이 문 앞에 서 있을 때 손 안에서 무엇인가 찰칵 하는 소리가 났었다. 빌은 담배 라이터는 사용하지 않는 것으로 알고 있었는데. 그리고 나서 빌은 집을 나갔다.

잠시 지나서 조시가 나타나 거기 있는 나를 발견하고 침대로 데리고 갔다. 그리고 의사를 기다리고 있는 동안 조시를 서재로 보내어 그 권총이 아직 있는지 살펴보라고 했다. 왜 내가 그런 일을 시키는지 조시는 모르는 눈치였지만 사정은 얘기하지 않았다. 하지만, 조시가 돌아와서 권총이 없어졌다는 사실을 알렸을 때 만일의 경우를 생각하고 나는 걱정을 했다.

내게 죽음이 가까웠다는 것을 그때는 알고 있었다. 누구라도 알 수 있는 일이지. 그리고 나서 오랫동안 침대에 누워 있는 내게는 생각할 시간이 있었다. 분명히 생각할 수가 있었다. 나의 빌에게도, 또 나의 패트리스에게도 내가 힘이 되어 주어야 할 때가 온 것이다. 그 방법을 나는 알고 있었다. 비록 살아서 그것을 줄 수 없더라도. 어떻게 해서든 최대한으로 힘이 되어 주어야겠다고 생각했다. 나는 너희들이 행복해지기를 바란다. 또 다른 누구보다도 내 귀여운 손자에게 안전을, 아무런 방해물이 없는 인생의 출발을 주고 싶었다. 너희들에게 이런 것을 주는 방법을 나는 알고 있었다.

그래서 파커 박사의 허락을 받자마자 타이 윈스로프를 침대 옆으로 불렀다. 그리고 남몰래 진술을 받아적어 달라고 했다. 그것은 너희들이 이미 읽은 것이다.

너희들이 그것을 사용할 필요가 없기를 바란다. 현재도, 그리고 앞으로도.

하지만, 이것은 그 진술의 취소이다. 이것은 너희들 두 사람만을 수신인으로 한 진실이다. 사람이 자신이 사랑하는 사람에게는 진실을 말하거나 맹세하거나 증명해 보일 필요가 없다. 나에게는 죄가 없다. 이것이 너희들에게 주는 나의 결혼 선물이다. 지금도 행복하지만, 그것을 더욱더 완전하게 하기 위해.

다 읽었으면 이것을 태워 버리거라. 죽음이 가까워 온 여자의 마지막 부탁이다. 너희 두 사람을 축복한다.

　　　　　　　　　너희들의 사랑하는 어머니로부터'

성냥이 희미한 소리를 냈다. 검은 줄기가 종이를 기어오르고, 불꽃도 보이지 않는 사이에 하나가 되어 휙 올라왔다고 생각하자 소리도 없이 확 퍼져 갑자기 노란 불꽃이 주위를 비췄다.

이 노란 불빛 속에서 편지가 타오르고 있는 동안 두 사람은 서로 얼굴을 마주보았다. 지금까지 느낀 적이 없는 이상한 새로운 공포를 느끼며 세계가 무너져 내리고, 자신들이 서 있는 땅이 꺼져 버린 듯이.

"어머니가 아니었어." 하고 그는 애써 두려움을 감춘 목소리로 말했다.

"어머니가 아니었어요." 하고 그녀도 오싹해서 속삭였다.

"그럼——?"

"그럼——?"

그리고 두 사람의 눈이 대답했다. "당신이야. 당신이에요."

콜필드의 여름밤은 정말 기분이 좋다. 재스민과 클로버의 향기가 난다. 별빛도 부드럽게 내 머리 바로 위에서 빛나고 있다. 산들거리는 바람은 아기의 입맞춤처럼 부드럽다. 우거진 나무들의 마음을 온화하게 해주는 속삭임, 잔디밭에 흐르는 불빛, 완전한 평화와 평온한 정적.

하지만, 우리는 그렇지 않았다.

콜필드의 우리 집은 더할 나위 없이 살기 좋다. 늘 물을 뿌려 촉촉한 푸른 잔디. 햇빛을 받아 눈부실 정도로 하얗게 빛나는 포치의 기둥. 곡선을 그리며 우아하게 좌우 대칭을 이루고 있는 난간. 호사스럽고 고풍스러운 바닥의 윤기. 푸른 풀을 밟는 듯한 감촉의 두터운 양탄자. 어느 방에도 오랜 친구처럼 편한 의자가 있다. 오는 사람마다 말한다. "더 이상 바랄 게 없잖아. 이런 곳이야말로 가정이야."

하지만, 우리는 그렇지 않았다.

나는 그를 진심으로 사랑하고 있다. 지금까지 그런 적이 없을 만큼 격렬하고 강하게 사랑하고 있는 것이다. 그리고 그도 나를 사랑하고 있다. 그러면서 올해일지도, 내년일지도 모르는, 어쨌든 언젠가 장래 갑자기 그가 짐을 꾸려 나를 남기고 이 집에서 나가리라는 것을 분명히 알고 있다. 비록 나를 사랑하고, 나간 뒤에도 계속 사랑한다 하더라도.

만일 그가 집을 나가지 않으면 내가 나가겠지. 나는 슈트케이스를 들고 현관을 나와 두번 다시 돌아오지 않을 것이다. 내 마음을 뒤에 남겨두고, 내 아기를 뒤에 남겨두고, 내 목숨을 남겨두고 떠나는 것이지만 역시 나는 다시는 돌아오지 않을 것이다.

그것은 정해져 있는 것이다. 확실하게 정해지지 않은 것은 우리 둘 중 어느쪽이 먼저 그렇게 하느냐 하는 것뿐이다.

우리는 이 일과 싸워 왔다. 생각나는 모든 방법으로. 남겨진 모든 방법으로. 방법이 없다. 어쩔 수 없다. 도망갈 길은 없다. 우리는 올가미에 걸려 꼼짝도 할 수 없는 것이다. 왜냐하면, 만일 그가 범인이 아니라고 한다면 나일 수밖에 없기 때문이다. 그리고 만일 내가 범인이 아니라고 한다면 그일 수밖에 없는 것이다. 하지만, 내가 범인이 아니라는 것을 나는 알고 있다.(게다가 그도 자신이 범인이 아니라는 것을 알고 있을지도 모른다.) 우리로서는 뚫고 나갈 수 없다. 도망갈 길은 없는 것이다.

그것은 우리가 나누는 입맞춤 속에도 숨어 있다. 우리는 입술과 입술 사이에서 그것을 느끼는 것이다. 그것은 어디에도 따라온다. 어떤 때에도 따라온다. 그것은 우리 자신인 것이다.

어떤 게임인지 나는 모른다. 어떤 식으로 하는 것인지 방법도 모른다. 다른 사람은 가르쳐 주지 않는 것이다. 단지 내가 알고 있는 것은 그 게임 도중 어딘가에서 잘못된 것이 틀림없다는 사실뿐이다. 이 게임에서 이겼다면 어떤 상품을 받게 되었을지 나는 모른다. 알고 있는 것은 우리가 그 상품을 받지 못했다는 것뿐.

우리는 졌다. 나로서는 그것밖에 모른다. 우리는 패배했다. 그리고 지금은 이미 게임이 끝난 것이다.　　　〈끝〉

작가와 작품에 대해서

이 작품의 작가 윌리엄 아이리시(William Irish)의 본명은 코넬 조지 호플리─울리치(Cornell George Hopley-Woolrich, 1903~1968)이다.

그가 추리작가로서 명성을 얻게 된 작품은 코넬 울리치(Cornell Woolrich) 명의로 쓴 처녀 추리장편「검은 옷의 신부」(The Bride Wore Black, 1940)이다. 그런데「환상의 여인」의 필명을 윌리엄 아이리시로 바꾸게 된 것은 출판사의 사정 때문이었다고 한다.

그리고 또 그의 공포추리의 걸작「밤은 천 개의 눈을 가지고 있다」(Night Has a Thousand Eyes, 1945)는 그의 중간 이름을 딴 조지 호플리(George Hopley) 명의로 썼다.

이렇게 호플리 울리치는 세 개의 필명으로 16편의 추리장편을 썼다.

이러한 작품들은 모두 하나의 공통점을 가지고 있다. 그것은 그 작품이 어떤 줄거리이건, 또 어떤 인물이 등장하건 간에 거기에 관계없이 그 이야기 속에 독특하면서도 확실하게 드러나지 않는 암울한 분위기가 흐르고 있다는 것이다. 무슨 일이 일어나고 있는지, 심지어 무슨 일이 일어났는지조차 알 수 없는 묘한 두려움과 공포를 느끼게 된다.

이러한 아이리시만의 독특한 분위기와 함께 그의 작품에는 몇 가지 특징이 있다.

첫째, 이야기의 줄거리가 다른 작품에 비해 재미있다는 것이다. 즉, 마지막까지 독자를 조마조마하게 하고 손에 땀을 쥐게 하는 서스펜스 기법을 잘 쓴다.

둘째, 대개 추리작가는 묘사에 서툴다는 말을 듣게 되는데, 아이리시는 예외이다. 그는 풍속 묘사──더욱이 여성의 모습이나 심리를 잘 그려낸다. 그의 소설에는 일종의 독특한 애수가 흐르고 있어서 본래의 추리소설이 주는 흥미로움 이외에도 독자의 마음을 강하게 끌어당긴다는 것이다.

셋째, 그의 작품에는 특별히 훌륭한 사람이라든가 명탐정이 활약하지 않는다. 우리 주위에서 흔히 볼 수 있는 평범한 사람들이 주인공으로 등장하여 사건을 풀어간다. 특히 아이리시는 사회의 그늘에 가린 소외된 계층의 사람들을 등장시켜 사회적 문제점을 고발한다.

이와같이 아이리시의 소설에는 애수와 서스펜스가 문장의 구석구석에 스며들어 있어서 그것이 그의 작품의 큰 매력이 되고 있다.

「죽은 자와의 결혼」 역시 아이리시의 이런 소설적 특징을 담고 있는 그의 대표작 중의 하나이다.

임신한 채로 남자에게서 버림받고, 자기가 탄 열차의 돌연한 사고로 자신의 의지와는 상관없이 다른 여자의 이름을 갖게 된 여자.

진실과 거짓 사이에서 심한 내적 갈등을 일으키면서도

자신의 아이에게게만은 자신이 가질 수 없었던 행복의 세계를 만들어 주고픈 모성.

그리고 새로이 찾아든 진실된 사랑의 서막에서, 자신의 몸과 마음을 헐벗게 하고 버린 남자와의 악연으로 그 남자의 협박을 받고 또다시 불행에 빠지는 여자.

그러나 이 여자를 불행의 구렁텅이에서 건져내려는 사랑하는 남자와 그 가족들의 애정.

그렇지만 결국은 남겨진 불신.

윌리엄 아이리시는 이 작품에서 그가 독자들에게 주려고 하는 메시지를 이런 줄거리와, 그의 독특한 분위기 묘사를 통하여 추리소설의 묘미는 물론, 사회적 문제와 인간의 심리를 잘 나타내고 있다.

그의 주요 추리소설 장편 목록은 다음과 같다.
(1) 「검은 옷의 신부」(The Bride wore Black, 1940)
(2) 「검은 커튼」(The Black Curtain, 1941)
(3) 「검은 알리바이」(Black Alibi, 1942)
(4) 「환상의 여인」(Phantom Lady, 1942)
(5) 「검은 천사」(The Black Angel, 1943)
(6) 「공포의 검은 오솔길」(The Black Path of Fear, 1944)
(7) 「새벽의 추적」(Deadline at Dawn, 1944)
(8) 「밤은 천개의 눈을 가지고 있다」(Night Has a Thousand Eyes, 1945)
(9) 「어둠 속의 왈츠」(Waltz into Darkness, 1947)

(10) 「죽은 자와의 결혼」(I Married A Dead Man, 1948)

(11) 「상복의 랑데뷰」(Rendezvous in Black, 1948)

(12) 「신부는 야만인」(Savage Bride, 1950)

(13) 「공포」(Fright, 1950)

(14) 「사형집행인의 세레나데」(Strangler's Serenade, 1951)

(15) 「호텔방에서 일어난 일」(Hotel Room, 1958)

(16) 「죽음은 내 파트너」(Death Is My Dancing Partner, 1959)

(17) 「운명의 보석」(The Doom Stone, 1960)

■ 옮긴이/**김석환**

· 전 한국항공대학 학장
· 편저 ―「탐정게임」「명탐정 대작전 21」外 다수
· 번역서 ―「구름속의 죽음」「테이블 위의 카드」
　　「끝없는 밤」「갈색옷을 입은 사나이」「세번째 여자」外 다수

죽은 자와의 결혼

1992년 1월 30일 초판 인쇄
2007년 2월 20일 중쇄 발행

지은이　윌리엄 아이리시
옮긴이　김 석 환
펴낸이　이 경 선
펴낸곳　해문출판사
주　소　서울시 마포구 합정동 392-2 써니힐 202
전　화　325-4721,2
팩　스　325-4725
등　록　1978. 1. 28 제 3-82호

값 5,000원

ISBN 89-382-0313-1 04840
ISBN 89-382-0290-9 (세트)

※잘못 만들어진 책은 교환해 드립니다.

추리 문학의 여왕
"애거서 크리스티"

한 번 읽기 시작하면 도저히 눈을 뗄 수 없는 추리소설!!

애거서 크리스티는 추리문학에 대한 공로로
영국 엘리자베스 여왕으로부터 <데임>(남자 기사)
작위를 수여 받았습니다. 최고의 추리문학으로
평가되고 있는 그녀의 작품은 **전세계 인구 3분의 1**에
해당하는 사람들이 읽었으며, 지금도 변함 없이
온 세계인의 사랑을 받고 있습니다.

※추리문학에 20여년을 공들인 **해문출판사**에서는 크리스티의
전작품을 80권으로 완간, 인기리에 판매하고 있습니다.